迷雾中的女孩

[意] 多纳托 · 卡瑞西 —— 著　王　娟 —— 译

Donato Carrisi

La ragazza nella nebbia

上海译文出版社

献给安东尼奥

我的儿子，我的所有。

2月23日

失踪后的第六十二天

这个夜晚的一阵电话铃声让一切都改变了。

二十二点二十分的来电。这是一个周一的晚上，室外温度零下八摄氏度，一切都被寒冷的雾气吞噬了。在这个时候，弗洛雷斯正暖和地窝在床上，在妻子旁边享受地看着电视里播放的一部黑白枪战老片。实际上，索菲娅已经入睡很久了，铃声似乎也没有打断她的睡眠。她一点也没觉察到丈夫已经穿好衣服下了床。

弗洛雷斯穿起一条夹棉长裤，配着高领毛衫和一件厚大衣来对抗这本应给造物主抹杀掉的该死的大雾，做好了去阿维乔特小医院的准备，六十二岁的他已经在这家小医院当了四十年的精神科医生。在此期间，很少有人因为紧急事件把他从床上拖起来，尤其是警方。在这个他生于斯并长于斯的阿尔卑斯山脚下的小镇上，日落之后几乎什么都不会发生。这样的纬度上，似乎就连有犯罪倾向的人们都选择去主动控制自己，不约而同地约束自己每晚按时回家。因此弗洛雷斯怀疑自己是否有理由在这个不同寻常的时间出场。

警察在电话里唯一提到的信息是，有名男子在一场交通事故后被拘留了。就这么些。

下午雪停了，但这个夜晚却变得更加寒冷。弗洛雷斯从家里出来，感觉到了反常的寂静。所有的一切都停止了、不动了。时间也像凝住了一般。精神科医生打了个寒颤，不是因为室外的低温，而是来自内心某处。他发动了老旧的雪铁龙，等着行驶前柴油机加热的那几秒——的确需要个声音来撕碎这份单调可怖的宁静。

沥青路面上已经结了冰，再加上大雾，使得车速只能开到二十公里时速。为了能更好地分清马路边缘，弗洛雷斯开的时候还得双手紧握方向盘，向前弓着背，脸和前面的挡风玻璃贴得只有几厘米的距离。幸好他对这段路够熟悉，头脑能比眼睛更快地反应过来要往哪儿开。

他在一个岔路口前选择了通往镇中心的那条道。就在那时弗洛雷斯注意到了白雾掩盖下有一些异样。往前开了一会儿，他觉得一切都慢了下来，就像到了一个梦里。在那白色笼罩着的最深处发出耀眼的光，它们忽隐又忽现。似乎想来到他面前，其实是他在渐渐向它们靠近。雾里出现了一个人的轮廓。那人双臂挥动着，手势奇怪而夸张。慢慢驶近后，弗洛雷斯才明白那是个警察，站那儿指挥来往车辆，提醒注意行驶。精神科医生从他身边驶过，两人淡淡地打了个招呼。若隐若现的光束原来是警察的背后闪耀的警灯，但更为醒目的，是一辆卡在道路外沟渠里的深色小车亮着的后车灯。

不多久，弗洛雷斯进入了镇中心。空荡无人。

路灯散发出淡黄色的亮光，在冬雾中像是海市蜃楼。他穿过整个住宅区到达了此行目的地。

阿维乔特的小医院因一种奇怪的骚动而焕发了生机。弗洛雷斯刚跨进门槛就碰见了当地警局的头儿和近期备受嘉奖的年轻女检察官——瑞贝卡·梅耶。梅耶似乎很不安。当精神科医生除下厚重的大衣时，她向他介绍了当夜不速之客的身份。“沃格尔。”她只是说道。

听到这个名字，弗洛雷斯便明白她为何会有这么大压力。在那个夜晚，所有的一切都将永远改变，但在那时，他还并不知道。因此他也并不能完全明白他当时所扮演的角色。“我具体应该做些什么？”他问道。

“急诊室的医生们说他并无大碍。但好像有些精神错乱，可能是事故引起的惊吓。”

“但您对此并不确定，对吗？”弗洛雷斯揪出了关键点。梅耶没有给予否认。

“是紧张症吗？”

“不，受到刺激时会更严重些。但他是有情绪波动的。”

“而且他也一点不记得发生了些什么。”弗洛雷斯为病症做了总结。

“他记得这场事故，但我们感兴趣的是在这之前的事：我们必须知道今晚发生了什么。”

“所以，您觉得，他在装模作样。”精神科医生总结道。

“恐怕是这样。到这儿就该您出场了，医生。”

“您期望我做些什么呢，检察官女士？”

“现在没有足够证据指控他，而这一点他自己也知道，因此需要您告诉我他是不是有什么意图或期望。”

“如果有，他会怎样？”

“我将提出指控来正式审讯他，不必担心再有什么律师会在法庭上帮他诡辩驳回我的要求。”

“但是……你们和我说这场事故并没有人受伤，不是吗？那么为什么需要指控他呢，恕我一问？”

梅耶迟疑了一会儿。“等您到他面前就会明白了。”

他们让他坐在他的诊疗室里。弗洛雷斯一开门就瞧见了那个男的：在堆满了纸的写字台前有两个小沙发，他就坐在其中一个上面。他穿着一件深色羊毛大衣，耷着肩，好像甚至都没有察觉到有人进来了。

弗洛雷斯把厚大衣挂到衣帽架上，搓着仍旧冻僵的双手。“晚上好。”他边说边走向取暖器，去确认下它是不是开着。实际上，他只是借机把自己挪到男人的面前好确认他的状态，或者说，是为了理解梅耶话语中的含义。

沃格尔在大衣下面穿得很优雅。西服全套深蓝色，灰蓝色丝质领带上印着细碎繁花图案，一条黄色手绢插在西装胸口的口袋里，白衬衫配的是椭圆形玫瑰金的袖扣。只是外表看着很皱，就像他好几周都穿着这堆衣服似的。

沃格尔抬了一下眼睛去看他，没有回应他的问候。然后目光重新落回到搁在怀里的双手上。

精神科医生自问是否命运决定一而再地跟他开奇怪的玩笑。“您到这边很久了吗？”他开口。

“您呢？”

弗洛雷斯因为这句双关语笑了起来，但对方仍旧保持严肃。“差不多四十年了。”他回答道。如今这间屋子满是各类器物和家具，非常凌乱。精神科医生觉得在一个外来的观察者看来，办公室整体可能显得不太和谐。“您看到那个旧沙发了吗？那是我的上一任留下来的，不过这个写字台是我自己挑的。”桌上放着他家人的带框照片。

沃格尔拿起其中一幅，放在双手中端详。这张上面弗洛雷斯正被他不计其数的子孙们围绕，这是一个夏日，他们在院子里烧烤。“美好的家庭。”沃格尔带着一种含混的兴趣评论道。

“三个儿女跟十一个孙子孙女。”弗洛雷斯非常喜欢那张照片。

沃格尔把相框放回原位，开始四周打量。墙上除了学位证书、得到的表彰和孙辈们送的画作之外，还有让精神科医生得意的那些战利品。

他常去参加钓鱼运动，在诊室里陈列着无数的鱼类标本。

“一旦有空，我就丢下所有一切去到湖边或是山间溪边。”弗洛雷斯说，“如此一来我就能再回到世间万物的宁静之中。”角落有个存放鱼竿的橱柜，还有个抽屉里面是鱼钩、鱼饵、钓鱼线及其余相关必需品。慢慢地这个房间变得一点都不像精神科医生的诊疗室。这成了他的小窝，一个只属于他的地方，他试着不去想到再过几个月他就要退休，得腾出这间办公室，把他的东西统统带走。

在这四壁之间能够讲述的太多的故事中，这会儿，在这个冬天的夜晚，又多了个意料之外的拜访。

“我到现在还是不能相信您在这儿。”精神科医生有些困窘地说道，“我和妻子在电视上看过您很多次。您可是位名人。”

又是仅仅只有点头。他似乎真的处于精神错乱状态中，或者他是个极佳的演员。

“您确定您很好？”

“我很好。”沃格尔气若游丝地重申道。

弗洛雷斯靠近取暖器，把自己放倒在写字台后面那个经年累月后已有他形状的沙发上。“您算是走运了，知道吗？我刚刚经过事故现场：它出了路牙，但损毁在正确的地方：那边是有个挺深的小沟，但另一边却是个深谷。”

“大雾。”客人说。

“是啊！”弗洛雷斯赞同道，“结冰的雾天还真不常见。我花了二十分钟才到这边，平时从我家开车过来最多也就十分钟。”说着，他把两个胳膊肘都放在了沙发臂上，顺势把背也靠了上去，“我们还没互相介绍自己：我是奥古斯特·弗洛雷斯医生。请告诉我，我应该怎样称呼您呢？探长还是沃格尔先生？”

那人好像稍微一想：“您看着办吧。”

“我想，一名警察从不会降低自己的身份，哪怕他终止了自己的职业。因此，对我来说，您还是探长沃格尔。”

“如果您愿意如此……”

弗洛雷斯的头脑里聚集了十多个问题，但他知道必须选择那些正确的作为开始。“简而言之，我并没想到会在这儿看到您，我以为您已经回到城里去了。您为什么又回来了呢？”

探长沃格尔双手慢慢擦过裤子，像是想要拂去一缕不存在的灰尘。“我不知道……”

他没再多说，弗洛雷斯仅点点头，“我明白。您一个人来的吗？”

“对。”沃格尔答道，由他的表情可以推测出他并没有很好地理解这个问题的意义。“我一个人。”他重申。

“您出现在这儿会不会跟那个失踪女孩的故事有关？”弗洛雷斯豁出去了，“为什么我好像记得您不能再插手这宗案件了？”

这句话好像唤醒了男人的什么，弗洛雷斯好像激起了他的自尊，他干涩地反驳：“能让我知道为什么要这样对待我吗？警方想从我这里得到什么？为什么不让我走？”

弗洛雷斯试着重新用上众所周知的“耐心”。“探长沃格尔，您今晚发生了车祸。”

“这我也知道。”对方生气地答道。

“这次的行程只有您一个人，对吗？”

“我刚刚已经和您说过了。”

这时，弗洛雷斯打开了写字台的一个抽屉，拿出一面小镜子漫不经心地放到沃格尔面前。“您也并没有受伤，安然无恙。”

“我很好，您究竟要问我几遍呢？”

精神科医生朝着他探出身。“那么请向我解释一件事……既然您完好无损，那您这衣服上的血迹又是谁的呢？”

沃格尔突然不知道该说什么是好。他的火气消了，眼睛看向弗洛雷斯先前放在他面前的镜子。

他看见了。

小红点细密地沾在白衬衫袖口处。有两个大些的是在腹部。一些因为西服和外套的底色而显得颜色更暗些，但因为已经晕开所以直观上觉得更加浓重。探长似乎第一次发现它们。但他朦朦胧胧知道它们的存在，弗洛雷斯立刻觉察到了这点。

因为沃格尔不是那么的惊讶，也不再立刻否认称不知道为什么它们会在那里。

他的眼中透出一丝新的光亮，精神错乱的混沌状态也如迷雾般散开。而压在天地间的大雾，在办公室的窗外，依然不减不灭。

这个夜晚才刚刚开始，但这个夜晚一切已经改变。沃格尔直视着弗洛雷斯的双瞳，神志突然清醒过来。“您说得有道理。”他说，“我相信的确得做个解释。”

12 月 25 日

失踪后的第二天

杉树丛像列兵队伍一样沿着山坡排开，接近再侵入山谷。狭长的山谷就像是一条旧伤疤，涧中河水流淌——墨绿的河水时而宁静，时而翻涌。

阿维乔特就扎根这里，在所有这些景物之中。

一个阿尔卑斯山上的小镇，距离国境线仅数千米之遥。斜顶的房屋，连着钟楼的教堂，市政大厅，警务处，小医院。一整套教学系统，一些小咖啡厅和一个溜冰场。

树丛，山谷，小河，小镇。还有一个庞然大物的采矿装置，它就像是一道属于未来的疤痕划破了小镇的过去和自然景色。

沿着国道，在镇中心外的不远处有一家小餐馆。

透过玻璃幕墙看得见道路和加油站。玻璃上悬挂着向过往车辆传达节日祝愿的闪闪发光的文字。但从里面看，字母都是调转了方向的，读起来像是一种难以理解的文字。

小店内有三十来张蓝色小桌，其中有一些被竖起的墙隔成单独的小空间。桌上都收拾好了——除了店中间有客人的那张。

沃格尔探长独自享用着一份鸡蛋烟熏肉早餐。他穿着一套铅灰色西服，一件苔绿色马甲配着一条深蓝色领带，连吃饭的时候也没肯脱下他的羊绒长大衣。他挺直了后背，眼睛盯着他用优雅的银质钢笔记下了笔记的黑色记事本，同时靠上桌子吃上一小叉食物。他的动作精确地动静交替，遵循着一种认真的内在节奏。

老店主套着件沾了油污的围裙，里面是一件红黑棋盘格的伐木工衬衫，衬衫的袖子卷到手肘处。他走出收银台，手上端着刚煮好的咖啡慢慢靠近："我今天原本都不想开门营业的。我还说呢，谁会在圣诞节早上过来呀？几年之前倒总是满满的游客，带着孩子的家庭……但自从他们找到那个该死的荧光物之后，一切就都变了。"这人说出这句的时候像在哀悼一个再也不会重来的遥远的幸福时代。

多年以前，阿维乔特的生活平静而安详。人们靠着游客和小手工艺品过活。但有一天，某个外来客声称在那些山石下可能存在着大量的萤石矿。

这结果，沃格尔思考着，这位老者是有道理的：在那之后所有的事都变了。来自不同地方的人给了当地的土地所有者们一大笔钱，买下了矿层上面的土地所有权。很多人一夜暴富。而那些不幸的、未能拥有一小块土地的人，可想而知地变穷了，因为再也没有了游客。

"也许我应该把这地方给卖了然后退休。"男人继续说道。接着，他摇着头，给沃格尔的杯里倒满咖啡，即便沃格尔并没有开口跟他要。"当我看到您进来的时候，我以为是个卖东西的，他们每次都想让我拿几个钱买下他们的东西。后来我懂了……您是为了这个女孩儿来的，对吗？”他的头用一个几乎察觉不到的动作指向了贴在进门处墙上的宣传单。

印在宣传单上笑着的，是个红头发有小雀斑的少女。一个名字，安娜·卢。在一串电话号码和几行字后面，还有一个问句：“你看见我了吗？”

沃格尔发现老人正试着瞟向他的黑色记事本，就把本子给合上了，然后把叉子放到盘子上。“你认识她吗？”

“我认识她的一家。都挺机灵的。”这个人自己从桌下抽出把椅子坐到警察面前，“您觉得她是不是遇上什么事了？”

沃格尔把双手放到额头下。这群人问了多少次这个问题了？总是老一套。他们看着好像真的为此担忧或他们努力让自己显得担忧，但最终他们只是好奇而已。病态的、假仁假义的、可怜的好奇心。“二十四。”他说。店主好像没有听懂他说的意思，但沃格尔在对方要求阐述之前抢先说道：“二十四小时是年轻人离家出走后能坚持手机关机的平均时间。之后他们肯定会给朋友打电话或上网看看有没有在谈论他们，这样他们就可以被定位到。他们中的大多数都会在二十四小时后返家。因此如果他们没有遇到可怕的遭遇、没有发生事故的话，可以说失踪了两天后将有一个具体的可能，事情会走向较好的结局。”

这个人好像一下被转移话题了。“然后会发生什么呢？”

“然后，他们通常都会打电话给我。”

探长站起身，一只手放进口袋里掏出一张二十块的钞票当作早餐费。然后就往出口处走，跨出门槛前，他又转过身朝着小餐馆店主说道：“听我一句话：不要卖掉这个地方。这里很快又会全是人了。”

外面的天很冷，但天空是澄净的，万物都被冬天明亮的阳光照耀着。国道上时不时开过一辆卡车，带起的气流掀起沃格尔长外套的边。探长一动不动，双手插在口袋里。站在小餐馆前的广场上，旁边是加油站。他抬头望天。

与他并肩的是一个三十来岁的年轻人。他也穿着西服打着领带，套着件深色长大衣，不过不是羊绒的。他有着斜分的浅发跟淡蓝色的眼睛。长着一张机灵的脸。“您好。”他说，但并未得到对方的回答。“我是博尔基。”他还是继续说道，“他们让我来接您。”

沃格尔并没在意他，继续盯着天上看。

“情况介绍会半小时后开始。如您所要求的，所有人都会出席。”

博尔基此时也探头向前看去，发现他的上司正在研究加油站顶棚上的一个东西。

一个对着国道的摄像头。

沃格尔这下将脸转向他。“这就是通向山谷的唯一一条路，没错吧？”

博尔基不假思索。“是的，先生。再没有其他进出的方法了：车辆往来就这条路。”

“很好。”沃格尔说，“那把我带到另一头去吧。”

探长边说边快步走向对方开来接他的那台极普通的深色小车前。博尔基稍作犹豫后，跟上了探长。

没过多久，他们就来到了一座桥上，桥跨过河流，通向毗邻的山谷。年轻的警察靠着停在路边的小车，等待着，而沃格尔在离他不远的地方，重复着先前一样的场景——他这次盯着路边灯柱上用来监控交通的摄像头，车辆往来经过，司机对他鸣笛抗议。沃格尔对此毫不惊慌，无动于衷地继续做着自己的事情。无论他要做的是什么，博尔基觉得，当下的状况既费解又荒唐。

探长觉得看得差不多之后，才往车子这儿走来。“我们去看看那个女孩的父母。”他说着便上了车，并未等博尔基的回复。后者看了看自己的手表，耐心地开起了车。

“安娜·卢从不给我们添乱。”玛丽亚·卡斯特纳言之凿凿。女孩的母亲是个娇小的女人，却散发出一种别样的强势。在两层小别墅的客厅里，她同强壮却面善的丈夫一起坐在沙发上。他俩穿着睡衣、披着晨袍，手牵在一起。

屋内飘着烹煮食物跟空气清新剂的甜香。沃格尔强忍着不适。他坐在长沙发上，而博尔基则坐在稍远处的一张椅子上。他们和那对夫妇中间隔着一张小茶几，茶几上的几杯咖啡有些凉了，但似乎没有人想去喝。

屋里有一棵装饰好的圣诞树，树下一对七岁的双胞胎玩着刚刚打开的礼物。

有一个未开的盒子，上面系了漂亮的蝴蝶结。

女人立刻打断了沃格尔的目光。“我们想要孩子们无论如何也能庆祝耶稣的诞生，同时也希望他们能从这个处境中转移些注意力。”她解释道。

她口中的处境是，他们十六岁的大女儿，唯一的女孩子，失踪差不多快两天了。她在一个冬日下午五点左右离开家，前往相距仅几百米远的教堂参加活动。

但她并没到达那里。

安娜·卢只需穿过一个居民区——带小院子的独户小别墅全都一模一样——这里的人也都互相认识。

但没有人看见或听见什么。

晚上七点左右，母亲没有看到她回家，用手机给她打了电话也一直无法接通，于是报了警。在这漫长的两个小时里可能发生任何事情。搜索持续了一整夜的时间，最终还是建议等到白天再继续寻找。此外，当地警察也没有办法对该区域进行地毯式搜索。

目前，没有关于失踪原因的假设。

沃格尔默默地看着这对顶着黑眼圈的父母，失眠从此刻才开始在他们身上留下印记，而在接下来的几周内将使得他们迅速衰老。

“我们的女儿从小的时候起，一直是个有责任心的孩子。”她继续说着，“我不知道该怎么说……但是我们从来不用担心她：她就这么独立地长大了。她帮助我们，照顾兄弟。在学校里老师也很喜欢她。不久前，她开始在我们的教会里传授教理。”

客厅陈设朴素。沃格尔在进去时第一时间就注意到了周边放满了可以见证这家人坚定信仰的物品。墙上挂着以《圣经》和福音书中神圣图像和场景为主题的画。四处都是耶稣，包括那些塑料或石膏做的雕像，也有不少是关于圣母马利亚的。满目皆圣人。电视上挂着一个木制十字架。

房间的四壁还挂了些相框，上面是家庭成员们的照片。其中很多幅里都有着一个红头发有着小雀斑的小女孩。

安娜·卢像是她父亲的女性翻版。

她一直笑着。第一次领圣体，与弟弟们一起在山上，比赛结束时肩上挂着冰刀鞋在滑冰场上自豪地展示一枚奖牌。

沃格尔知道那个房间，那些墙壁以及那所房子再也不会一样了。它们充满的回忆，很快就会变为一把利器。

“我们要等到女儿回来后，才会拆除圣诞树。”玛丽亚·卡斯特纳几乎骄傲地宣布，“灯会一直亮着，隔着窗子就能清楚看得到。”

沃格尔觉得这么做很荒谬，尤其是在接下来的几个月中。把一棵圣诞树当作灯塔，为那个不知道会不会回来的人指引着回家的路。正是这样才存在危险，只是安娜·卢的父母到现在还没有意识到这一点。节日的灯光将向墙外所有正在消费着这出好戏的人们发出信号。这会是一件麻烦事。人们，包括邻居们都不会忽略这棵树和它的含义，随着时间的流逝，他们便会感到烦躁。为了避免见到它，人们甚至会在经过他们的屋前时，走到对面的人行道去。这个象征将会让所有人都跟卡斯特纳一家疏远，会增加他们的孤独感。因为要让自己的生活继续过下去所要付出的代价就是漠不关心，沃格尔谨记着。

“他们说孩子在十六岁时有些叛逆或是心血来潮的行为是正常的。”玛丽亚说完便坚定地摇了摇头，“但我的女儿不是这样的。”

沃格尔点了点头，因为尽管没有证据，但他仍然同意她的看法。他不是在单纯地赞成一个试着为自己以及自己所处的家长角色开脱、担保自己的女儿够正直的妈妈。探长是真的相信她是有道理的。他的确信来自他在屋里每个角落亲眼所见的安娜·卢脸上露出的笑容——如孩童般纯真无邪。他不得不承认她一定是遭遇了什么事——而那件事一定还违背了她的意愿。

“我们母女关系很好，她跟我很像。这是她一个星期前做好了，送给我的。”她给警察看了看她戴在手腕上的彩色珠串手链，“最近她特别喜欢做手链，然后送给她喜欢的人。”

沃格尔发现这个妇人在叙述那些对于调查的目的而言微不足道的细节时，声音和眼神都不包含任何情感。但她也并不是冷血。探长了解它的真正含义。该名妇女坚信这是一种考验，一种将他们放到悲惨的困境下去进行的一种检验，以便他们证明自己的信念坚定、无损。因此，基本上她只是通过驳斥对自己的不公正来接受正在发生的事情，希望在上面的某个人，也许是上帝本人，能够尽快补救一切。

“安娜·卢会向我吐露心事，但是得考虑到每个妈妈都没办法了解她们孩子的所有事情。昨天，当我整理她的房间时，我发现了这个……”她的手离开了丈夫的手中片刻，把身旁封面五颜六色的日记递给了沃格尔。

探长隔着小茶几伸手接过日记。封面上有两只顽皮的小猫。他开始心不在焉地翻阅起来。

“那上面找不到任何能表明什么迹象的东西。”那个女人说。

沃格尔合上了日记，从大衣的内袋里取出钢笔和一本黑色笔记本。“我想您知道所有跟您女儿有所往来的人……”

“当然。”玛丽亚·卡斯特纳对这个问题有一丝愤慨。

“安娜·卢最近有没有新认识什么人？比如某个新朋友，或男或女。”

“没有。”

“您百分百确定吗？”

“是的。”那位女士说，“她会告诉我的。”

不多久前她还承认说作为一个妈妈没办法对自己的孩子做到完全的了解，现在她又表现出笃定的态度。沃格尔知道，这是失踪案件中父母的典型表现。他们想提供帮助，但他们也知道自己对此得承担一部分责任，至少是对孩子有所疏忽。但是当你对一件事感到恐惧时，就会本能地为自己辩护，即使是以否认明摆着的事实为代价。玛丽亚·卡斯特纳已经开始抵触了。但是探长必须了解更多。“您最近有没有发现她有任何异常行为？”

“您说的异常是什么意思？”

“您了解您的孩子，不是吗？一些微妙的迹象，就能推测出很多事情。她睡得好不好？吃起饭来正常吗？她的情绪有没有变化？她有没有变得封闭、难相处或是表现出其他先前没有过的态度？”

“她就还是安娜·卢。我了解我的女儿，沃格尔探长，要是有什么问题，我会察觉出来的。”

这个女孩有一部手机。据沃格尔所知，那是个老款非智能的手机。“您的女儿上网吗？”

两个家长对视了一下。“我们的教会不建议去鼓励使用这种技术。互联网上充满了陷阱，沃格尔探长。这可能会对一个好的基督徒在教育上带来误导性的观念。”玛丽亚说，“但是，我们从不禁止女儿做任何事情，这是她的选择。”

当然，为什么不呢，沃格尔心想。有件事上，那个女人是有道理的。危险常常来自网络。像安娜·卢这样敏感的青少年很容易受到煽动。互联网上有一群设套者，他们能够操纵那些脆弱的头脑，渗透进他们的生活。他们一步步让对方放弃所有的防御并且扭转信任关系，他们设法代替至亲的家人，对未成年人进行远程遥控，直到对方做了自己想要的事情。从这个意义上说，安娜·卢·卡斯特纳是一个完美的猎物。也许这个女孩只是在表面上按照父母的意愿去做，但她会在其他地方接触到网络，可能是在学校，图书馆或其他地方。他们需要核实一下。不过，眼下还有其他方面需要深入探索。“您是这个镇上将特许权卖给采矿公司的幸运儿之一，对吗？”

他是朝着布鲁诺·卡斯特纳问的这个问题，但再次由他的妻子介入回答：“我父亲在北边给我们留下了一些土地。谁能想到会值那么多钱……我们把一部分钱捐给了教会，还缴清了这间屋子的房贷。剩余的钱就留给我们的孩子吧。”

沃格尔知道那肯定是笔不小的数目，可能足以保证卡斯特纳一家将来几代人都能过上体面日子了。他们本可以负担得起各种奢侈品，甚至哪怕只是选择购买更大更漂亮的房子。相反，他们决定不去改善他们的生活水平。探长实在不明白怎么能够如此轻松地放弃这意外的福利。反正他记了下来，头还埋在记事本中，又发问道：“你们没有受到金钱方面的要挟，所以暂时排除掉勒索的可能。但是你们过去有没有遭受过威胁呢？是否有任何人——甚至是亲戚或熟人——对你们有所嫉妒，怨恨或不满的行为动机？”

卡斯特纳一家似乎对这些问题感到非常惊讶。

“不，没有人。”那位女士立即说道，“我们只跟教会成员来往。”

沃格尔反思了最后那句话的含义：这一家人天真地相信在教会情谊中不存在冲突的空间。此外，他丝毫没有疑问，答案一定会是这个。在踏进他们的家之前，他已经知道了他们的生活，获取了需要知道的有关他们的一切信息。

公共舆论通常只停留在表面。因此，当发生一些异常事件，诸如某个简单而受过良好教育的女孩失踪，而这个女孩又来自一个健康的家庭环境时，人们通常倾向于认为威胁是来源于家庭之外的。但是像他这样经验丰富的警察总是对从家庭外部开始进行调查感到不满，因为在许多情况下，案件的隐情更加普遍而残忍地隐藏在家里。沃格尔一直在和虐待女儿的父亲打交道，那些母亲非但没有保护她们，反而把她们的女儿视为危险的对手。然后，对于那些平静的生活，父母得出的结论是，挽救婚姻的最佳解决方案是用她们的血来清除掉先前的污点。有一次他甚至遇到过这样一个案子——妻子在发现性骚扰后选择掩饰丈夫的过错，而为了逃避随之而来的羞耻感，她亲手杀死了自己的女儿并把尸体藏了起来。总而言之，彪悍的案例是越来越花样百出，挑战着人们的想象力。

卡斯特纳一家看上去还比较正常。

布鲁诺是一名货车司机，即使在获得了意想不到的财富之后，他也没有停止努力工作；玛丽亚是一个谦逊的家庭主妇，一心扑在家庭和孩子身上。此外，两人还有着虔诚与坚定的信仰。

但没人能百分百保证。

沃格尔假装满意。“在我看来，到目前为止，我们要说的都说明白了。”说着，便从椅子上站起来，全程未发一言的博尔基也立刻照做。“感谢二位准备的咖啡……也谢谢你们把这个给我。”他晃了晃安娜·卢的日记说道，“我相信这会很有帮助。”

卡斯特纳夫妇陪同两位警探走到门口。沃格尔又看了一眼依旧在圣诞树下若无其事地玩耍的孩子们。谁知道所有这些回忆会在他们长大成人后的记忆中留下什么呢，他想着。也许应该适时地让他们摆脱恐惧了。但是，那个扎着红色蝴蝶结等待着安娜·卢拆开的礼物包裹告诉他，总会有一些事情让他们想起家庭遭受的悲剧。毕竟没有比无法送出的礼物更糟糕的玩意儿了。礼物包裹着的幸福感慢慢、慢慢地腐烂，同时腐蚀着任何靠近它的人或物。

此时，探长意识到他们之间的沉默持续了足够长的时间，便转向了博尔基：“可以先请您去车上等我吗？”

“好的，长官。”勤快的警察当即回答。

只剩卡斯特纳夫妇了，沃格尔用一种与之前不同的、周到的语调讲话，好像他真的在乎“局势”。“我就开门见山地说了，”他说道，“媒体已经嗅到了这个故事，很快就会成批地赶来……有时候，新闻工作者比警察更擅长查找信息，但上了电视的内容并非总是与调查结果相符。当他们不知道往哪里看的时候，就会来盯着你们。因此，如果您二位还有什么信息要透露，无论什么事……现在便是时候了。”

沃格尔说完便沉默了许久，超过了必要的时间。好了。这个协议已经达成，他的建议里实际上包含了警告。我知道你们有秘密，每个人都有。但是你们的秘密现在属于我了。

“好吧，”探长最后说道，他打破了沉默，使夫妇俩摆脱了尴尬，“我看到你们打印了有女儿照片的寻人启事，这是一个好主意，但还不够。到目前为止，一直是当地媒体来处理此事，现在需要采取进一步的措施了。例如，发起一次广而告之的求助可能很有用。您二位觉得呢？”

夫妇俩对视着，通过眼神彼此询问。然后安娜·卢的母亲向前迈了一步，摘下了女儿制作的串珠手链，将其戴到沃格尔的左手手腕上，仿佛在庄严地进行着授权仪式。“我们将竭尽所能地配合您，沃格尔探长。请您务必带她回来。”

博尔基在车上等待时，一直打着电话。“我不知道还要多久，这得问他。”他正在向一个已经为情况介绍会等了一个多小时的警探解释。“我也有家庭。让大家冷静下来，告诉他们，没有人会错过圣诞大餐。”实际上，他担心自己担不起这样的承诺，因为他不知道沃格尔的想法。他明白同事的急切需求，但那天早上他仅仅只是充当了司机。

前一天晚上，他的直属上司通知他，第二天早晨得去阿维乔特协助探长沃格尔调查一起未成年人的失踪案件，给了他一份信息寥寥的案卷还有一些奇怪的叮嘱。于是，早上八点三十分，他穿着深色西装，披着外套打了领带，准时出现在了阿尔卑斯小镇出口处的小餐馆。

显然，博尔基听说过不少有关沃格尔及其怪癖的传言。电视上经常谈论他和他的案子，他也曾在不同的新闻广播中担任过嘉宾。报纸和新闻广播曾争相对他进行采访。沃格尔在镜头前总是放松自如，就像一个演技精湛的演员，总是能够即兴发挥自己的表演，并确保取得成功。

而在他们警界的传闻中，他被形容为一个固执的、控制欲强的人，只关心如何在媒体上看起来不错，并且非常的以自我为中心，以至于总是遮挡住周围所有人的光芒。

不过最近沃格尔探长碰到了些麻烦，有个案件让他备受质疑。圈内有些警察为此而窃喜，但博尔基也许是太天真，仍然认为他这样的警察身上还有很多东西可供学习。毕竟，自己还是一个初学者，这种经历必然是有益而无害的。

沃格尔向来都偏向于接手那些轰动一时、令人发指、群情激愤的犯罪案件。据说他总是谨慎地选择自己要接手的案子。

因此，博尔基现在也很想知道这位非同寻常的探长在这起有关年轻女孩失踪的案子中看到了什么。

即便安娜·卢父母的恐惧是可以理解的，并且他真的认为可能发生了一些糟糕的事，但他没有看到在这件案子中有什么因素值得媒体去关注。而这通常应该正是沃格尔所关心的。

“我们一会儿就会过来。”他向对话者保证，如此结束了通话。在那个瞬间，他注意到一辆黑色货车停在街的尽头。

货车上的两名男子盯着卡斯特纳的房子，并无交谈。

警探想下车去查探时，他的那位上级正巧迈出屋子，沿着小路朝他的方向走来。然后，他意识到沃格尔放慢了脚步，然后做了件费解的事。

他鼓起掌来。

开始是慢慢地，随后越来越用力。同时他环顾着四周。掌声毫不费劲地产生了回音，接着一张张面孔开始出现在相邻房屋的窗户后边。一名老年妇女、一对夫妇带着他们的子女、一个胖男人和一个头上还戴着几个发卷的家庭主妇。慢慢地，又有一些目光逐渐加入。他们疑惑地看着眼前这一幕。

沃格尔停止了鼓掌。

他最后再一次审视着周边——这次轮到他来观察了，接着他好像什么也没发生似的走过来上了车。博尔基本想问问这位上级他为何要做这个奇怪行为，却被对方问道：“博尔基警探，您今天在那所房子里有没有注意到什么？”

这位年轻的警察脱口而出：“这对夫妻一直握着对方的手，他们看起来很亲密……但说话的却总是那个妻子。”

探长点点头，看着挡风玻璃外面。“那个男人迫切地想告诉我们一些事情。”

博尔基没有再多加评论。他发动了车，将掌声和黑色货车的疑问统统抛到脑后。

沃格尔觉得当地警局实在是狭小逼仄，所以要了个更合适做调查地方——学校体育馆，作为工作间来研究女孩的失踪案件。

用于体育锻炼的垫子和器械沿着墙堆在一边，装着排球的大篮子也被遗忘在了角落里。有人从教室里拿了些讲台当作办公桌，有人弄来了院子里的那种折叠椅。屋里有两台笔记本电脑和一台由图书馆提供的台式电脑，但只有一部电话连接着外部线路。篮球场的一个篮框下面放着块黑板，黑色的板面上用粉笔写着：“案子进展”。这行字的下面是当下收集到的相关资料：跟安娜·卢的家人印刷在传单上相同的那张照片、一张山谷地图。

此刻，室内回荡着一小撮阿维乔特便衣警察的交谈声，他们聚集在咖啡机和一盘甜点周围，嘴里塞得满满地说着话，不耐烦地看着时间。交谈的话题在那一阵嗡嗡声中难以辨认，但从他们的表情中可以明显看出，大家都在抱怨着同一件事。

两扇防火门同时打开了，突然而沉闷的撞击声令他们全部转过身来。沃格尔随着博尔基走进体育馆，馆里的嘈杂声戛然而止。门在探长背后猛地关上，厅里只听得见脚步声以及他的皮鞋摩擦发出的轻微吱嘎声。

沃格尔不打招呼也没看任何人一眼，就这样走近了篮框下的黑板。他凝视了片刻“案子进展”，像是在仔细研究它们。突然，他伸出手擦掉了那行字，并撕下了照片和地图。

紧接着，他用粉笔写下了一个日期：12 月 23 日。

沃格尔转向了听众。“人已经失踪快两天了。”他开口道，“在失踪的案件中，时间是我们的敌人，但也可能是盟友，这取决于我们。我们必须很好地利用它，为此有必要采取第一步。”他停顿了一下，“我想要在国道上，山谷的两个入口处设置检查关卡。”他不容置辩地说，“你们不需要把任何人拦下来，但是我们必须发出相关讯号。”

在场的人默默地听着。博尔基站在一旁，靠在墙上看着他们。

“有人检查过加油站的摄像头跟道路交通监控摄像头是否正常吗？”沃格尔问道。

犹豫了一下之后，一名穿着格子衬衫打了蓝色领带、大腹便便的警察举起手中咖啡表示要发言。他有些困窘：“是的，先生，我们调取了女孩失踪前后几小时的录像。”

“很好。”沃格尔很高兴，“请你们再去盘查一下开车经过的男性司机，并核实他们进入或离开山谷的原因。把重点放在那些有暴力过往或有前科的人身上。”

博尔基以一个观察者的角度注意到了下面这群人的不满。

这时，另一个年龄较大的警探自认有资格来评价一下：“长官，我们人数不多、没有资源，也没有加班加点的补贴。”他的话得到了其他人的认可。

沃格尔并不沮丧，他看着下面临时搬来的桌子，捉襟见肘的资源使他们显得滑稽可笑。他不能怪这些人持怀疑态度，因为他们没有积极性。但是他也不能容忍任何借口。最终，他平静地回答：“我知道大家现在想在家里与家人一起庆祝圣诞节，并且各位将我和博尔基警探看作是两个来这里发号施令的陌生人。但是当这个故事结束后，我跟博尔基两个人就会回到我们的家乡。而你们……”他迅速地挨个扫过他们，“你们将不得不继续在街上遇到那个女孩的父母。”

一阵短暂的沉默后，年长的警察再次接过话来。这次他的语气不再嚣张：“长官，请允许我问一句：现在是一个女孩失踪了，为什么我们得去找出一个男人？我们不应该把重点放在找这个女孩上面吗？”

“因为有人带走了她。”

正如预期的那样，短短一句话以石破天惊的效果落在了听众身上，冻结了所有疑问。沃格尔眼睛盯着那些在场的人。任何有常识的警察都会将这一说法视为调查的异端。没有证据支持该假设，甚至没有模糊的线索。这仅仅是个凭空指责。但它足以使沃格尔在他们脑海中萌生出有这个可能性的想法。“可能”的种子足以在短时间内成长为“确信”。他很清楚，如果他能说服这些人，那么他就能说服任何人。他投下所有赌注——不是在真正的犯罪研究办公室中，而是在学校体育馆里。他面对的也不是在该领域磨炼累积出多年经验的专业警察，而是因为缺乏装备、不知道如何进行复杂调查的地方警队。在那几分钟内，他下注投机的是案件的命运，或者也包括那个十六岁女孩的命运。因此，沃格尔亮出了他所有的技巧，试图让他们买账。

“只在周边转一转是没有用的。”探长继续说，“我们必须击中要害。因为正如我所说的，去做其他所有事情都是在浪费时间。而浪费的这个时间，不是我们的，是安娜·卢的……”他从外套口袋里拿出了黑色笔记本，干脆利落地打开了它并查阅起笔记。“差不多在12月23日下午五点，安娜·卢·卡斯特纳出门参加教堂的聚会，教堂跟她的家距离大约是三百米。”沃格尔转过身，在黑板上画了两个点，间距很近。“我们知道她没有到达那里。但是这个女孩不是会离家出走的那一类。不仅是认识她的人这么说，而且她的生活方式也证实了这一点：家里没有互联网，没有个人社交网络资料，就连手机里也只有五个电话号码。”沃格尔抬起手数起来，“妈妈、爸爸、家里、祖父母家和教会。”接着他转身面朝黑板，将先前绘制的两个点用一条线连接起来。“所有的答案都在这三百米之内。那里一共住着十一户人家，四十六口，案件发生时在家的有三十二个人。但没人看见任何东西或听到任何声响。监控摄像头朝向居民区内部而不是大街，因此它们没什么用处。就像老话说的那样，每个人都顾着自家的花园。”他把黑色记事本放回口袋里。“绑架者研究了邻居的习惯，他知道如何不被发现。这一事实让我们只能推测出他的存在，以及让我们知道他在比赛开始之前就已经做好了各项准备——并且他正在赢过我们。”

沃格尔放下粉笔，边拍着手上的粉笔灰边仔细观察坐在下面的听众，想了解刚才他表达的概念是否突破了他们的防线。是的，他做到了。他使他们心中对案件产生了疑问——不仅如此，他还激发他们的动力，让他们愿意破釜沉舟地投入。从现在起，他便可以轻易地指挥他们，没人会再去质疑他的命令中的任何一个字。

“那么，好，请记住：问题不再仅仅是安娜·卢现在哪里。真正的问题是，她跟谁在一起。”探长总结道，“现在我们开始行动。”

博尔基饿着肚子走进宾馆小小的房间里。房间是这个下午跟沃格尔探长的那一间一起预定的。他几乎确定圣诞节那天会没有空房。可尽管这家亚平宁之花宾馆是山谷里为数不多仍在运营的几家宾馆之一，却几乎是空的。萤石矿山被发现后，多数住宿和宾馆都关门了。起初，博尔基还想知道为什么没有将这些处所改建为跨国公司员工的宿舍，但随后宾馆门卫向他解释说，这里的工人几乎全部是本地人，而公司的管理层则是直接坐着他们的直升机上山，从不停留太久。

阿维乔特仅有三千名居民，其中一半的男性劳动力受雇于掌管山谷的大型采矿厂。

博尔基警探进入房间第一件事就是脱下皮鞋、抽掉领带。他这一整天穿着那身衣服冷极了。通常只有在不得不去法庭作证时他才会穿上西装，真是不习惯连续好几个小时都要穿着它们。等到自己身体的温度达到房间的温度后，他立刻脱下西服和衬衫。他不得不把它们全洗掉然后挂在淋浴间里，希望第二天它们能晾干，因为妻子在帮他收拾行李箱时忘了放一套备用的衣服。卡罗琳最近经常心不在焉。他俩刚结婚一年多，现在她正怀着七个月的身孕。

即便你是一名警察，有着不可抗拒的原因，也很难向一个待产的年轻妻子解释为什么这个圣诞节你不能与她一起度过。

博尔基把衬衫浸在浴室的洗手池中时给她打了电话。他们的通话很短暂。

“所以阿维乔特到底发生了什么事？”她不太开心。

“实际上，我们还没弄清楚。”

“那么他们也可以放你一天假吧？”

显然卡罗琳想要吵个架。每每她这样时，与她打交道真是令人发狂。“我跟你说过，对于我的职业生涯来说，留在这里很重要。”他试图讲和，但还真不容易。然后他被房间里开着的电视声分散了注意力。“抱歉，我现在要走了。有人来敲门了。”他撒了个谎。在卡罗琳挂断电话之前，他结束了通话。随即他跑去看电视新闻播报的画面。

圣诞节这天晚上，当人们庆祝完并准备结束漫长的一天时，安娜·卢的父母出现在了电视上。

这对夫妇紧挨着彼此，坐在一张放在小布道台上的矩形大桌子后面。他们穿着对于他们而言突然变得太过宽松的滑雪衫，似乎那么多个小时的焦虑从最深处吞噬了他们。他俩看上去样貌谦卑，一直握着对方的手。

博尔基认出这个发布会是在下午的时候，由当地电视台的技术人员在沃格尔的监督下拍摄的。他当时也在场。但是此刻，同样的场景在镜头里出现时，他心里产生了一种奇怪的感觉——一种他无从解释的感觉。

布鲁诺·卡斯特纳对着摄像机镜头展示了一张带着相框的女儿照片，这张照片是在某次教会活动结束时拍摄的，安娜·卢套着洁白长衫，脖子上戴着一个木制十字架。他的妻子玛丽亚的脖子上现在也戴着同样的十字架，她宣读了一条声明。“安娜·卢身高一米六七，红色长发，一般会扎马尾辫。失踪时，安娜·卢穿身穿灰色运动服、运动鞋和一件白色羽绒服。她还背着个彩色背包。”然后，该女子深吸口气，直视着镜头，仿佛她是在直接向所有正在听着的家长们，以及那些也许会知道真相的人讲话。“我们的女儿安娜·卢是一个善良的女孩，认识她的人都知道她有一颗博爱的心——她喜欢猫并且对人报以信任。因此，今天我们也希望告诉那些在她生命的前十六年中不认识她的人：如果您见过她或知道她在哪里，请帮助我们将她带回家。”最后，她对女儿说了一段话，似乎女儿是在一个陌生而遥远的地方，还真的可以听见她说话。“安娜·卢……妈妈、爸爸和你的兄弟姐妹永远爱你。不管你在什么地方，我都希望我们的声音和我们的爱能到达你的身边。当你回到家的时候，我们会送你一只你心心念念想要的小猫，安娜·卢，我向你保证……主保护你，我的小宝贝。”

博尔基想到，即使没有必要，这个妇人依然重复了好多遍女儿的名字。也许是因为她害怕连安娜·卢遗留下的最后这样东西也要失去了。

在那一刻，一个从未想过要在电视上露面的朴实而默默无闻的女孩，以及阿尔卑斯山脉上一个名为阿维乔特的小村庄，不幸地开始出了名。博尔基对刚才那种感觉有了清晰的认识——那种当他发现自己看着发生过的场景却变得完全陌生的感觉。

那是电视的作用。好像在那里面，话语、手势有了新的依据。

曾几何时，电视只是对现实的再次反映，而现在则反客为主地将事实添油加醋，又让它变得切实可信、有理有据。

它创造了事实。

博尔基不知为何又回想起沃格尔在卡斯特纳屋外奇奇怪怪地拍完手之后，一上车便讲的那句关于安娜·卢父亲的话。

“那个男人迫切地想告诉我们一些事情。”

博尔基也即将成为一个女孩的父亲。至今已经过了不止四十八个小时，那个让沃格尔觉得笼罩着不祥阴影的男人仍不知道他自己女儿的情况。警探突然感到一阵焦虑。他不得不怀疑这个等待着他女儿的世界是否真的如此残酷。

午夜之前，卡斯特纳家中一片寂静。但是这份沉寂与平静无关，因为它印证了这所房子里长达不止四十八个小时的空虚。安娜·卢的缺席此刻愈加明显。她的父亲无法再像整个白天一样去逃避，避免去看女儿通常会出现的那些地方，比如餐桌前她的椅子或是她喜欢在晚上坐着看书或电视的扶手椅，还有她房间的门。他用其他声音填补上她声音的空缺。就好比，当再也听不见女儿说话、欢笑或哼唱的痛苦再次变得难以忍受时，布鲁诺·卡斯特纳便会移动个什么东西，如此发出的噪音就填上了安娜·卢留下的空白，可以让他将注意力从残酷的死寂中分散开来。

弗洛雷斯医生给玛丽亚开了些让她安睡的镇静剂。布鲁诺看着她服了药之后，又去给双胞胎盖毯子。他停在小房间的门口，看着他们紧张不安地睡着。这两个孩子表面上坚强，但睡相却能明显看得出他们也心神不宁。他们几乎整天都在用不经意的样子不停提问，也似乎对简短含糊的回答感到满意。但是表面的漠不关心掩盖着想要知道真相的恐惧。那一个在七岁的年纪并未准备好去迎接的真相。

甚至布鲁诺·卡斯特纳都不知道这是什么，他只知道他对此深感恐惧。

这个男人坐在早餐桌旁。依然穿着拖鞋和睡衣。在两名警察来访过之后，他就穿好了衣服准备出门，但不知道该到哪里去。他已经习惯了货车司机的工作，于是在接下来的几个小时中，他一直在自己的货车上待着，漫无目的地在山路上乱开。他想要寻找到一丝安娜·卢的痕迹，不管是什么。实际上，他还想要摆脱自己的焦虑以及一种无力感——作为一个父亲，没能像他本应做到的那样，照顾好自己亲爱的孩子们。

此刻，在这无尽的一天即将结束时，尽管他已经筋疲力尽，但还是不确定自己是否能够入睡。他害怕那些等待着他的梦。他也不能服下安眠药，因为必须有人来继续守护屋子、守护家人。虽然这也许没有用——鉴于邪恶仍旧还是找到了登堂入室的方法。此外，安娜·卢有可能会出乎意料地回来，或者来个电话将他们从这个邪恶的魔咒中拯救出来。

如此，布鲁诺走进客厅，从橱柜的抽屉里拿出了玛丽亚这些年用心收集的那些家庭相册并把它们带到小客厅。他坐到桌旁，没有打开灯，有一盏路灯透过窗户将光线投进屋里——已经足够了。他开始把照片从它们的插页中取出，用只有他明白的顺序一张张地在桌子上排开，就像一个算命先生，试图依据面前的画像去猜测未来。

这一堆照片里，有他宝贝女儿从很小时候起的那些照片。

安娜·卢开始在他眼前慢慢长大。她会爬行的那天，她学会走路的那天，他教她骑自行车的那天——一系列的第一次——她第一次入学，她第一次过生日。第一个圣诞节。然后，还有许多随着时间的流逝而散落的其他时刻。其他的圣诞节，山上游玩，滑冰比赛。满满的都是美好回忆。因为——甚至想起来也很愚蠢——人们从不在糟糕的日子拍照。即使拍了，也肯定不会把这些照片放进来，他想着。

其中还有他们在一年前最后一次去海边度假的照片。穿着泳衣的安娜·卢有些滑稽，有点尴尬，她自己也知道。也许这就是为什么她在那些镜头中总是站到一边去。与同处花季的许多同龄人不同，她尚未绽开她的花朵。红发扎成马尾辫、有着小雀斑的她看起来仍像个小女童。布鲁诺·卡斯特纳希望玛丽亚与她谈一谈，解释一下那是正常现象，并且有一天她的身体会突然而快乐地发生改变。但是对于妻子来说，她是有宗教信仰的，性或青春期等话题都是禁忌。他当然也不能越俎代庖。有一天他应该会跟他的双胞胎男孩谈到这个话题。但是，这样的聊天是不方便父亲带着他的独生女儿去面对的。那会陷入致命的尴尬境地，安娜·卢会突然脸红，并且知道自己的脸颊着火了又对此无能为力，她会感到更加暴露和脆弱。

他的女儿就像他一样，在与世界上的其他人互动时，害羞且有点不自在。包括跟她的家人。

布鲁诺本来想给她更多。就好比他本来希望将土地出让给采矿公司获得的一部分钱花掉，把她送到山谷外一所更好的学校。也许可以上一所不错的私立学校。但是那块土地是妻子的，因此那笔钱也属于她。玛丽亚一如既往地替代每个人做了决定。他不反对为教会捐款，但他希望他们的孩子们现在能分得一些，而不是去等一个假想的将来。

因为布鲁诺·卡斯特纳甚至不知道，例如，安娜·卢是否还会有将来。

他懊恼地把那个念头抹掉了。他想一拳捶到桌子上，以他的力气，应该可以把桌子劈成两半。但是他停了下来。他已经忍了一辈子了。

他揉了揉眼睛。当他再次把眼睛睁开时，目光停在了一张特殊的照片上。是张近期的照片。女儿在另一个女孩身旁微笑着。这张照片毫不留情地对比着：穿着运动服、运动鞋，跟往常一样红发扎成马尾辫的安娜·卢看上去就像个孩子；而她的朋友，化着妆、打扮时尚，但最重要的是，她看起来已经像是个成年女性了。仔细地看着她，布鲁诺·卡斯特纳想哭，但他不能。

发生的一切都是他的错，只有他的错。

他也是信徒，尽管不像玛丽亚那样笃信，正因如此他知道这样的想法足以算作是严重的过错。但是，如果他有能力给自己的妻子施加一些压力，安娜·卢现在可以安全地待在某个学校或其他地方了。如果他有勇气告诉玛丽亚他的真实想法并主张自己的观点，那么他的女儿也许就不会失踪。

相反，他选择了保持沉默。因为这就是罪人们所做的：他们沉默，并且，用沉默来说谎。

布鲁诺·卡斯特纳独自接受了这一宣判。他将几乎所有的照片放回了原处，合上了相册，准备迎来他的第三个不眠之夜。

桌上还剩一张照片。安娜·卢和她的朋友。

他把它放进衣服口袋里。

12 月 26 日

失踪后的第三天

天气变了，寒意愈加深重，圣诞节时明亮照耀的太阳也被厚厚的乌云遮掩住了。

阿维乔特在节日的狂欢散去后，仍带着慵懒的倦意。不过，沃格尔和博尔基却早早醒来，为新的一天争分夺秒。他们开着深色小车在小镇上徘徊。探长穿得十分得体，好像他是要去参加某个正式会议。擦得锃亮的皮鞋配一身威尔士格子套装，西服里面粉色羊毛领带衬着白色的衬衫。博尔基则穿着跟昨天一样的衣服，那件在宾馆洗了的衬衫也没能熨烫一下。这让他在上级身边感到很不好意思。在他集中精神开车的时候，沃格尔则一路环视。

以宗教为主题的口号出现在房屋的墙壁上。“耶稣与我同在！”“基督就是明路。”“与我同行者可得救赎。”这些口号都用白色油漆写成，从书写方式可以看出，它们显然不是某些不知名的狂热者所涂画的。而是房子的主人亲力亲为，用来昭示他们的信仰。此外，几乎到处都能看到耶稣钉在十字架上的受难像——公共建筑的外墙上、花坛的中央，甚至包括商店的橱窗上。

宗教的狂热浪潮似乎已经遍及整个小镇。

“跟我说说关于卡斯特纳一家加入的教会情况。”

沃格尔突然随口问道。他未曾指望博尔基对于这个话题做过什么研究。“大约在二十年前，阿维乔特发生了一桩丑闻：当地的神父与一名女教徒私奔了，那个女教徒曾是一名忠实的妻子，而且还是三个孩子的母亲。”

“我对八卦不感兴趣。”沃格尔讽刺地说。

“嗯，长官，但这恰恰是一切的开始。通常情况下，这样的事情只会在一些流言和诽谤中结束，但在阿维乔特，人们相当认真地对待了它。他们说，牧师年轻而富有魅力。他的讲道赢得了所有人的好评，确实倍受爱戴。”

这些在闭塞山区里、处处受限的小社会中生活着的人们的心灵确实需要些魅力来打动……以及从大众的信任中获利。沃格尔想着。

“事实是，这个牧师设法获得了大量的追随者。教会成员一直都比较谨慎，因此在这件事情发生之后，他们便感到被自己的精神导师背叛了。在这点上，人们的不信任很难得以恢复，信徒们开始拒绝教廷派遣的所有接替者。就这样，在几年之后，一些成员承担了执事的角色，从那时起，这个团体便开始了自我接管。”

“像一个教派分支？”沃格尔问道，他突然产生了兴趣。

“有些类似。这地方以旅游业为生，但他们从未真正欢迎过外来人。外来的人很麻烦，而且他们所拥有的习惯不能适应——如同我们所说的——‘当地文化’。随着萤石矿的发现，这些人终于可以摆脱那些异乡人，并几乎断掉了连接到世界其他地方的所有桥梁。”

“玛丽亚和布鲁诺·卡斯特纳必定是其中最热忱的那一部分信徒，他们为宗教事业捐了那么大一笔钱。”

“您是否也注意到他们谈论他们的教会时的口吻，就好像那是一个排他的精英圈子？类似于‘我们和其他人’，我不知道我的这个想法是否确切。”

“说得不错。”

“教会成员是最先参与寻找安娜·卢的。我了解到，这些日子以来，他们与卡斯特纳一家非常亲密，而今天早上开始，其中一些人甚至搬到了卡斯特纳的家里去照顾他们，不让他们落单。”

他俩来到了阿维乔特教堂附近。旁边还建了一所更加现代结构的建筑。

“看，这是礼堂。它比一所真正的教堂更多地被教徒使用，特别是会用作集体祈祷仪式。教会团体在山谷中似乎很有影响力，甚至能够影响采矿公司的决策，事实上，矿业公司对此也给予了高度重视。这里的镇长、议员以及所有的公职人员都与教会有千丝万缕的联系。结果就是他们颁布了一系列的禁令，例如在周日和节假日以及下午六点后的晚上不能在公共场所吸烟或饮酒。此外，教会反对堕胎、同性恋，也不欢迎恋人同居。”

崇高个狗屁，沃格尔心里想着。虽然，他对这样的事早就有了精确的认识，但他内心的一部分依旧感到非常满意。

安娜·卢失踪案的背景材料实在无懈可击。一个年轻女孩神秘失踪，罪恶将自己融进一个笃信上帝和他的戒律的教会团体中，整个城镇不得不因为这件“正在发生的事”而提出质疑。

或是“已经发生的事”。

沃格尔先前要求跟镇长和一名森林管理员见面。博尔基立即照做，却不明白为何探长要求将会面的地点设在穿越山谷的河岸边。

当他们到达目的地时，博尔基将汽车停在一个空旷的碎石广场上，那里有一个废弃的木亭，一个旧牌子表明这里曾经是卖活鱼饵并出租鱼竿的地方。镇长和森林管理员已经乘坐带有市政标志的越野车先一步到了那儿。

那名政客是个健壮的人，他的裤子皮带几乎撑不住过于肥大的腹部。他的登山服敞开着，里面是一件蓝色的棉布衬衫和一条不太搭的红色菱形图案领带。领带夹是金色的，顶端有一个小小的紫水晶十字架。沃格尔没有表现出他多么不赞赏他的这身衣服以及梨形脑袋上那撮可笑的头发，还有他那过厚嘴唇上面的胡须。他觉得，这个镇长是那种即使在冬天也总是感到很热的人。双颊上的那抹始终不褪的红晕就是证明。当镇长以最亲切的微笑迎上来时，沃格尔接受了他充满力量的握手，但没有报以同样的热情。

镇长说：“探长，我已经认识卡斯特纳一家快一辈子了，您不知道在他们难受的那些时刻，我也感受着巨大的痛苦。”他的笑意变成了沮丧。“我们很高兴能由您来负责我们的安娜·卢的案子。鉴于您的声望，我们的小女孩找到了最佳托付。”

安娜·卢突然成为了每个人的女儿，沃格尔心想。但最终事情总是如此，至少嘴上是这么说的。但是，当他们转身关上家门时，他们都会感恩于这样的命运是发生在别人的孩子身上。“你们的小女孩是会被优先考虑到。”沃格尔回答。但对方没有在他的言语中听出讽刺的意味。“我们现在可以看看这条河吗？”

沃格尔绕过他身旁，向河滩走去。镇长恍惚了好一会儿后，跟上了他的脚步。森林管理员和博尔基也跟上他们。警探想知道沃格尔想走多远才觉得足够靠近水流。可令他惊讶的是，他看到他越过了碎石的边界，将脚浸入河边的泥土中，不去理会被弄脏的精致衣服和昂贵鞋子。

那一刻，其他人只得纷纷照做。

森林管理员是唯一一个穿了靴子的人，其他人则都是满脚的泥浆。博尔基想到今晚回到宾馆，他不得不再洗一次衣服，也许这都还不足以挽救他带来的唯一这套衣服。

“河道的平均宽度为八到十米，水流可以说比较湍急。这里算是流得最慢的地方。”森林管理员说。

沃格尔已经问了他不少细节。那个森林管理员不明白他为什么对此这么感兴趣。“这里有多深呢？”探长又问道。

“平均有一米半深，但在某些地方甚至能达到两米半。即便如此，水流也是无法冲走积聚在水底的杂物的。”

“所以需要你们来清理？”

“平均每两三年清理一次。在秋天雨季来临之前，我们会安置一条人工水坝，这样挖泥船可以在一周内完成工作。”

博尔基转身向跨过河面的小桥看去。大约一百米处，桥上停着那辆他昨天在卡斯特纳屋外注意到的黑色货车。他想车上坐着的应该还是他见过的那两个人。也许他最好给沃格尔提个醒。

“后来，矿山减慢了水流的速度，碎屑、各种废物和动物尸体都堆积在河床底部。上帝知道那里面到底是有什么。”森林管理员继续说着，最后总结道，“这河得病了。”

最后这句话刺激到了镇长，他急忙纠正：“我们市政部门已经说服采矿公司为环保计划提供资金。如今正在花费大量资金进行补救。”

沃格尔没去理会这一评论，转身对正在注视货车的博尔基说：“我们需要与采矿公司的人交谈，问他们要到外部供应商的清单以及通勤员工的姓名。”

镇长明显表现出担忧：“上去吧，我们走，为什么我们要为了那个可能在耍小脾气的女孩就去打扰他们呢？”

沃格尔转身严肃地凝视着他。“耍小脾气？”

对方试图解释自己的言语。“您不要误会我的意思，我也是个父亲，我知道家长们的感觉……但是您有没有觉得有点儿小题大做？这个采矿公司在山谷雇用了很多人，他们不会乐意因为这类事受到大众的关注。”

镇长想要用诚意让沃格尔为他的一意孤行感到抱歉，博尔基心想。但是政治实用主义在探长身上并不起作用。

“我想告诉您一件事情……”沃格尔走近那个男人，低声说道，好像在对他吐露真心。“经验告诉我，想要做成事情有两个时机——现在和稍后。推迟似乎是明智的，有时需要权衡情况以及可能造成的后果。但不幸的是，在某些情况下，考虑太多可能会被误认为是犹豫，或更糟糕的是，会被认为是软弱。拖延意味着让事态恶化。没有比这更糟糕的广告了，相信我。”

结束了这番说教之后，沃格尔转向他们来时的那个广场。

一个试图压过水流声的声音分散了他的注意力。那一瞬间，其他人也跟他一样，向广场望去。

在河滩边缘，那片泥泞的前面站着个金发碧眼的女人，她穿着一身蓝色套装和一件深色外套，朝着他们的方向挥舞着手臂。

靠近她时，博尔基看到她脏了的鞋子，明白了这个女人也试图踏进泥水里，却被她的鞋跟拖了后腿。

“我是检察官梅耶。”她做自我介绍。年轻的检察官看上去三十多岁。不高，但是比例很好。她的脸上没化妆，衣着朴实。她立即将两名警探拉到一旁交谈，似乎有些恼火。“我了解到昨天有一场汇报会。为什么没有通知我？”

“我不想在圣诞节这天把您从家人身边抢走。”沃格尔机智地回答，“除此之外，我相信，检察官没有必要参加初步调查活动。”

但是，梅耶并不容易被打发。“沃格尔探长，昨天您是不是碰巧提到过存在绑架者？”

“目前我们不能排除任何假设。”

“我明白，但您这个说法有任何证据吗？任何的录音、证词或线索？”

“的确，并没有。”沃格尔很生气，但是不想表现出来。

“那我必须推断出这纯粹是用直觉凭空调查。”梅耶轻描淡写地步步紧逼。

“如果你想这样说的话。”他假意附和。

博尔基在一旁默默地看着他俩对峙。

“案子有几种可能。”探长继续说，“根据经验，我知道最好从最坏的情况开始，这就是为什么我谈到了可能存在绑架者。”

“在您过来之前，我尽力地收集了关于安娜·卢·卡斯特纳的信息。一个在手链、小猫和教区之间简单生活着的安静女孩。我不得不承认，与同龄女孩相比，她也许是有些晚熟。但这个当然不会是她成为预定受害者的主因。”

沃格尔对检察官的描述感到有趣：“您从中得出什么结论呢？”

“一个实施严格教育的家庭跟一个存在感太强的母亲。例如说，安娜·卢甚至在学校都不允许结交不属于教会的同龄人。由于教会规定的严格限制，除被认为‘合法’的人之外，她不允许与朋友外出或一起做其他什么事。换句话说，她不被允许做出任何决定，甚至不能犯错。十六岁时，犯些错误几乎是难免的。因此能够理解，她可能会在某个时候违反一些规则。”

沃格尔若有所思地点点头。“因此，您相信她是主动逃走的。”

“发生了多少次了？您也知道统计数据是支持这个假设的。尤其是安娜·卢离开家的时候背了一个彩色背包，而她父母没人能说出里面有什么东西。”

当探长假装思考这些结论时，博尔基回想起昨天他们去探望卡斯特纳一家时，安娜·卢的母亲交给沃格尔的日记。整本里都没有任何表示出逃脱意愿的迹象。

“您的论点非常吸引人。”沃格尔表示。

然而，梅耶对奉承并不买账，她继续发起进攻：“我知道您的手段，沃格尔，我知道您喜欢站在聚光灯下，但是在阿维乔特，您是找不到参与您演出的恶魔的。”

沃格尔尝试着转移话题。“我们的工作间设在学校体育馆，我的办公室是一间更衣室。我手下可支配的人能力欠缺，装备也非常简陋。我希望有一个科学勘察组来一寸寸地分析女孩消失的那段路，也许我们能证实您的假设，并且永远排除其他的设想。”

梅耶发出一阵有趣的笑声，然后又严肃起来。“您是否知道，如果警方怀疑有绑架者的消息泄露，会发生什么？”

“不会有任何消息泄漏出去。”沃格尔向她保证。

“您现在手上什么都没有，哪来的勇气跟我索要一个科学勘察组？”

“不会有任何消息泄漏出去。”探长更加坚定地说。

博尔基看到沃格尔的额头上凸起了一条深色的静脉。在那之前，他从未见过他发脾气。

梅耶的态度似乎有所缓和。然后，她在离开之前盯住他们两个。“请不要忘记，这仍然是一起失踪案件。”

回体育馆的路上，车内全然无声。博尔基想要说些什么，但担心一旦他开口，便会释放出沃格尔先前隐忍的愤怒。

这时，开着车的警探将视线移到后视镜上，发现那辆黑色小货车又在跟着他们。

这个动作并没有逃过沃格尔的眼睛，他拉下了副驾驶的遮阳板，用上面的小镜子检查了路后方。然后干脆利落地合上遮阳板。

“昨天以来，他们就一直跟着我们。您要我阻止他们吗？”博尔基问。

“是狗仔队。”沃格尔说，“他们想要追踪新闻。”

博尔基起初不理解：“您是说他们是记者？”

“不。”沃格尔随即回答，没看他一眼，“他们是自由摄影者。当他们嗅出可疑事件的气味时，便带上相机立马赶过去，希望能抓拍到一些照片转卖给新闻网。记者们不会浪费时间在失踪女孩的身上，除非是可能有血案发生。”

博尔基觉得自己很愚蠢，因为他突然意识到自己的上司昨天在卡斯特纳屋外以及今天早上都早已注意到了这辆货车。“那这些狗仔正在寻找什么呢？”

“他们在等待恶魔出现。”

博尔基开始懂了。“正因如此您今天早上去了河边……您希望他们认为我们已经准备好寻找尸体了。”

沃格尔不再说话。

沉默使年轻的警察不知所措。“但是不久前您跟检察官说不会有消息泄漏……”

“没有人喜欢在社会舆论面前丢脸，博尔基警探。”沃格尔梳理道，“我相信，这也包括我们的梅耶小姐。”他转过身子看着他。“要找到安娜·卢必须使用些手段。仅靠找她父母谈话是不够的。”

说完这句话，探长便停止了讨论。在到达办公室之前他们没再提起这个话题。但是，在路上，博尔基对沃格尔的意图有了更清晰的认识。起初，他觉得他的行为似乎有些玩世不恭，但是现在他了解了他的逻辑。如果媒体对这个案子不感兴趣，如果社会舆论没有决定“重视”安娜·卢，那么他们的上级就不会给他们进行调查所必需的最佳资源。

沃格尔到了改做办公室的更衣室时，博尔基又出门去了不远处的一家小型五金商店。当他回到体育馆时，便把在场的警员们召集到桌子周围，给他们分发下去一些透明包装袋，里面是粉刷时用的连体服。

“我们应该刷什么？”其中一个人开玩笑地问道。

博尔基没有理会他。“你们得穿好这身衣服，然后到现场去。”

“去做什么？”另一个人傻乎乎地问道。

“等你们到那儿的时候，我们再讨论。”警探没有正面回答。

当晚下起了雪。不是纷飞的鹅毛大雪，而是近乎零星飘散着的点点碎雪，它们一接触物体表面立刻就消失了，如一场梦幻泡影。

气温也下降了几度，但在国道边的小餐馆内，仍旧是温暖舒适的。与往常一样，席间客人寥寥。餐厅里有两名卡车司机分别坐在各自的桌子前默默地吃着东西。室内听得见老店主在餐厅后面的厨房里吩咐菜品的声音、台球的撞击声以及柜台上面那台电视发出的低沉声响，电视里放着足球比赛，但没有人在看它。

餐厅里的第三位顾客则是博尔基，他坐在一个卡座上喝着蔬菜浓汤。他把面包撕成小块放进盘里，然后用勺子舀起来。同时，不停地看着时间。

“都还好吗？”女店员用勉为其难的亲切口吻问道。她系着一条红色丝巾，餐厅制服上别着一个小小的紫水晶十字架。博尔基也曾在镇长的领带夹上看到过同样的标志。可想而知，这是当地教会的象征。

“汤非常好喝。”博尔基微露出一丝笑容回答。

“您还要我给您再拿些其他什么吗？”

“不用了，这样就好。”

“那您需要我为您准备账单吗？”

“再等一会儿吧，谢谢。”现在离接下来的约会还有些时间。

女店员没有坚持，有些失落地朝柜台走去。又是个为小费而操劳的晚上。博尔基对她报以同情，他几乎可以肯定她是一家之母。他认得出她脸上明显的疲惫痕迹。也许这还不是她唯一的工作，可能她身兼数职。女店员时不时调整着她脖子上的红色丝巾。谁知道教会对于丈夫或男友殴打他们的配偶会有什么想法，警探心里想着。

他应该给卡罗琳打个电话。他们今天只相互发了几条短信。她现在跟她的父母在一起，博尔基感到相当放心，只是她仍然不停地问他什么时候回家。事实是，他也没有答案。而且他也不那么着急想回去。要做的事太多了，整个生活都需要因他们将要到来的女儿重新计划安排。最近几个月，博尔基不得不连续做了一系列的决定，他几乎要喘不过气来。租一间更大的公寓，装修、安置家具——他还换了车，在二手车里选了辆让新家庭的所有成员都坐得舒服些的款式。鉴于卡罗琳已经不再工作了，这一切都落在了他的肩膀上。他承担着所有的开销，时不时会突然感到一阵焦虑。除此之外，当她抱怨他工作太多的时候，他还不能跟她作对，无法去反驳她，告诉她“女儿即将到来而他又只领一份薪水”。于是，博尔基拿起了手机却又打消了给年轻妻子打电话的念头。他更加频繁地看着时间，想确保自己的想法取得了些成效。

八点整了。他的约会。

不一会儿，慵懒的餐厅气氛又恢复了活力。店主更换了电视频道并调高了音量。打台球的人暂停了比赛，两名卡车司机也转身向屏幕看去。一小群人聚集到电视下面，其中还包括刚刚在厨房里的人。

全国新闻正在播放一个室外拍摄。博尔基认出了那条穿越阿维乔特山谷的小河。视频从横跨河流的桥上拍摄的。他看到他们的人穿着刷墙的连体服，在河道附近的泥泞中来回地走。他们看着河底下，假装收集发现的物体，将它们放在塑料袋中，然后密封起来——一切依照他给他们的、他所收到的那份指示里安排的那样。

"年轻的安娜 · 卢失踪案案情今天发生了意外的转变。"记者的声音在后台响起，"警方继续调查失踪事件，但今天下午一批科学勘察组的技术人员沿着河流进行了检查。"

即使没有人朝他的方向看，博尔基也试图不要过分表现出他的满意。小伎俩奏效了。

"我们无法知道他们在寻找什么。"声音继续说道，"我们所知道的是，沃格尔探长带走了一些发现物，这名探长以解决耸人听闻的新闻故事而闻名，他的行事风格充分诠释了'有趣'这个词。"

这时，博尔基从桌旁站起来到柜台去付款。尽管他当警察的收入已是惨不忍睹，但依然给了女服务员丰厚的小费。

12 月 27 日

失踪后的第四天

停在市政厅前广场上的采访车里有一个真正的控制室。车外面，某个扎着一束脏辫的技术人员正在重新整理电线。周边到处都是材料盒，还有一把折叠椅，椅背上标注着“斯黛拉·霍纳”。

金发、优雅，一袭淡妆衬托着深邃的大眼，美得充满攻击性的斯黛拉舒服地坐在位子上，好奇地观察着技术人员的工作。支撑着她双脚的是一台带有她工作单位徽标的摄像机。细直的双腿伸展着，交叉的脚踝配着高跟鞋愈加显眼。可以说她在老家小镇上高中时并不是很受男生欢迎。尽管她的相貌在一般女生之上，但他们却都奇怪地与她保持着距离。多年来，她一直想知道为什么。很久以后，她才意识到，实际上是这些男生对她望而却步。为此，她有时会刻意稍显示弱——不是为了征服男人们——通常，只是为了靠近他们，然后一口咬上他们的喉咙。

只有一个男人从未被她成功骗倒。

她看到他在晨雾中慢慢靠近，双手插在羊绒大衣的口袋里，脸上带着奇怪的笑容。

“那个能告诉我们——我们在这里做什么的人来喽！”她用胜利的语气对技术人员说，“这个地方跟我的鞋子也不太配啊。”

“很抱歉，你可能得走很长一段路，斯黛拉。”沃格尔以嘲讽的语气问候她，“当然，你还有一些更重要的事情要去处理。最近，我似乎看到了你的一个报道，一个男人杀害了他妻子……还是杀了他的女朋友？我不记得了……所有这些谋杀案看起来都很相似。”

斯黛拉报以微笑，她知道如何面对讽刺并进行回击。等沃格尔来到她面前，她瞥了一眼他身后，便转向摄像师：“弗兰克，你知道的，即使没有证据，这个人都能成功说服所有人有个恶魔存在。”

沃格尔脸上洋溢着逗趣的表情，也转向摄像师：“你看到了吗，弗兰克？记者就是这样做的——他们操纵真相，使你觉得事情比实际情况更糟。但是斯黛拉是特派记者之冠——没有人能在外联中击败她！”他又转回头看着记者：“这个季节在户外没觉得有点冷吗？”

“是啊——一个失踪的女孩？我们得加油！我冻着屁股就是想完成一个真实的故事。但是我没在这儿看到任何故事：我这就回家算了。”

那个技术人员一句话都没说，也对他俩的讨论完全不感兴趣，直接回到了采访车上，让他俩单独待着。

斯黛拉不再苛刻，继续展开攻势：“你的偷娃贼呢，沃格尔？因为说实话，我并不觉得真有其人。”

探长没有生气。他知道说服霍纳绝非易事，但他已经做好了准备。“进入和离开山谷只有一条路。路的一边有交通监控摄像头，另一边有加油站的摄像头——我们正在检查过境车辆，仔细筛查每个人的生活行为……但我已经知道这些都没什么用的。”

斯黛拉·霍纳看上去很困惑：“那为什么要做那么多努力呢？”

沃格尔掏出了第一张王牌：“为了证明我的理论：那个女孩从来没有离开过这里。”

斯黛拉沉默了好一会儿，这表明她开始对此产生了兴趣：“继续……”

这个记者之所以会来到这里，沃格尔知道这得谢谢博尔基。粉刷匠连体服的主意得到了回报。那个小伙子知道该怎么做。而现在轮到大师出场了。他用强调的语气说道：“一个偏僻的山谷，一朝被发现在层叠的山脉下能出产某种稀有矿物，例如萤石。普通人因此突然变得富有。这个人人都相互认识的地方，从来没有发生过任何事情。或者发生了什么事情，但是没有人谈论它，也没有人说些什么。因为这里的习俗是隐藏一切，甚至隐藏财富……有句话说得好，你也知道的‘小社会，大秘密’。”这似乎是一个完美故事的序幕，但为了增强它的故事性，探长从大衣口袋里拿出了安娜·卢母亲给他的那本她女儿的日记。他抛出日记，记者一把接住。

斯黛拉拿着日记观察了一会儿，然后开始翻阅。

“3 月 25 日，”她放声朗读，“今天，我陪我的朋友普莉希拉去兽医那儿给她的小猫做检查。医生给它接种了今年的疫苗，并叮嘱应该给它少吃点了……”她换到另一页。“6 月 13

日：我们正与兄弟般的男孩们一起准备一场献给童年耶稣的表演会……”她又翻了翻。“11 月 6 日：我学会了如何制作串珠手链……”斯黛拉用力合上了小册子，若有所思地看着沃格尔。“小猫和手链？”

“你还指望会有什么不同的内容吗？”沃格尔好笑地问。

“如果母亲有偷偷看我日记的习惯，那我也会这样写的。”

“所以呢？”

“别他妈骗我。真正的日记在哪里？”

沃格尔似乎很满意。“你看到了吧？我说得没错：信教的家庭和极度正直的女孩……但是，挖掘起来总是能有收获的。”

“你认为安娜·卢·卡斯特纳有什么藏身之处吗？也许她跟某个年纪比她大些的人有关系，或者就是个成年人。”

“你跑得太远了，斯黛拉。”沃格尔笑着说。

记者怀疑地看着他。“但是你要我念它，因为它让人有所遐想……你不怕这样会散布出女孩的生活有些阴云密布这样的谣言吗？这可是公众喜欢的。”

“你可不会那么做。”探长肯定地说，“我们职责的第一原则——使受害者变得神圣。如果恶魔并非穷凶极恶之徒，人们就会冒出想法：嘿，她是自找的！你不觉得吗？”

斯黛拉·霍纳考虑了一会儿，分析了一下情况：“我以为你至今仍对残害者的那件案子耿耿于怀。”

是的，就是这样：他对她耿耿于怀，因为她当时的所作所为使他失去了很大一部分的声望和信誉。就战略而言，残害者案件的确是个败笔。尽管最终沃格尔有理由去解释他当时为何那样处理，但事情终究复杂到无法解释。公众无法理解。“我不是那种怀恨在心的人，”他跟她保证，“所以，我们能握手言和了吧？”

但是，斯黛拉知道“停战协议”的真正目的是什么。“你想要我在这里，因为你知道我的新闻同行会紧跟我。”即使已经做出了决定，她还是又假装再考虑了下，“不过你得给我个特权，我要优先了解每项调查的最新进展。”

沃格尔知道她会要求特殊优待。他先摇了摇头，然后回答：“我允许你在比赛中领先二十五分钟。”他用一个不容许讨价还价的语气说道。

斯黛拉·霍纳假装愤慨：“二十五分钟什么都干不了。”

“二十五分钟能铸就永恒，这个你清楚的。”沃格尔看着他的手腕上的手表，然后补充说，“比如，我将这个作为案件证据归档之前，你就有二十五分钟时间。”他指着那本日记。

斯黛拉想要抗议，但倒计时已经在她的脑海中开始滴答作响了。于是她拿起手机拍起了安娜·卢·卡斯特纳日记里的页面。

十一点左右，霍纳已经为日间新闻准备好了第一篇关于阿维乔特的新闻报道。安娜·卢家的不远处，已经设立了一个用于长期工作的站点，记者可以在那里告诉观众调查的进展。到了中午，电视台主要的新闻时事节目都会和霍纳进行连线，对案件的进展情况进行实时更新。

下午，沃格尔召集了组里的警察到学校体育馆作新的情况介绍。

“这会儿情况变了。”他向竖着耳朵的听众们宣布道，“从现在开始发生的事情将对于解决安娜·卢·卡斯特纳失踪之谜有着决定性作用。”

博尔基发现，探长非常懂得如何鼓舞士气。

“现在，这已经不再只是一个地区案例。如今，全国上下都将目光投向了阿维乔特和我们。我们不能让他们失望。”他强调着，尤其是最后那一部分，并坚持认为如果他们没有找到罪魁祸首，那将是他们的错。“大多数在场的各位可能都想知道新闻及新闻所产生的效应如何使我们受益。好了，诱饵已经摆好了，现在我们希望有人来自投罗网。”

看着现场每个人听他说话的样子，博尔基意识到事情确实发生了变化。直到三天之前，他们还都认为他是一个入侵者，他突然空降到那里跟他们说他们得如何如何工作，又对他们的工作指指点点。一个虚荣又有控制欲的、想踩在他们身上获得荣誉的警察。然而现在他们把他视为领袖，认为这个人有能力结束噩梦，并且，最重要的是觉得他愿意与他们分享荣耀。

在解释计划之前，沃格尔简短地来了个开场白：“每个人都喜欢出名，即使那些不承认这一点的人也是如此。这是件奇怪的事情：一开始，你认为自己不需要它，没有它仍然可以过着充实的生活。你这样想也是有道理的。”他停了下来。“但是，一旦聚光灯照在你身上，就会有什么东西一跃而起。突然，你发现自己不再喜欢做自己以为的无名氏。你以前甚至从没对此怀疑过，但是现在它让你尝到了甜头。它让你觉得与众不同，它使你变得‘很特别’，你会希望这种感觉不要结束，希望它能久久延续，直到永远。”沃格尔双手交叉在胸前，向黑板那儿走了一步——黑板上仍然清楚地写着12月23日。他观察着它，然后开始在“听众们”的面前来回走动。“在这些时辰里，所有人都在传诵着安娜·卢的故事，一个红头发有着小雀斑的年轻女孩子，莫名消失了。但绑架者知道人们实际上是在谈论他，谈论他的所作所为。他的作品已经完成，因为我们仍然无法将他揪出来。他做得很好，为此感到自豪。但是，实际上，到目前为止，这是一项还不错的工作，仅此而已。作品要成为杰作缺少什么？一个舞台。因此，请放心，在有人抢尽风头的同时，他不会在阴影中默默地旁观。他想得到属于自己的那份荣誉——毕竟，他是整场演出的真正主角……我们在这里是因为他的决定和需要，是因为他甘愿冒一个被抓住而失去一切的风险。因此，他现在将要索取他应得的贡品。”沃格尔停了下来，看着所有人。“那个人在外面品尝着作为名人的甜味。但这还不够，他仍然还想要……那么我们就把他带到众人面前吧。”

博尔基想到，依照着今天的这个新命令，对女孩的搜寻便正式变为了次要事项。游戏桌上还有另一个优先事项。

撵出恶魔。

至此，沃格尔跟大家描述了他的想法。首先，他派了几对人购来蜡烛和小灯以及十二只毛绒玩具猫，接着又派了一些便衣探长将这些物品放在卡斯特纳屋前的墙壁旁边。

现在，只需要静候佳音。

晚上十点左右，全国主要媒体的特派记者都集结在了安娜·卢的家门口。斯黛拉·霍纳起了作用，但不止这些。

晚饭时播出的电视新闻中提到，一些匿名和富有同情心的人在卡斯特纳家的墙边留下了一些东西，来表达他们对卡斯特纳一家的支持，许多人便决定去效仿一下。于是，阿维乔特公民的“自发朝圣”便开始了，还有一些从邻近山谷赶来的人。

有的人来自很遥远的地方，甚至还有从城市里过来的，他们都加入到了这次活动中。

安娜·卢的母亲在发布寻找女儿的诚挚呼吁时，曾保证道，当女儿回到家中时一定让她如愿得到她想要的小猫。沃格尔恰好利用了这句话。如今，各式各样、形状各异的小猫——毛绒的、陶瓷的或布艺的——围满了他们的小屋，小猫占据了整面墙和前面的大部分街道。在小猫中间，蜡烛和小灯发出淡红色的光芒，在寒冷的冬夜里传递着浓浓的暖意。许多礼物上都附着一张小卡片。有些人直接写给安娜·卢，有些人致以她的父母，也有些人简单地留下了一段祷告。

人们不停地来来往往。镇长被迫下令封闭了邻近道路，阻止汽车进来。尽管如此，附近还是被围得水泄不通。但一切都有序地发生着。拜谒者站在屋子前，默默地聚集了几分钟，然后就离开。

沃格尔派了他的部下穿插入人群。他们穿着便服，戴着隐藏式耳机，夹克的衣领里藏的是麦克风。探长知道记者有窃听警察通讯的“好习惯”，于是发送着无法截获的复杂信息。

“别忘了我们的犯罪嫌疑人目标为男性。尤其是那些独自一人的。”博尔基警探通过无线电说道。在他旁边，沃格尔仔细监视着他眼前的场景。他们特意站到了人群边缘处。

埋伏持续了几个小时。

他们认为绑架者是个男人，因为教科书中很少有成年妇女绑架未成年少女的案例。这不仅是统计数据，而且是个常识。

甚至可以描摹出相关嫌犯的特质。与人们通常认为的不同，作案人从来都不是个傻瓜或流浪汉。通常，他们是普普通通的人，受过中等程度的教育，能够与他人互动，因此有能力使自己的行为隐秘化而不会被注意。他们的本性都在他们的刻意防备意识下隐藏得很好。他们既机敏又有预见性。出于这些原因，他们始终很难被识别出来。

一名警察对着通话器说着："我这边一切正常。完毕。"他们每人都按指令隔十分钟报告一次。

沃格尔觉得有必要说点话来绷紧他们的神经。"如果绑架者今晚真的来了，肯定已经预见到了我们会在这里，但他仍然希望在围猎他的人中来去自如。"但是有一种有效的辨别方法。"不要忘记他来这里是因为他要享受舞台。如果我们够幸运的话，可能他还不满足于此——他会想要拿个什么纪念品。"

他建议他们不要把重点放在那些送礼物的人身上，而应该看看那些暗中试图拿走东西的人。

这时沃格尔和博尔基注意到人潮发生了奇怪的变动。好像有人发出了沉默的命令，在场的每个人都朝着同一方向前进。他俩也跟着一起，发现是安娜·卢的父母突然出现在小屋门口，引起了人们的注意。

丈夫环抱着妻子的肩膀。在他们的周围，是教会成员。他们都戴着一小块紫水晶的十字架，并以半圆形排列，像是种保护的队形。摄像机立即将镜头对准房屋的入口。

尽管玛丽亚·卡斯特纳已经尽力尝试，但仍是只对着一小撮人讲话。"我和我丈夫想对你们表示感谢。这是我们生命中的艰难时期，但是你们对我们的爱和对主的信仰是极大的安慰。"然后她的手指向了成堆的小猫和蜡烛，"安娜·卢会因为这一切而感到高兴的。"

教会的成员们齐声道："阿门。"

人群发出掌声。

大家似乎都动容了，但是沃格尔不相信同情心。并且，他确信其中有很多人是在媒体的召唤下，出于纯粹和简单的好奇心驱使才来到这里。圣诞节那天，当这个家庭需要安慰时，你们在哪里？

博尔基在想同样的事情。尽管他不如沃格尔那般愤世嫉俗，但也不禁思考起就在这几天发生了多少变化。他们去拜访卡斯特纳一家的那个早晨，屋子外面除了那些投机者的采访车外没有其他人。他仍然记得沃格尔在一片寂静的小屋中回响的掌声。博尔基还不了解那个手势的含义，以及为何那天后来上车后，探长觉得有必要看紧布鲁诺·卡斯特纳。

“那个男人迫切地想告诉我们一些事情。”

在教会成员的谨慎注视下，安娜·卢的父母接受着在场人群的问候，通话器里传来了声音：“你们的右边，沃格尔探长，在路的尽头：有个穿黑色运动衫的男孩刚刚偷了什么东西。”

沃格尔和博尔基同时朝着警察指示的方向转过头去。他们找了会儿才在人群中看到他。

少年穿着牛仔夹克，用里面运动衫的帽子压着头顶以掩饰脸孔。他可能趁着人们分散了注意力的时候，偷走了他现在藏在衣服下的东西想要匆匆离开。

“我看清了，他带走了一只粉红色的毛绒小猫。”警探确认。

博尔基向更靠近男孩方向的另一个警察点点头，那个警察从外套中拿出手机，拍了一系列照片。

“拍到了。”他在通话器里说道，“我拍到他的脸了。我去阻止他。”

“不，”沃格尔专横地说，“我不希望引起他的怀疑。”

与此同时，男孩踩上了滑板，逍遥离去。

博尔基对上级的决定抱有怀疑：“为什么我们甚至不去跟踪他？”

“想想如果给这里的某个记者发现这一幕，会发生什么……”沃格尔回答道，视线依旧追随着嫌疑人。

他说得没错，博尔基是没有考虑到这一点。

然后，沃格尔转身安慰他：“他只是个玩滑板的男孩，能逃到哪里去？我们有他的面孔，会再找到他的。”

12 月 30 日

失踪后的第七天

国道边的小餐馆里挤满了人。

面向加油站的玻璃幕墙上仍然写着“节日快乐”。餐厅店主在厨房和餐桌之间穿梭，看是否服务到了每位客人，客人们是否都觉得满意。他不得不雇用更多的员工来应对突然增加的客流量。他们中既有记者、电视技术人员、新闻摄影记者，也有普通市民，他们来到阿维乔特想要亲眼见一见这个全国热门的故事发生地。

沃格尔称他们为“恐怖游客”。

不少人是带着家人远道而来。这里还有几个孩子，大厅里洋溢着一种欣快的气氛，就像出城旅行一样。一天结束之后，他们会带回家一些纪念照片，以及参与其中的回忆，即便微不足道，但它却是数百万人为之狂热的媒体活动中的一部分。他们并不顾及一个事实，即距离那里几百米的地方，警犬搜救队、潜水员以及搜寻小组跟科学勘察队还在工作，试图寻找到某个和十六岁女孩命运相关的痕迹甚至仅仅是某个线索。沃格尔预见到了这一点，事实也是如此：最终，媒体的大肆宣传使他的上司忽略了预算限制，并给了他所需的资源——他们得竭尽所能避免在公众舆论面前丢脸。

此刻，探长坐在他圣诞节那天坐过的那个位子上。和往常一样，他边吃边拿着惯用的银质钢笔在黑色记事本上仔细地记着笔记。

今天早上，他穿的是灰绿色的花呢西服，搭配着深色领带。他的优雅显得与屋里的其他顾客格格不入。但本来就应该这样。这标志着他与周围那些嘈杂不雅的人之间的区别。越是观察他们，就越能意识到某个重要特质。

他们已经忘记了安娜·卢。

故事中沉默的女主人公现在处于舞台的背景中。她的沉默是别人的谈资，这让人们能够大肆评论她和她的短暂存在。媒体在这么做，普通人也在这么做——在大街上、超市或酒吧里。无耻地谈论。沃格尔也曾预见这一点。当它发生时，触发了一种奇怪的机制。这就是一桩真实事件如何成为长篇连载传奇的过程。

每七秒钟就会发生一次犯罪。

但是，其中只有极少一部分能够得到报纸、新闻报道或是受欢迎的脱口秀节目的青睐。专业的犯罪学家和精神科专家、心理学家甚至是哲学家将会亲自来解答这极少一部分的案子。人们将会为此耗费无数的墨水，并几小时几小时地留出电视时间档。整个过程可能会持续数周，有时甚至持续数个月之久。如果够运气的话，还能红火好几年。

但最重要的是，没有人说这可能是一起犯罪的真正“诱因”。

一起广为流传的罪案在受众方面将获得出色的反响，它可以在占用极少资源的情况下，为新闻网带来数百万个赞助商和广告。

一个特派记者、一台摄像机和一名摄影师。

如果在一个小社区中发生一桩耸人听闻的犯罪事件，例如令人发指的谋杀或不明原因的失踪，那么在媒体过度曝光的几个月中，该社区将看到游客人数的增长，接着，他们的财富也会增加。

没有人能够解释为什么一起犯罪突然变得比其他犯罪更受欢迎。但是所有人都同意——其中有某个不可思议的因素。

沃格尔对此有一种特别的直觉，类似于动物的嗅觉，他也由此而出名。

除了那桩残害者案子。

他不应该这么快地忘记那个教训。但是考虑到安娜·卢失踪案至此获得的成功，他扳回一局的大好机会终于来了。

显然，他不能指望一切都按照他头脑中的脚本进行。在人们自发前往卡斯特纳屋子之后的几天里，发生了好几起令人不愉快的小插曲。

最初是原本积极参与事件的阿维乔特镇民们突然间开始疏远他了。这是过度曝光带来的正常反应。记者已经开始无孔不入地渗透进每个人的生活。而且，由于仍然没有答案，媒体向公众舆论暗示了这个谜团的答案就隐藏在当地那些房屋之间，在那些当地人之中。

这并不是确切的指控，但看起来很像。

在阿维乔特，人们一直对外来的人非常戒备。而成为被造谣中伤的受害者则加剧了他们的不信任。尤其是教会，已经表明了它根本不喜欢媒体的关注。

起初，镇上居民避开了摄像机的镜头。随后，他们开始突然地、有时是愤怒地回答记者的问题。在那种白热化的气氛之下，怒火随时准备爆发，如此将不可避免地有人会为此付出代价。

发泄对象是一名来镇上找工作的年轻外地人。他唯一失策或欠考虑的地方是靠近了一个当地女孩想要询问信息。不幸的是，这一切都被一间酒吧里的几个客人看到了，他们先是威胁年轻人，结果就动起手来，殴打了他。

午餐后，沃格尔享受着久违的冬日暖阳步行回工作室，他发现检察官梅耶在体育馆前的广场上等着他。

从她的脸色来看，等着他的并不是什么好事。

女人带着坚定的表情朝他走来，鞋跟在沥青路面上发出声响。“您不能来这里给这些人的脑子里种下猜疑，又还相信什么都不会发生。”她指责道。

“那些都是他们自己做的。”沃格尔反驳。他刚踏进山谷时，就发现面前这些镇民们的反应是受惊多于疑惑。在山中的他们认为自己可以免受丑陋的世界之害。他们并未准备好生活在不确定之中。即使到了现在，他们仍然确信坏人来自外界。但是他们内心深处却怀疑他一直在他们中间，一声不响地潜伏着，被保护着。沃格尔知道，这比其他任何东西都更加让他们害怕。

“我所担心的事情确实发生了。”梅耶说，“您又站到舞台上去了。”

“您能说出哪怕一宗在几天内仍未解决的未成年人自行离

家出走案吗？”探长的提问听起来像是个挑衅，“您也知道，我们现在必须排除掉这种可能性了，并专注于其他事情。现在已经不能把此案再看作是一个女孩的离家出走了，您明白吗？”

如沃格尔所愿，梅耶还不知道他们几天前在卡斯特纳家外面发现那个滑板男孩的事情。

“即便假设所有这一切背后有个罪犯，您也没有权力将摄制组和摄像师带到这里来搅进阿维乔特镇民的生活当中。是您引来了他们——您不能否认。”

沃格尔不想听她的抱怨。那天本来过得很愉快，从餐厅散步回来给他注入了新的活力。因此他便准备转身离开，但又停住重新考虑了一下，原路退回。“没有呼喊。”他说。

梅耶惊讶地看着他，显然没有理解他的意思。

“安娜·卢在被带走时并没有呼喊。如果她这么做了，邻居们当时就能听到她的声音。我试过，拍拍手就足够吸引他们的注意力了。我在她家门口简单地发出了些掌声，所有人都露出脸来看我。”

“您是假设这个女孩是自愿跟着某人走的？”

沃格尔没有作答，任这个想法在检察官的头脑中生根发芽。

“她信任他并且看得到他的脸。”梅耶说，“而如果她看到了他的脸……”

沃格尔帮她说完了这句话：“如果她看到他的脸，那么安娜·卢就已经死了。”然后他停了很长时间。

与此同时，女人的表情也起了变化。愤怒被其他东西取代了——惊愕。

“我们可以等待案情发生点什么事，或者可以去阻止它再次发生。”沃格尔总结道，“您偏向于哪一个选择呢？”

这次探长是真的走远了。检察官一动不动地站了一会儿，直到听见一阵咳嗽声。她转过身去。

大楼的拐角后面是斯黛拉·霍纳。她在暗处抽着烟，显然已经看到、听到了一切。“如果让公众知道我的坏习惯，那一切都完了。”她说着，将烟屁股扔在地上，然后用鞋子的细高跟碾灭了它。“作为女人，已经寸步难行，您不觉得吗？”然后她变得认真起来。“他是个混蛋，但他知道自己在做什么……遇上这样难得的机会，对于一名女检察官的事业来说算是个好机遇。”

梅耶注视着霍纳从她面前走过去，未作任何回复。

充作工作间的体育馆里一片嘈杂。警察人数增加了五倍。原先的那些讲台已替换成了真正的办公桌，上面放着永不停歇的电脑和电话。旧黑板也由投影仪和一块白色的大幕布所取代。巨大的公告板上贴满了报告、照片和科学勘察结论。屋子中央放着一个山谷的模型，标出了搜救团队借助特殊的夜视设备正昼夜不停地筛查着的相关区域。

“长官，山区救援人员刚刚结束了对北部裂缝的搜查。”一名穿着衬衫打了领带的警员正在向负责调查活动的博尔基更新情况。

“好的，现在他们得再换到东边去。”年轻的警探命令道，接着便转向坐在办公桌前、忙碌地接着电话的另一个同事，“我们申请的直升机怎样了？”

“他们说今天中午就能到这儿了。”对方将电话的话筒移开后回答。

"他们昨天还说了同样的话。继续给他们打电话，在他们给出你确切的时间前不要挂断。"

"好的，长官。"

直升机非常重要，沃格尔对此嘱咐了不少。这比嗅来嗅去的搜寻犬队有用得多。直升机能够看到山谷的每个角落。摄像师会整天发疯似的跟在它后面。博尔基现在完全接受了探长的理念。但是，当他走向模型想要更新搜索团队在地面上的位置时，他的头脑中却觉得这些策略和努力是徒劳的。除了滑板男孩，他们仍然没有其他具体的线索。而且安娜·卢·卡斯特纳也没有任何踪迹。

警探走近了山谷模型，却突然注意到了什么，停了下来。他拦住了一个经过的同事，谨慎地指向防火门。"他在那里待了多久？"

同事转过身去才注意到布鲁诺·卡斯特纳站在墙边，手里似乎拿着一个信封。他不自在又卑微地环顾四周，像在等着有人注意到他。

"我不知道。"警察回答，"也许一个小时吧。"

博尔基便放下其他事情，向布鲁诺走去。"早上好，卡斯特纳先生。"

对方也向他点头问候。

"我能为您做什么吗？"

高大的男人似乎迷失了方向。他不知如何开口。博尔基决定帮助他——他走近他，把手放在他的肩膀上，使他放下心来："发生了什么事吗？"

"只是……我想和沃格尔探长谈一谈。拜托了。"

博尔基感觉到这不是一个简单的要求，而更像是在寻求帮助。沃格尔关于“那个男人迫切地想告诉我们一些事情”的预言在他的脑海中闪现。“当然，”他说，“来，我陪您。”

在已用作办公室的更衣室中，坐着的沃格尔把双脚搭在写字台的台面上。他正打算看一些书面汇报——他对此非常重视。而在他的唇边则挂着一丝微笑。

这些不是警察报告，而是收看收听数据。

每天，他都会收到一份报告，告知他有关安娜·卢·卡斯特纳的故事在脱口秀节目和新闻报道里的受欢迎程度指数，以及在互联网上的数据报道。他们获得了两个点的收视率。好吧，他告诉自己，失踪的消息仍然是主要媒体的头条。此外，此案始终在社交网络的热门话题排行榜中名列首位，所有博主也对此事争相评论。

根据这些数字看来，公众尚未对他们感到厌倦。但是沃格尔知道，如果他不能在短时间内向媒体提供其他信息，他们的注意力很快就会减弱，转而去报道其他更有趣多汁的新闻事件。

观众都是凶猛的野兽。他们难忍饥饿。

有人敲响更衣室的门，沃格尔将脚从桌子上移开，把文件推进抽屉里。“请进。”他说。随即看到博尔基警探出现在门口。

“女孩的父亲来了。你有空吗？”

沃格尔示意让他进来。不一会儿，布鲁诺·卡斯特纳和年轻的警探一起进了房间，他的手里仍然攥着那个信封。

“来，来，卡斯特纳先生。”沃格尔一见到便打起招呼。他请他坐在更衣柜前面的长凳上，自己也坐到他旁边。博尔基把双臂交叉起来，站在门边。

那个男人说："我真不想打扰您。"

"您一点也没打扰我。"

"她失踪的那个下午，我不在家。我在很远的一个客户那里。我一直在想，如果我在家，也许所有这些事情都可以避免。当我妻子打电话来告诉我，安娜·卢还没有回家时，我内心的一部分已经了解一切了。"

"不用产生无用的悔恨。"沃格尔试图让他振作起来。他没有向布鲁诺透露，他们也核实了他的不在场证明，他没有被列入犯罪嫌疑人名单。

"我们在电视上听到了他们的话……"那人继续说道，"有些人说的关于我们安娜·卢的故事是真的吗？您也相信吗？"

沃格尔略微地给了他一个不太真实的怜悯注视。眼神随即消散在信封上。"您不必相信那些记者说的所有事情。"

"但是你们在找疑犯，是不是？这个您能告诉我吗？"

沃格尔再一次含糊回答道："从经验来看，家人最好不要了解调查的进展。同时，也因为我们一直在多线追踪，不想有任何的遗漏，这一切只会让您的思维更加混乱。"——或者创造出虚假的希望，他很想加上这一句。

布鲁诺·卡斯特纳没有再多问。他开始摆弄信封，用了好一会儿成功把它打开拿出里面的东西。与此同时，沃格尔与博尔基相互交换了一个疑问的眼神。

信封里是一张照片——那张他的女儿站在知心好友身旁微笑着的照片。

男人把照片递过来，沃格尔接下照片，看着，并不理解。

"这些天来，我的内心一直在折磨着自己……"布鲁诺·

卡斯特纳开口。他的两只大手相互紧捏着，捏到指关节处的皮肤都发白了。“为什么是她？我的意思是，安娜·卢并不……美丽。”

博尔基想，他绝对是攻克了自身的重重难关才能有此断言。哪个父亲会这么说自己的小公主呢？这个人一定是拼命地想要去寻找一个解释。

的确，沃格尔思考着，这两个女孩之间的差异是显而易见的。一个看上去像是女人，另一个看上去则还是个孩子。那应该正是罪犯选择了她的原因。一个不起眼的女孩。一个你可以从远处观察她而不会引起别人怀疑的女孩。一个你可以在冬天傍晚——在离她家只有几步之遥，却没人注意到——带走的女孩。但是后来沃格尔意识到还有其他的事情，因为男人垂下了他强壮的肩膀，像是在屈服投降。

“我做了一件让我感到羞耻的事情。”布鲁诺·卡斯特纳低声说道。像是开始告解忏悔。“照片上的另一个女孩叫普莉希拉。有一天，我在安娜·卢的手机上找到了她的电话号码……然后我就给她打了电话。她刚接起来，我就把电话挂了。我不认为她知道是我。我也不知道自己为什么要这么做。”

沃格尔和博尔基担心地看向他。在布鲁诺·卡斯特纳的脸上，在最近这些日子的疲倦中，出现了一行细小的眼泪，它们迅速滑落到他的下巴。这个男人以近乎幼稚的样子吸了吸鼻子，用手背擦去了眼泪。

探长抓住他的一只胳膊，帮助他站起来。“为什么不现在回家，让我们都忘记这个故事呢？相信我，这样更好。”沃格尔向博尔基示意让他接过这个男人。

警探走了过来，但布鲁诺·卡斯特纳尚未说完。“我的妻子有教会信仰……当你的身旁有个楷模的时候，你很难成为一个完美的父亲和丈夫。有时候我很羡慕她，你知道吗？玛丽亚从不动摇，从不怀疑，从不。即使是现在我们碰到了这样的遭遇。甚至，她认为这是考验的一部分，上帝认为让我们去面对痛苦，对我们而言会更好。但是，这是一种什么样的痛苦？我们必须要哭泣，但是为了什么呢？如果有人告诉我们安娜·卢死了，至少我们可以甘心放弃。可现在却是……我是一个不称职的父亲，因为我应当更加照顾她，保护她，可是……我太软弱了。我陷入了诱惑。”

“我确定你是个好父亲。”沃格尔试图鼓励他，但只是为了说服他不要再去想那件事情。如果媒体嗅到了气味，他们将把他钉在十字架上。即使他的错几乎是微不足道的，布鲁诺·卡斯特纳也会被所有人看作是一个骚扰幼女的父亲。一个恶魔。这会破坏沃格尔为他们家庭量身定制的完美形象。不管真正的罪魁祸首是谁，这都会转移掉人们对他的注意力。

“有一个男孩。”那个男人走向门口时几乎脱口而出。

沃格尔立刻提起了兴趣：“什么男孩儿？”

布鲁诺·卡斯特纳低垂着眼说。“无论如何，她妈妈从不让她跟他来往，他俩并不是一类人。不过安娜·卢倒可能挺喜欢他。”

“什么男孩儿？”沃格尔坚持问。

“我不知道是谁，但我见过他在我们家外面徘徊。他穿着黑色连帽衫，带着个滑板。”

博尔基头脑中立刻响起了警钟。沃格尔却仅仅有些恼怒：

“为什么您这会儿才告诉我？”

男人的目光终于望向沃格尔。“因为，当你认为上帝想要因你的罪过处罚你的时候，你是很难把手指向其他人的。”

12月31日

失踪后的第八天

滑板男孩名叫马蒂亚。

在布鲁诺·卡斯特纳来找沃格尔倾诉反省的前几日，警察就已经确定了他的身份。

确切地说，是在人们到安娜·卢家门口悼念的那天，差不多刚到夜里十二点的时候，那个男孩拿走了他们自发放在小别墅门前的一个毛绒玩具。一只粉色的小猫。

但是沃格尔封锁了这条调查线索。这个少年的名字和当晚发生的一切完全不能泄露给记者。否则会面临风险，无法挽回地损害所取得的成果。

这位探长也明白记者一直在试图购买信息，他担心山区里这些警察中的某个人会抵挡不住“圣诞节外快”的诱惑，用这笔钱补偿自己可怜的那点薪水。但是他总是能防止这类事情出现苗头，他能巧妙地在手下的心里种下事情败露的恐惧——只需告诉他们，一旦有消息泄漏，他们就会被解雇。

马蒂亚跟安娜·卢一样，也是十六岁。他的过去很成问题。

"我跟负责他的精神科医生聊过了。"博尔基跟沃格尔介绍最新进展，"医生的名字叫弗洛雷斯。自从马蒂亚和他的母亲九个月前移居到阿维乔特以来，便是由他负责治疗这个孩子。估计近年来这个家庭辗转了很多地方。原因都是一样的：男孩患有行为障碍。"

"告诉我更多相关信息。"沃格尔似乎很感兴趣。

博尔基拿出笔记。"马蒂亚本质上是孤独的，无法与人群融合和交流。此外，男孩有突然的暴力倾向。在他和母亲一起生活过的那些地方，他总是闯祸。攻击另一个少年或者做出无法控制的愤怒攻击。这还在公共场合发生过，他在一家商店里无缘无故地破坏了所有东西。每次，他的母亲都感到不得不放弃一切地搬家离开。"

可能对于这位女士来说，搬家是给她儿子的最好解药，沃格尔想到。她觉得从根本上改变地域位置和习惯可以解决问题。实际上，这使他们变得更糟。或许是因为母亲感到羞耻，或许是因为她对自己儿子感到内疚，他在没有父爱的情况下长大，逃离过去和重新开始是他们生活中永恒的一部分。

"马蒂亚过去曾在一个机构里接受过治疗。"年轻的警探继续说，"弗洛雷斯告诉我，他目前正在服用药物来控制愤怒。"

在得知马蒂亚饱受折磨的过往之后，沃格尔立刻认为安娜·卢·卡斯特纳失踪案的谜团可能就要被揭开了。

此时，他们还没有收集到有关这个男孩的更多消息。他们只知道男孩的母亲同时从事着几份卑微且报酬很低的工作——她白天为一家保洁公司干活，晚上在阿维乔特所剩无几的一家餐馆洗碗。母子俩住在郊区一栋简陋的小房子里。沃格尔已经安排人暗中监视她了。

然而，没有人再见到过马蒂亚。

他就像安娜·卢·卡斯特纳一样消失得无影无踪。但是他突然失踪的情况有所不同。

他的母亲继续过着日子。她每天去工作，晚上下班回家，好像什么也没发生。而且她并没有表现出因儿子失踪要报警的必要。这个迹象表明男孩躲了起来，而她正在保护他。这也说明她知道马蒂亚碰上了一些事情。但不是往常那种和同学打架的事——而是很严重的事情。

男孩多数不在家里，因为母亲不在家的时候，安置在他们家房屋周围的窃听器没有听到任何可疑的声音。沃格尔尚未下令进行搜索，因为怕会打草惊蛇。而他们跟踪她的目的，是希望她能将他们带到她儿子那里。

但这并没有发生。

他们母子二人之间的联系似乎突然中断了。此外，男孩的手机一直处于关机状态。

无论他身在何处，马蒂亚都无法长时间藏匿，他没有食物，而警察也在一寸一寸地搜寻该地区，寻找安娜·卢。沃格尔知道这一点，因此他宁愿等他自己从暗处走出来。

潜水员正在检查矿井附近的废水井。根据博尔基从市政厅拿来的地图，至少有三十多个类似的水井，其中一些还在用着，而另一些则已经废弃了。这还没有算上那些没有记录在案的。此外，数条地下隧道穿过山谷，像是个该死的蜘蛛网。

它们非常适合隐藏尸体，并且永远也没法筛查完。

被群山包围着的天空露出铅灰色，如同下颌极缓慢地合上，碾碎一切。博尔基的车停在离潜水员作业的地方几米处。他从驾驶室的挡风玻璃后面看着他们。车内安静和微微的热气使眼前的场景散发着不真实的味道。就像在童话里一样。一个邪恶的童话，唯一可能的结局是伤悲。

警探对这样的搜寻没有抱太大的期望：潜水员轮流下潜到浑浊的水中，然后在水下搜寻十五分钟后重新把脑袋冒出水面来。到现在为止，这种姿势像设计好的舞蹈动作一样不停地重复着。

他的车子停在一片贫瘠的田野中。这个早晨寒冷刺骨。博尔基在双手间呵了呵气，希望能给它们加加温。这份温暖的慰藉是短暂的。他自调查开始以来第一次感到沮丧。内心的一部分告诉他，他们永远无法解决这事情，安娜·卢·卡斯特纳只会在无故失踪者的名单上留下一个名字。

过不了多久，她就会像是从未存在过一样。

但是还有另一个因素困扰着他，使他感到烦乱。他一直在想沃格尔在第一次会议中披露的信息，一个几乎一笔带过的事情。他曾提到，安娜·卢的电话簿中只有五个号码。

妈妈、爸爸、家里、祖父母家和教会。

他的上司曾援引这个数据，以彰显女孩的行为习惯是如何的无可指责。这短短几行的联络人和地点清单也是她这一生的长度，是她的全世界。简单明了，没有小聪明，没有秘密。像在日光下一样坦荡。

妈妈、爸爸、家里、祖父母家和教会。

安娜·卢的整个世界都集中在这几个地方。当然还有学校以及溜冰场。但是真正重要的事情却都圈在了这列名单中。这是她通常拨打的号码，是她在需要时寻求帮助或安慰的地方。

但是前一天布鲁诺·卡斯特纳的来访让他产生了某个疑问。他在看到该男子带来的照片时冒出了一个假设。

安娜·卢和她最好的朋友普莉希拉在一起。

这些天里，他们的调查都集中在其他地方。他们设法使媒体参与并获得更多资金。然后他们就利用这些资源来加强搜索。他们甚至辨认出了滑板男孩，正在秘密追捕他。但是，没有人，甚至没有媒体想过要和那个女孩——普莉希拉——谈一谈，确认下她是否知道什么可以帮助他们的东西。原因很简单——这不单单是疏忽。

妈妈、爸爸、家里、祖父母家和教会。

如果就像布鲁诺·卡斯特纳所说，普莉希拉是安娜·卢最好的朋友，为什么她的电话号码不在安娜·卢的电话联络名单中？

博尔基用外套的袖子擦了擦挡风玻璃上的雾气，发动了车子。是时候找出答案了。

阿维乔特正准备用简朴的方式迎接新的一年。镇长取消了所有原计划中的公共活动，因此人们将在家里庆祝新年。

“只要有一个镇民不能与我们一起庆祝，我们就不会感到欢乐。”他对记者郑重声明后，任由一阵暗涌骚动的沉默去追随他刚刚说出的肺腑之言。

在过去的几天里，这位“第一公民”非常活跃，想尽办法向媒体宣传山谷居民的正面形象。为了让那些诽谤的人都闭上嘴，他甚至招募了一个搜救志愿者队伍。他们在森林中一寸一寸地搜索。与警察并肩携手。

那天上午晚些时候，这个男人参加了一个在教会礼堂举行的仪式。他们再次聚集起来为安娜·卢的回归而祈祷。卡斯特纳一家也参与其中。

博尔基在车上看着他们离开教堂往家走去，周围始终由一小撮教友陪同，他们保护着他们免遭记者和摄像师的围攻，他们试图偷拍到卡斯特纳一家人流露出痛苦表情的短视频或照片。而警探则对其他东西更感兴趣。

他在最后一批走出来的人里看到她：普莉希拉穿着一件绿色的派克大衣，脚踏马丁靴，头发束起——而即使这会儿天空乌云密布，她还是戴着墨镜。她的衣着不算华丽，但依然还是很漂亮。她跟一个成年女性走在一起。两个人的样貌出奇地相似，大概是她的母亲。她们无视镜头和麦克风，把脸转向其他教友。在母亲与其他教友交谈时，普莉希拉慢步跟在她身后，仿佛想要拉开距离。同时，她环顾四周，检查情况。突然，她趁着人多脱离了人群，朝另一个方向走去。

博尔基看见她转过一个街角，上了一辆跑车。车迅速开走了。开车的是个男孩子。

没过多久，他尾随着他们开到了小镇公墓后面的一片空地上。警探的车在离男孩车子数百米的地方停了下来。从他所处的位置，可以看到前面车里两个人脱掉了衣服，彼此投入地亲吻着，以至于他们甚至都没有注意到有人在看着他们。当博尔基觉得时机差不多了的时候，他打开车窗，将警灯放在了车顶上。随后，车子鸣起了短促的警笛声。

两个孩子立刻停了下来，他们吓坏了。

警探把车缓缓地开过去，让他们有时间穿上衣服。当车开到跑车前面时，博尔基停了下来，下车去看他们。他靠近驾驶员那一侧的窗子："嗨，年轻人。"他的笑容故意略带威胁。

"早上好，长官，有什么问题吗？"男孩试图保持冷静。尽管表现傲慢，但还是能看出他的心虚。

"孩子，我想你是未经允许就借了爸爸的车。我认为你还没到开车的年龄，或者我搞错了？"这是典型的警察式问句。实际上，他想强调的事实是，即使他已经有了驾驶执照，身旁的乘客仍然是未成年人。

"您听我说，我们没有做任何坏事。"他愚蠢地试图继续辩驳，但是声音已经在颤抖。

"还想跟我蛮横吗，年轻人？"博尔基的语气像是即将失去耐心的警察。

为了防止那个白痴说出可能让局势变得更严重的话，普莉希拉向窗户靠了过来。"警官，拜托您，不要对我妈妈说什么。"

博尔基看着她，让时间过了几秒钟，好像他真的在考虑这件事。"好吧，但我得送你回去。"

小车在镇上的街道开着时，博尔基趁机更好地进行了观察。普莉希拉小小的个头，但脚上的马丁靴让她看起来比实际上高些。她的耳朵上有三个戴着彩色耳钉的耳洞，深色眼线笔淡淡地勾勒出整个眼眶。五官很精致。绿色派克大衣里面的黑色高领衫烘托出小而结实的胸部，下面套着一条在一侧大腿处有破洞的印花紧身裤。草莓止汗剂甜腻的气味里混合着淡淡的汗水味、烟味和薄荷口香糖的味道。它们构成了一个典型的青春期。

博尔基想从她那里得到一些信息。先前他曾适当地吓唬了她，这会儿她正处于脆弱状态。他知道普莉希拉会诚恳地回答问题——为了不让她的处境变得更糟。“你跟我说说安娜·卢吧？”

“您想知道什么？”

“你是她最好的朋友，对吗？”

“呃，在我看来，她是个一切都按部就班的女孩子。”普莉希拉一边看着路，一边咬着右手手指上的粉色指甲油。

“你指的是什么？”

“我们学校的男生女生聊过不少关于她的事。有人现在坚持说她有些秘密。其实她对每个人都很善良，从不生气。”

“什么样的秘密？”

“都是些谣传，说她跟老男人跑了。全是胡说八道。”

“你们一起出去过吗？她喜欢做什么？”

“她的妈妈只允许她和我一起出去，但是晚上在阿维乔特没什么事情可做。后来她妈妈又只许她在下午到我家一起做作业时跟我见面。”

“但是你们不是同班同学。”博尔基指出。

“对，确实如此。但是我们还是会见面的，因为安娜·卢数学很好，能帮到我。”

“你知道她有过一个男朋友吗？”

普莉希拉突然笑了起来。“男朋友？不，根本不是。”

“她喜欢谁吗？”

“是啊，我的猫。”她又笑了。但是她的兴奋没得到肯定，所以只得再次严肃起来。“安娜·卢比较不一样，她对讨男孩子喜欢或者与朋友胡来这些都不感兴趣。”

“所以她除了同班同学之外，只会见到你。”

“没错。”普莉希拉一口咬定她是安娜·卢最熟悉的人。

博尔基想，也许是为了让人转移对她的怀疑。“你觉得她发生了什么事？”

普莉希拉顿了顿。“我不知道。要是像很多人说的那样，比如说她离家出走了。这种我不相信。”

“也许发生了什么事，但她没告诉你。”

“不可能的。如果有什么事，她肯定会告诉我的。”

她撒谎，博尔基确信这一点。“即使在你们吵架之后，还是这样吗？”

这个断言击中了那个女孩。普莉希拉转过头来盯着他。“您怎么会知道？”

博尔基没有告诉她，他之所以知道，是因为安娜·卢从手机的电话簿中删除了她的电话号码。他把车子减速，停在人行道边，熄了火——因为他想看着她脸上的表情。“故事到此为止，我要知道真相。”

普莉希拉又开始咬起了指甲油。“我没有告诉任何人，因为跟我妈在一起，我已经够烦的了。”她辩护道，“自从我的上一个继父离开以后，她一直与教会粘在一起。这是她第六或第七次被不同的混蛋甩掉了。平时他们都不把她当人看。她把这些渣男捡回来，就像人们捡到流浪狗那样，让他们的生活回到正轨，然后他们就离开了，连声‘谢谢’都不会说。现在她告诉所有人，教会救了她，现在她也想救我。她说耶稣爱她，但对我来说，他只是名单上的另一个。我陪她去那些集会是为了让她高兴，但我不在乎宗教。”

“安娜·卢是你的掩护，对吗？只要你们继续在一起，你的妈妈就没法去干涉你的友情。所以你没有告诉她你们吵架的事情，否则她会大惊小怪的。”

普莉希拉产生了些自豪感。“我不是个贱人，我真的很喜欢安娜·卢。但也的确，当她失踪时，我们已经至少有两个星期没有互相交谈了。”

博尔基盯着她。“为什么？”

“你不要乱想。”女孩回击，“没什么大不了的。我只是看不惯当时发生的一件事情。”

“什么？”他追问。

“那个跟着她的蠢货。”

马蒂亚，博尔基立刻想到。“你知道他是谁吗？”

“当然，他是我们班上的，叫‘马蒂亚’。这个人不跟任何人讲话，也没人想知道他在做什么。”

“他为什么要跟着安娜·卢？”

“我不知道。也许是因为他喜欢她，或者可能是因为她是唯一与他说过话的人。但这样就会鼓励怂恿到他，我告诉她，她这么做是不对的。安娜·卢永远不会成为他的女朋友，但在我看来，这个蠢货还在自欺欺人，因为他还是一直一直跟着她。”

博尔基开始明白了，但普莉希拉这次说的还是有所保留。“所以你想提醒她，但她没有听你的话——在我看来，这可完全不是友谊破裂的充分原因。”

警探的怀疑态度说服了女孩继续把剩余的部分讲出来。“好吧！还发生了一件事情。有一天，那个家伙像往常一样跟着我们，还不想引起我们注意，但他非常拙劣。然后我觉得再也看不下去了，就走到他身边痛骂了他。我希望他做出些反应，跟我吵一架。相反，他像只害怕的小狗一样看着我，什么也没说。然后他就尿裤子了。”

“尿裤子？”警探问。

“我就这么跟你说吧。我看到他裤子上面差不多是内裤的地方颜色慢慢变深。然后尿液在他的运动鞋边上积了一小摊。真是难以置信，怎么会这么蠢。”

博尔基叹了口气，摇了摇头。青春期的孩子们，他想着，真是一团糟啊！“安娜·卢因此怪你了。”

“我能怎么办？她甚至给他做了条串珠手链，想送给他。所以在我对他采取了行动后，她跟我说我羞辱了他，她不再想和我说话了。”

博尔基意识到自己低估了安娜·卢。他以为她是一个软弱而顺从的人。相反，她很果断，并且遇到事情时，她知道如何坚持正义。她惩罚了普莉希拉无用的残忍。警探无法问这个女孩，她是否认为马蒂亚与失踪有关。显然，普莉希拉并没有怀疑他，同时也是因为她不知道那个在她面前尿裤子的男孩过去曾有过无法控制愤怒的问题。于是他问道：“你为什么认为马蒂亚会对安娜·卢造成危险？对，他是跟着她，但我还是没搞懂……”

“他带着一台摄像机跟着她。”

晚上八点的时候，电视里播放着全国各个城市举办庆祝活动的新闻报道。但是也会有记者和特派专员传来的消息，他们带来的画面是一座山中小镇的黑房子，那里有一对家长仍然担忧着他们大女儿的命运。

将苦涩掺进甜蜜是媒体的制胜法宝。沃格尔对此非常了解。

宾馆房间里的电视开着，但没人在看，它的声音传到浴室里。沃格尔穿着浴袍站在镜子前面，用深色染眉膏的眉刷刷着眉毛。轻轻地，慢慢地。刷的时候，他的嘴唇一直张开着。这是一个不自觉的表情，而他也没有从镜子里注意到自己这个好笑的样子。

床旁边的衣柜是开着的，可以窥见沃格尔带来的那排雅致的服装，仿佛他要在阿维乔特住上好几个月。每件衣物都挂在各自的木衣架上，旁边还放着一个装有薰衣草干花的香袋，用来防止虫蛀并保持织物清香。柜门一侧固定着的杆子上面搭着丝绸、羊毛或羊绒领带。它们的图案各不相同，而沃格尔却细心地将它们按颜色排列成序。衣橱下方摆放着鞋子——至少有五双。均是英式或意大利式的系带款，手工制作并完美抛光。它们一只贴着一只，就像一组射击小队的士兵。

这个衣柜里的衣物只是沃格尔家中藏品的一部分。都是他多年探索和爱好的结晶。而且，每套衣服都配有不同的古龙水，而香水只严格地喷洒在口袋巾上。探长痴迷于此。他搜罗的衬衫和袖扣藏品也都很吸引人。

他鄙视那些四处奔走时不注意穿着的同事。这不仅仅是表象或庸俗的虚荣心的问题。对于他来说，那些衣服就像是骑士的盔甲。他们象征着力量、纪律和自信心。

不过，这天晚上的衣服仍然留在衣橱里，因为沃格尔不想出门。外面下着雷阵雨，他更想像往常一样一直待在房间里，独自等待新年的到来。他订购了便餐，之后再打开他出发前放进行李箱里的那瓶从家里酒窖带来的卡贝纳红酒。

在浴室里提前感受着这个等待中的夜晚时，他在镜子前梳理了此案迄今为止的调查结果。

*安娜·卢认识绑架者。*这就是她没有抵抗地跟随他的

原因。

几乎可以肯定她已经死了。人质的处理有些复杂，特别是对于一个单打独斗的绑架者而言。绑架后，他几乎肯定杀死了她。也许她还存活了几个小时。

这个女孩觉得有必要为母亲保留一本假日记。但真正的那本在哪里？它又藏着什么难以置信的秘密？

手机响了起来。沃格尔哼了一声，但鉴于耳边传来的铃声并没有要停止的意思，他只得放下染眉毛的事情去接电话。

“马蒂亚给安娜·卢拍了视频。”博尔基说得太急，甚至没有在说话前打招呼。

“什么？”沃格尔惊讶地问。

“他到处跟拍她。”

“你怎么知道的？”

“女孩最好的朋友告诉我的，不过今天下午我还多方确认了一下。前段时间，他在拍摄墓地后面的一对情侣时被巡逻警察逮了个现行。”

探长认为这真是个好消息。显然，并非只有他一人有一些癖好。但是，相较于他对穿衣精致的无害热情，马蒂亚的爱好令人担忧多了。他将考虑出现的新情况，并根据这一重要消息做出决定。“我们的人还一直在监视着男孩的家吗？”

“每次两个警员，每四个小时倒一班。但是他们仍然没有发现任何异常。”

“把他们撤回来。”

电话那头的博尔基沉默了一秒钟。“您确定吗，长官？我认为今天是今年的最后一夜，马蒂亚可能会利用混乱的局面，转悠回家去囤些吃的。”

“他不会，他没那么愚蠢。”沃格尔立即说，“我坚信他将尽力跟他妈妈取得联系，即使她今晚还得要洗盘子。”

然而，博尔基似乎没有被说服。“对不起长官，但我不明白：我们的计划是什么？”

但沃格尔无意与他分享他的策略。“就按我说的做，警官。”他平静地回答。然后加了一句：“相信我。”

博尔基没再追问。“好吧。”他不太确信地说道。

你还想知道我他妈有什么计划，沃格尔在挂断电话时，厌烦地想着。

1月1日
失踪后第九天

一年最后一天的午夜过后没多久，沃格尔开着一辆警车穿过小镇。周围只有寥寥晚来者匆匆赶着去参加私人聚会。探长沃格尔从一家家透亮的窗户看到，人们拥抱着微笑着庆祝旧的一年结束、新的一年又到来了。可笑的迷信。他可不需要这些。要摆脱过去只是无法接受自身不足的一种表现。而人们欢欣雀跃迎接的将来在十二个月之后又会变成有待遗忘的无用一年。

沃格尔是个自有一番道理的中庸者：活在当下，再无其他。有的人生因当下而绚烂，而其他人生则饱受煎熬，如此简单。他觉得自己属于第一类人，因为他知道如何成功地从任何局面中全身而退。而第二类则由像安娜·卢一样的人组成，他们注定要扮演受害人，并付出让他人获得荣耀的代价。

因此，沃格尔这会儿对新年并不感兴趣。他还有更重要的事情要去奔忙。在他开车驶向目的地的时候，他拿起手机拨了一个他熟记的号码。

响了不到两声，斯黛拉·霍纳便接起了电话：“我在这儿。”她只说道。

“比其他人早二十五分钟。记得吗？”

斯黛拉立刻意识到今晚能做成些事情。

沃格尔在离马蒂亚母亲的住所一百米的地方停了车。他们的小屋在一座小山山顶，周围是贫瘠的草地和急需修缮的篱笆。周围漆黑一片，只有一扇窗户后面发出些微红色的光。

探长深知遣散手下还不够，因为屋子周围布满了窃听器，能捕捉到屋内所有的动静。因此他必须谨慎行事：不让任何人知道他去过那里。不过他已经有了一个解决办法。

他看着时间，只等了几分钟。然后，如气象服务所预测的，开始下雨了。倾盆大雨猛烈地袭击着地面和房屋，盖过其他所有的声响。沃格尔下了车，迅速沿着土路走着。到了屋檐下，他抖掉外套的水，小心地上了几级台阶。在大门前，他从口袋里拿出一副以防留下指纹的乳胶手套和一把螺丝刀，用螺丝刀打开了锁。这并不困难。门打开了，探长在确定了周边什么都没有的情况下，迅速钻进房子里。

这个家给他第一印象是极度的贫困。白菜和潮湿的气味。家具老旧，四处落灰。抹布放在两把椅子和一堆脏盘子之间晾干。冷。但是，在这种环境中，还有着一个女人对一个犯错的孩子的爱。警察可以感觉到这个母亲和马蒂亚的害怕。这是一种束手无策的恐惧，对于失败、对于眼见着所有一切在一瞬间崩塌的恐惧。她知道，由她带来这个世界的男孩威胁到了自己和其他人，即使是医生和精神科医师也无能为力。

沃格尔脚步的重量使得旧木地板吱吱作响，但屋顶的雨遮盖住了这噪音。他开始在为数不多的家具间走动。

厨房一角有个与客厅共用的暖炉，发出先前他透过窗户瞥见的微弱的红光。但是它散发的热量实在微弱，甚至无法让那个房间暖和起来。他成功地越过沙发来到另一个房间。屋里有一张双人床，床头挂着一个小小的木头耶稣受难像和一些看上去是衣柜的置物单元，余下则是光秃的墙壁。毛巾堆在椅子上，一些穿旧的拖鞋放在床头柜边。

第三个房间是一间浴室。瓷砖残破，报纸堆积。冲水的水箱发出阵阵低咽声，显然需要修理了。浴缸很小，沉积了水垢。

看过了整间屋子，沃格尔想知道马蒂亚睡在哪里。也许在他刚刚见到的客厅沙发上，或与母亲同床——但是他没有能说服自己。当他即将返回时，在更好地控制脚步的过程中，他看到了走廊墙上的一个角落。细木护壁板之间，在他刚刚看过的地方。

有一扇门。

沃格尔走过去，用手掌推开门。门开了，一条没有装饰的砖头楼梯沿着两边的石头墙向下蔓延，似乎连着地窖。

可是，那下面，很黑。

沃格尔拿着手机，用屏幕的光照着，开始下楼梯，小心翼翼地。楼梯很陡峭，边缘还有磨损。有些轻微的陈腐气味，但环境并不潮湿。在楼梯底部，探长转动手机，四周查看这儿究竟有什么。

这不是地窖，而是间地下室。从摆放的家具来看，他断定这是马蒂亚的房间，或者更确切地说，他的小窝儿。

这儿没有窗户或通风口。在这底下，雨声是唯一的声音，遥远而低沉。就像哀叹。

右边靠墙是一张小床。床还没整理好，上面堆着一堆毯子。探长觉得，这儿比这间房子里的其他地方还冷很多。但也许对于一个少年来说很适合，好歹可以有点儿独立的空间。

沃格尔看到前面有张桌子。桌子上方的墙上贴着一些照片。是从视频里截下的、放大的图片。

每张上面都出现了安娜·卢。

沃格尔靠近照片，仔细查看。有三十多张特写。这个女孩在被抓拍的各种片刻里，都流露着自然的表情。她几乎没有在那些照片里露出过笑容。但是，沃格尔想，它藏着一种隐秘的美。一些用肉眼通常不会注意到的东西。就像马蒂亚，在他狂热的摄影计划中，捕捉到了一些别人从未能够看到的东西。连布鲁诺·卡斯特纳事实上都不认为自己的女儿足够漂亮到能引起绑架者的兴趣。

桌面上有台过时的电脑，旁边是一台摄像机。

沃格尔拿起它细细端详。他想，在匆忙逃离时，马蒂亚落下了他从不离身的东西。接着，沃格尔的目光捕捉到了别的东西。

在架子上，有一只粉红色的毛绒小猫，可能就是这个男孩子在被指认出的那个夜晚，从卡斯特纳屋前的街道上拿走的那只。沃格尔捏过毛绒小猫，放在手上反复检查了一下。这个男孩拿走了纪念品，这足以让媒体给他钉上钉子。这时，探长突然打了个寒颤，他听见背后传来一阵声响——并非幻觉，是确确切切存在的。

床上有什么东西在动。

沃格尔放下了毛绒玩具猫，缓缓转过身。

他看到毯子动了起来，从下面出来一个人。马蒂亚的脑袋罩着运动衫兜帽，阴影下看不清他的脸。

沃格尔看见马蒂亚慢慢站起来，竟比记忆中的他高大强壮多了。突然之间，警察想明白了很多事情。比方说，这个男孩根本没有逃跑，他只是将自己锁在屋子里躲藏起来。周边的窃听器是无法发现他在地底下的，他被这不知道多少米的土石保护着。

沃格尔两只手分别抓着摄像机和照明用的手机，没办法取枪，同时，这个男孩靠得非常近，能一下子跳上来把他给缴械。于是他试着去使用另一种类型的武器，这是他擅长的把戏。“这是你的爱好吧？”他用头指了指摄像机，同时报以微笑，“我打赌你挺擅长用它的。”

男孩没有回答。

沃格尔能感觉到他在运动衫的兜帽下的目光变得深邃。“我可以让你变得很出名，你知道吗？你拍的视频可能最终会在电视上播出，你也能得到所有人的关注。我有很多媒体朋友，他们愿意为了得到这些版权出很多钱。所有人都会谈论你。”然后他加大了允诺，“想想你的母亲：这么一来她不用再去工作了，你也能拥有一个现在没法享有的、真正的房子。只要你把这些东西交出来……获得那些很简单，马蒂亚。我们只需要从这里出去。然后你带我去能找到安娜·卢的地方。甚至，我们跟那些新闻摄制组一起。这么一来，你将是主角，没有人会嘲笑你，大家都会尊重你……”

他不知道马蒂亚是否真的在考虑他说的事情。很长的几秒钟过去了，什么也没发生。沃格尔希望这些话能起到作用。男孩开始走动，朝他的方向迈出了一小步。探长本能地后退了一下。马蒂亚停了下来。然后又走了一步。沃格尔的身体贴在了桌子边缘。于是男孩又停了下来。

这下探长了解了。这个男孩并不想要吓唬或攻击他。他只是想让探长准许他前进。

不，不是朝着我，沃格尔告诉自己，是朝着电脑。

他挪开自己，好让马蒂亚走到桌前。男孩走过来，打开电脑。花了几分钟启动系统。当电脑运行后，马蒂亚打开了一个简单的名叫“她”的文件夹。屏幕上出现了很多个视频图标。“她”，是安娜·卢。

男孩用鼠标找到并点开了他感兴趣的视频。

沃格尔在他背后，眼睛盯着屏幕，想知道他会看到什么。

视频开始了。安娜·卢在街上走着，背着跟失踪时一样的彩色背包，带着一个装着溜冰鞋的袋子。她在一个阳光明媚的日子里独自行走着，没有发现有人在拍她，她走过一辆老旧的白色越野车。然后画面改变了，沃格尔意识到视频是马蒂亚剪辑过的。这一次，安娜·卢是跟她的朋友普莉希拉一起。她们在学校外面聊天。再下一个画面：小女孩和其他同伴一起在礼堂前的广场上的小商店里售卖慈善糖果。正当沃格尔想问这个剪辑的意义在哪里的时候，他又看到了在第一个场景中出现的白色越野车。它可能也在第二个场景里出现了，只是他没有注意到。

随后的视频证实了他的怀疑。

安娜·卢跟父母在山上野餐——白色越野车停在停车场，跟其他的车混在一起。安娜·卢跟弟弟们一起从家里走出来——不远处就能看见白色越野车靠着人行道，停在几米之遥的地方。

画面继续播放。沃格尔转过身来观察马蒂亚：他的注意力集中在屏幕上，屏幕照亮着他的脸。跟随着安娜·卢的他察觉到了一些事情。

他并不仅仅是跟着她。

偷拍的距离并不足以识别驾驶员的面部，也看不清车牌号。当然，用适当的软件可以放大照片。不过，沃格尔坚信并没有这个必要。“你知道他是谁，对吧？”他问男孩。

马蒂亚转向放着粉红色毛绒小猫的架子。他用眼神望过去，然后轻轻地点了点头。

他知道。

2 月 23 日

失踪后的第六十二天

在那个一切都将永远改变的夜晚，窗外的迷雾持续地延展着它的白色，但并不能驱散夜晚的黑暗。

弗洛雷斯房间的电暖器咯咯作响，如同喉咙发出的声音那样鲜活——听起来好像人声。那一个隐藏在另一个维度里的声音，徒劳地试图传达某个讯息。

被打断了叙述的沃格尔现在把注意力集中在墙壁的某个点上，停留在裱框的照片和奖状之间。

弗洛雷斯意识到，警察的注意力被一个经过防腐处理的鱼标本所吸引——这条鱼通体银色，一条粉红色的带子横过它的背面

“Oncorhynchus mykiss。”他引用了记忆中的这个单词，“也称为虹鳟或红鳟鱼。它起源于北美，但在太平洋海域的某些亚洲国家也能找到。许多年前，它被引入欧洲，你能在一些山间湖泊中发现它们的踪影。它生活在低温含氧水域。”这位精神科医生故意偏离主题。他不想强迫对方继续说下去，他首

先应该充当中间人的角色，倾听他的当事人以及他自身的冲突。而且本能告诉他，警察已经或试图在向自己隐瞒交通事故发生前的事情，以及他的衣服沾上了别人血渍的原因。

接着，沃格尔对鱼失去了兴趣，继续开口。“媒体决定了角色。”他突然说道，“恶魔、受害者。必须保护后者不受任何可能的攻击或怀疑——后者一定是‘绝对无罪’的。否则加害者就会有了道德托词。但是，有时——无法否认——某些受害者在事件中也起到了推波助澜的作用。他们犯的罪过显而易见，要么是美丽和美好的挑衅，要么是随着时间的推移累积触发了反应。我记得曾经有个部门经理总是故意喊错一名雇员姓名。他在所有人面前这样做，拿这事开玩笑。一天早上，这名雇员像往常一样准时上班，但带了把自动手枪。”

“安娜·卢·卡斯特纳是否也一样？”弗洛雷斯问。

“不。”沃格尔悲哀地回答。

“探长，为什么我们不试着忘记这个故事，而专注于今晚发生了什么呢？”

“我的衣服沾满了鲜血……已经………”对方回忆着。

弗洛雷斯不能直接问这血是谁的，他必须一步一步引入。“重要的是要知道您在事故发生前去了哪里，或是之后要去哪里。”

沃格尔努力想着。“我要去卡斯特纳家……是的，我要去他们家兑现一个诺言。”他低下眼睛看着腕上的手链。

“为什么要在这么晚的时候去呢？”

沃格尔又想了一下。“我必须和他们谈谈，告诉他们一件事情……”但是记忆似乎在他脑海中消失了。

“一件事情？”

“是的，但是……”

弗洛雷斯等着他的记忆解锁。他并不确定沃格尔是否在演戏，他更倾向认为，某个障碍阻碍了探长将内心深处的东西说出来。他有什么重要事情要告诉卡斯特纳一家呢？精神科医生的感受是，无论是什么事，都得先从前几个月发生的事情讲起。所以，他试图让他再从那里出发。“您真的是在寻找安娜·卢，或者事实是您相信她已经死了，因此您只要找到一具尸体来作为证据去确认某个凶手？”

沃格尔淡淡一笑。这是一个明确的承认。

“那您当时为什么不立即说呢？为什么要制造希望？”

沃格尔似乎需要停下来想一想。“最近有个问卷调查：警方调查的目的应该是什么。大多数答复者回答‘抓捕罪犯’，而回复表示警方调查的目的应该是‘查明真相’的，只占了极低的百分比。”沃格尔从坐着的椅子上俯下身，“您明白我的意思吗？没有人想要真相。”

“为什么呢，您认为呢？”

警察想了一会儿。“因为抓住罪魁祸首可以让我们自欺欺人地以为我们很安全，这对我们来说基本上就足够了。但是有一个更好的答案：因为真理牵涉到了我们，让我们变成了同谋。”沃格尔进一步解释道，“简而言之，您是否注意到媒体和公众舆论都认为犯了罪的罪魁祸首似乎都不能称之为人？好像他属于一个外来种族一样，有着特殊的能力：作恶。我们没有意识到，但是我们让他成为了英雄……”他说了最后一句话时更加强调。“相反，罪魁祸首通常是一个平庸的人，没有创造力，无法在人群中脱颖而出。但是，如果我们以这种方式接受，那么我们最终必须承认，我们好像跟他也差不多。”

沃格尔说得对。弗洛雷斯的眼睛瞥了一眼角落的书桌，桌上的一摊杂乱中有张旧报纸。这位精神科医生确切地知道报纸已经在那里放了多久，也完全记得为什么它没被扔掉。

头版中有一个名字。

卡斯特纳案件犯案恶魔的名字。

再过几天、几周和几个月，其他纸张和文件堆积到了桌上的那张报纸上。被活活埋葬是新闻的命运。毕竟，我们都想忘记，精神科医生对自己说。特别是他不想回忆起玛丽亚·卡斯特纳令人痛心的哭泣，因为随着时间的流逝，这种哭泣已经变成了一种柔和的、几乎不可感知的哀叹。在卡斯特纳一家人最初领受痛苦时，弗洛雷斯就亲自跟踪着他们的状态。他与布鲁诺·卡斯特纳的沉默和自闭作斗争，又试图阻止玛丽亚一点一点地崩溃。他一直尽力而为，因为他得到了教会的认可。之后，他渐渐地远离了这个家庭。

“沃格尔探长，刚刚您说今晚您要去卡斯特纳家给他们一个消息，但不记得是什么消息了。”

“没错。”

“但您甚至都不记得，现在已经没人住在那所房子里了。”

这消息似乎像是一记老拳打在沃格尔的脸上。

“您不可能不知道。”精神科医生继续说，“那是怎么发生的，您忘了吗？”

沃格尔沉默了一会儿，然后像警告一样低声说了几句话：“这里有点邪恶……”

当被对方双眼盯住时，弗洛雷斯打了个哆嗦。

“邪恶的东西已经蔓延到你们的生活中。”警察继续说，

“安娜·卢只是一扇门，一种进入的方式。一个纯洁的、毫无察觉的女孩——一个完美的牺牲者……但是失踪背后的设计却更加不合常理。”沃格尔摇了摇头，“救赎为时已晚。这个东西现在已经在这里了，它再也不想离开。”

在那一瞬间，猛烈而突然的打击声迫使他俩都转向窗户。但是他们真的失望了，看不见任何东西在窗外。好像他们的对话唤醒了一个雾里的幽灵，幽灵愤怒地干预了他们，让他们闭上嘴。

弗洛雷斯从扶手椅上站起来，打开两扇窗板查看。他茫然地环顾四周，冰冷的薄雾轻抚着他的脸。然后他在排水沟附近看到一个黑点。

是只乌鸦。

它半夜醒来，将路灯透过迷雾投射的光误认为是白昼，就飞起来了。然后一定是迷失了方向，直到撞到了窗户上的玻璃。

乌鸦是雾夜的首批受害者，第二天早晨能在田野或街道上发现数十只乌鸦。

弗洛雷斯看到那只鸟还在动弹，它的喙微弱地颤抖着。好像想要说话。然后它永远停了下来。

精神科医生重新关上窗户，转身面对着沃格尔。有那么几秒钟，他们俩都什么都没说。“正如我所说，发生了那事之后，我认为我们再也不会在这里见到你了。”弗洛雷斯说。

“我也曾是这样认为的。”

“您的调查一团糟，是吗？”

“是的。”沃格尔承认，“但有时是会这样。”

要想知道这个警察在这个寒冷有雾的夜晚来到阿维乔特究

竟要做什么，弗洛雷斯不得不迫使他面对自己的灵魂。

“您还认为您对调查失败没有责任吗？”

“我只是做了我的工作。”

“什么工作呢？”精神科医生激怒了他。

“显然是——让公众开心。”沃格尔探长带着刻意的假笑说。然后他变得严肃。“我们都需要表演，医生。我们都需要感觉自己比别人更好。”那个开白色越野车的男人。他记起来了。“我只是给了，他们想要的东西。”

12 月 22 日
失踪的前一天

“任何伟大小说家的首要准则都是模仿。没有人承认，但是所有人都受到前人的作品或其他作家的启发。”洛里斯·马迪尼盯着全班同学，试图了解是否至少大多数学生都在认真听课。学生们笑着、说着话，他刚转过身去，就有两人像相信他不会注意到一样，互相扔起了小纸团。不过，老师总是喜欢站着上课，在课桌间走来走去。在他看来，这可以提高学生的注意力。

总的来说，那天早晨的上课气氛很沉闷。圣诞假期前的最后一天都是这样。学校即将关门数周，学生的心已经飞去度假了。他必须想出一些办法调动起学生的积极性。“另外，”他接着说，“并不是那些英雄决定了作品是否成功。暂时忘掉文学，想一想你们玩的电子游戏……你们平时都爱玩哪种类型电子游戏？”

这个问题引起了全班的兴趣。扔纸团那两人中一个接下了他的话茬：“到处破坏！摧毁所有！”他笃定地说，激情满满。

大家哄堂大笑。

“很好，”马迪尼立即鼓励道，“还有什么呢？”

“杀人。”第二个学生补充道。

“最佳答案。不过，为什么我们喜欢虚拟杀人呢？”

班上最漂亮的女生普莉希拉举起了手，想被选中发言。马迪尼向她示意，这个问题由她作答。

“因为杀人在现实中是被禁止的。”

“答得好，普莉希拉。”马迪尼对她的回答表示很满意。小女孩低下眼睛，微笑着，好像老师给了她一个很大的赞赏。一个同学模仿她甜蜜的反应来取笑她。普莉希拉竖起中指回应。

可以说，马迪尼感到非常满意，学生们在他的引导下达到了他所希望的效果。“你们看，邪恶是每个故事的真正动力。一本小说、一部电影或是一款电子游戏如果中规中矩，就不会有趣。记住：成就故事的是反派。”

卢卡斯说：“那些好人是没人喜欢的。”卢卡斯在学校以低分出名，平时行为举止出格，还在一只耳朵后面纹了个骷髅纹身。也许他从中感受到了召唤——没人喜欢好人，他终于找到了救赎的机会。

每当老师在班上取得一点进展时，他都会获得一种奇妙的感觉。那是一种满足。对任何一个显得谦虚的人来说，达到这样的目标都是很难解释的。但是对于老师来说不是，对洛里斯·马迪尼而言不是。那一刻，他非常了解自己已经在他们脑海里种下了一个想法。而且这个想法可能再也不会消失了。那些概念性的东西会被遗忘，但是思想一旦形成便会让他们走向一条不同的道路。这个想法将在他们的余生中跟随他们，也许是蹲在大脑的某个角落，然后在他们需要时突然出现。

成就故事的是反派，这不仅仅是文学。这就是生活。

其他同事在谈论学生时，常用“人文素材”来指代他们，要么就是抱怨或用强硬的规章制度来约束学生。开学第一天，有些同事就告诫过他，不要对这些学生抱有一星半点的期望，因为他们的平均水平很差。马迪尼必须承认，在学年开始时，他对这些“人文素材”的表现没有很高的期望。但是在过去的几周中，他找到了一种方法来攻破他们的不信任，开始逐渐获得他们的信赖。

在阿维乔特，有两种价值观：信念和金钱。尽管小镇上的许多家庭都有宗教信仰，但学生们都藐视前者并崇拜后者。

金钱是他们私下不断讨论的话题。当地的成年人因采矿公司购地而致富，以开靓车或戴名表来炫耀自己的幸福。他们是年轻一代钦佩和尊重的对象，他们倾向于怜悯那些负担不起某些奢侈品的人，甚至他们的父母。

区分阿维乔特两种社会人群差异最明显的地方是在学校。那些富有家庭的孩子总是穿着时尚并且用着令人羡慕的装备，拿着最新款的手机。冲突常常搞得一触即发。总有学生会鄙视那些无力负担某些特权的人，走廊里常因此发生斗殴。甚至还会发生一些偷盗事件。

当马迪尼穿着手肘处磨损了的灯芯绒外套、平绒长裤和陈旧的其乐鞋上课时，他受到了学生的嘲笑。他知道他无法享有他们的尊重。而且，他不得不承认，他有一瞬间感觉到了差距。仿佛他四十三岁的生命都徒劳地追求着错误的目标。

“圣诞假期我就不给你们布置作业了。”全班同学都欢呼雀跃。“因为我知道反正你们不会做的。”他笑着说，“但是我希望你们在捣破商店橱窗或抢劫银行之余，至少读完这个清单上的一本书。”他从讲台上拿了一张纸给大家看。讲台下又一片哀号。

只有一个学生什么也没说。

整节课上这个学生都一直这样，低着头坐在教室最后一排课桌。他总是随身携带一本笨重的记事本，在上面写字或胡乱涂着什么，本子前面放着台摄像机。他封闭在自己的世界里，没有人可以进入它，甚至他的同学也不行，实际上他们也在孤立他。马迪尼屡屡尝试让他打开心扉，但总被拒之门外。

“马蒂亚，在接下来的两周内，你能至少读完一本书吗？”他试图激励他。

他抬起目光看了会儿那张纸，然后又潜回自己的世界，没有回答。

那一刻，钟声正好响起，宣布着课程结束了。

马蒂亚迅速整理好了背包和桌子底下的溜冰鞋，最先离开了教室。

马迪尼临走之前最后一次转向学生：“祝你们过一个快乐的圣诞节……以及尽量克制自己别四处捣乱。”

在学校的走廊上，正准备离开大楼的学生们来来往往。一些人从马迪尼身旁匆匆走过，而他斜背着绿色的尼龙包，用正常的速度行走，一如往常般心不在焉。然后，听到有人喊他。

“马迪尼老师！老师！”

他转过身，目光撞上普莉希拉灿烂的笑容。她打扮得像个坏男孩，过于宽大的绿色派克大衣跟脚上的马丁靴让她看起来比实际更高一些。真是美好啊，马迪尼想着，脚步放慢了，等着她。

普莉希拉赶上了他。她说："我想跟您说，我已经选好了我在假期要读的小说。"

"哦？是吗？哪一本？"

"《洛丽塔》。"

"你为什么选了这本呢？"马迪尼希望她说，毕竟主角看起来跟她很像。

"因为我知道我妈妈不会赞成我读它。"女孩说。

马迪尼为这个理由笑了。毕竟，这些书算是离经叛道的。"那么，祝你阅读愉快！"他准备离开，因为他很早就注意到普莉希拉有些钦慕他，这一点，她的同伴们也都注意到了。因此，老师总是试图避免在公开场合与她相处太久，他不想让任何人认为他在鼓励她的行为。

"等等，老师，还有另一件事。"那个女孩似乎有些不好意思，"您知道我明天要上电视吗？我会为教会慈善宾果游戏抽取号码……这只是本地电视台，但总得从某个地方开始，对吧？"

普莉希拉曾多次表达出她对成名的渴望。一会儿想参加个真人秀，一会儿又想成为一名歌手。最近她下定了决心要成为女演员。她对如何获得成功没有明确的想法，但也许这只是她想要寻求帮助，只是一种告诉所有人她想摆脱阿维乔特的方式，然而，可能再过几年，她就会因为遇人不淑而意外怀孕，不得不在小镇上度过余生。毕竟，她的母亲也经历了同样的事情。马迪尼只跟她的母亲说过一次话，那是在一次老师和家长的见面会上。母亲和女儿长得非常像，只是年纪大一点。她和普莉希拉也就相差十五岁左右，眼睛周围已有了深深的皱纹，眼神中流露着不可避免的悲伤。马迪尼记得他当时便想起一个舞会王后，在宴会灯光全部熄灭并且每个人都回家了的时候，依然戴着王冠、拿着权杖留在大厅里跳舞。普莉希拉看上去很像她。据他所知，这个女孩如今在学校里有很多追求者。当然，也有很多传闻。他在男厕的墙上还读到过专门写给她和她母亲的句子。

“你有没有跟其他人谈论过你想学习表演的愿望呢？”

普莉希拉耷拉了脸。“我的母亲不会同意的，因为教会的人给她洗脑说女演员一点都不好。但她自己年轻时还想要做模特呢。不应该仅仅因为她无法实现她自己的梦想就不让我去追求我的梦想，这是不公平的。”

是的，那绝对不公平。“你应该学习表演，也许这样才能说服她。”

“为什么？您觉得我的样貌平平，不足以成功吗？”

马迪尼善意地摇了摇头。“我从前在大学的时候修过戏剧课程。”

“那您可以给我上课！拜托，拜托，拜托啦！”

她的眼睛激动得闪闪发亮。此时如何拒绝呢。“好吧，”马迪尼同意，“但是你必须付出最大的努力，否则只会浪费时间。”

普莉希拉摘下她的背包放到地上。“您不会失望的。”她边说边从笔记本上撕了一张纸，写了些什么。“这是我的手机号码。您会打给我吗？”

马迪尼点点头，向她微笑，然后看着她像蝴蝶一样开心地远去。

“圣诞快乐，老师！”

老师看着小纸条上粉红色墨水写的那串数字。普莉希拉还在上面画了颗小爱心。他把纸条放在口袋里，继续向出口走去。

在学校前面的广场上，学生们笑着、闹着；一群学生骑在小摩托车上互相追逐。叛逆学生卢卡斯也是其中一个。当马迪尼从包里翻找他的汽车钥匙时，这个男孩从他身边经过，有意地碰了他。他转身。“你什么时候换掉这个破东西呀，老师？”

他的朋友们笑了。洛里斯·马迪尼已经学会了不理会卢卡斯的挑衅。他们曾经有过分歧，学生还对他说过威胁的话。

“等我中了彩票。”老师答道，躲过这个玩笑。

接着，他终于在尼龙包的底部找到了钥匙，打开了他那辆老旧的白色越野车的车门。

12 月 22 日是公历年份中最短的日子之一。马迪尼到家时，光线已经开始转暗。

他越过门槛，看见妻子躺在窗边的柳条扶手椅上。她的腿上盖着条格子披肩，手里拿着一本书就睡着了。

克莱尔是如此美丽，在夕阳的微光中，美得让他心碎。

她的栗色头发被染成一团火焰。但是，阴影恰好落在了半边脸上，就像是一幅画。他本想靠近并亲吻她半闭的嘴唇。但是他的妻子睡得实在安详，他没有勇气叫醒她。

老师把包放在木地板上，坐在通往楼上的那个楼梯的第一级台阶上。他双手交叉在下巴下面，开始盯着她出神。他们在上大学期间就认识了，到如今在一起已经至少有二十年了。她学习法律，而他学习文学。

“未来的法官或律师通常不会跟那些认为世界只能用文学这一种方式去描述的人混在一起。”第一次见面时，她对他说。她戴着黑色粗框眼镜，也许对于她的漂亮脸蛋来说太大了。牛仔上衣里面是一件红色的T恤，可以瞥见上面印着学院的标志，脚上穿着一双穿得有些破了的白色网球鞋。克莱尔环抱着的法律书籍紧贴着她的乳房，一簇不听话的卷发固执地落在她的额头上，她一再地用力把它们吹到旁边去。那是一个明媚的春天，他们在大学校园边上的公园里。洛里斯穿着一身旧旧的灰色运动服，刚完成周四早上的篮球训练，满身是汗。克莱尔正要回房间，他打老远就喊住了她，并在她进入女生宿舍之前开始朝她跑去。他的头发还乱蓬蓬的，一只手撑在建筑物的砖墙上。尽管他身高较高，但克莱尔似乎并没有受到任何威胁。她凝视着他，好像她不怕当面告诉他自己的想法。而且她非常严肃。

未来的法官或律师通常不会跟那些认为世界只能用文学这一种方式去描述的人混在一起……起初这似乎是个玩笑话，是一种有爱的斗嘴。"当然，但这不会阻止未来的法官或律师定期与他吃饭。"他笑着跟她辩回去。

那一刻，她怀疑地看着他，眼神中带有警告的意味。这人真的认为这么简单就能把我哄上床吗？洛里斯听见她的内心因为动摇瓦解而发出的低吟。

"谢谢，但我都是自己按时吃饭。"她转过身去，迅速爬上通往入口的楼梯。

他因为惊讶和失望而感到无力。谁会相信她是个傲慢的人呢？他们几天前在一个自然科学系组织的聚会上认识，会上有着酒类饮品和不新鲜的三明治。穿着黑色大毛衣，头发束在后颈的她立即吸引了他的注意。他所有的时间都在寻找借口靠近她。当他看到她和一个他勉强认识的人说话时，机会就来了，他甚至都不记得他的名字——马科斯或阿勒克斯，这不重要。他借打招呼之名走近他，希望他能介绍他俩。这个家伙迟疑了会儿，说不定他也有一些想法。最后，他受不了众人相对无言的尴尬气氛，选择了主动出击。

“我是洛里斯。”他立刻伸出手说道，好像她随时都会逃到另一个人那里。

“克莱尔。”她皱着眉头回答——多年之后他已经熟悉了这种表情：好奇并怀疑的态度。她这个样子像是在动物园被人观察的灵长目动物，可那时的洛里斯觉得她很可爱。

他没有浪费时间，他们交换了基本信息并开始聊天。常去的学院、来自哪里、大学毕业后想做什么。然后他找到了一个共同爱好，又从这个微妙的线索展开了一段关系。他对她暗自考量了一番：天生丽质但又骄傲到不利用自己的美貌，聪慧但又不借此去打击别人，她集进取和宽容于一身，最后自豪地独立着。

因此他总结了，基于这些原因，他们的共同点肯定是篮球。

洛里斯很自然地开始讨论赛事和球员，克莱尔知道比赛的统计数据和比分。大学校园锦标赛对她来说没有秘密。

如此，他们整晚都在聊天，他甚至成功地设法使她笑了几次。他确信邀请她一起出去是不成问题的，但他不想要有如此快的进展。下一次，他告诉自己。因为面对这样一个女孩，你不需要着急。

但是早上在女生宿舍前的结局完全出乎意料。她几乎厌恶地冷冷拒绝了他。或者说，她的确表现出了厌恶。洛里斯之前并没有想到她会在自己内心的那个国度徜徉停留。

但是，事实证明，这种拒绝很难消化。在接下来的日子里，他不停地回想，有时会因为这个荒谬的场景而饶有趣味地摇起头，但常常是愤怒的。不知不觉，一条小虫钻进入了他的脑海，挖出了一个需要填补的空白。

他无法忘记她。

然后洛里斯做出了他一生中最疯狂的决定。他到百货商店买了一套蓝色西装和一件白衬衫，以及一条不可思议的红色领带。他把刘海都往后梳，买了一束让他陷入贫困的红玫瑰，于早上九点出现在正在上比较私法课的教室外面。然后等待着。下课了，大批学生像河水一样冲入走廊时，洛里斯不知所措。他站立在人潮中间，等待着迎接一个特定的目光。克莱尔看到他时，立刻知道他是因为她才出现在那里。于是毫不犹豫地走近了他。

洛里斯认真地把花递给了她。“你允许我邀请你共进晚餐吗？”

她看着礼物，然后皱着眉头凝视着他。洛里斯第一次邀约时，穿着一身运动服，带着打完篮球后的满身大汗，还有那种笃定会得到同意答复的态度，这次的洛里斯用一番苦心向她展示了他对她的尊重以及尊重的程度。他想和她一起出去，冒着出丑的危险。克莱尔的脸上露出灿烂微笑。“当然。”她说。

洛里斯·马迪尼回忆起那些情节，看着她在冬日的阳光下睡着，落日余晖就像抚摸着她的脸一样，他觉得已经很久没有再次看到她唇间泛起那样的微笑了。这个想法让他很受伤。

六个月前他们来到了这个山谷小镇。是她提议搬家的。他在阿维乔特发现了一个空缺职位，在搬家时他们也没给出过多的理由。他不确定一个山区小镇是否是重新开始的正确地方，但也就这样吧。克莱尔已经做了决定并且果断地选择了离开，但现在马迪尼担心他的妻子不够幸福。这就是他想从远处研究她的原因，他想要发现她身上有什么不太对劲的信号。也许这一切发生得太快了。也许最终他们只是逃离了某些东西。

那件事，他告诉自己。是的，这全都是那件事的错。

克莱尔开始醒来。首先，她微微睁开眼睛，然后放开握着的书，张开双臂伸了个懒腰。动作做到一半便停了下来，她注意到了他。“嘿。”她带着浅浅的微笑向他打招呼。

“嘿。”他回答道，依旧坐在楼梯上。

“你在那里多久了？”

“我刚坐下来，”他撒了个谎，“不想打扰到你。”

克莱尔推开毯子，看着时间。“嗯，我一定睡了很久。”她把双臂抱在胸前打了个寒颤，“不觉得这里有点冷吗？”

“也许暖气还没有开始供应。”实际上，他那天早上将暖气开启的时间器往后调了几个小时。最近的那张账单太贵了。“我现在就来解决它，我来生点火。”他说着，从楼梯上站了起来，“没看到莫妮卡吗？”

“我相信她在自己的房间里，”克莱尔带着担忧的表情说道，“像她那样的年纪，这么自闭不是一件好事。”

“你像她那么大的时候是怎样的？”他问道，想要调节一下气氛。

“我当时有不少朋友。”她生气地回答。

“我嘛，当时的我长了一脸的青春痘，所有的时间都花在了弹吉他上。想想，我认为学会弹吉他可以让其他人更能接受我。”

然而克莱尔没有接过他的话。她真的因为女儿而焦虑着。

“这样对莫妮卡来说并不健康。”她若有所思地说道，“你觉得，她是不是有什么事瞒着我们呢？”

“对吧，但是我不认为这是个问题。”马迪尼说，“十六岁时有些小秘密是正常的。”

12 月 23 日
失踪的那天

早上六点，天依然很黑。

马迪尼很早就醒了。当太太和女儿都还在熟睡的时候，他已经准备好了咖啡，正站着要喝。只见他靠着厨柜，在餐桌上方的吊灯投射出的淡黄色光晕中享受着饮品的温暖。慢慢地，目光迷失在自己的思想中。他穿着运动服和登山鞋，前一晚他就跟克莱尔说过，今天要去高山远足。

他七点左右走出了家门。外面有点冷，但是体感很舒适。空气微寒，森林的香气滑落到山谷之中，驱散了一些来自采矿厂的恼人气味。他把背包装在越野车上，听到有人喊他。

“嘿，马迪尼！”

在街对面，他的邻居抬起一只手臂向他示意。洛里斯也问候了他。奥德维斯一家很快就与他和克莱尔变得亲近。马迪尼和妻子跟他们年龄相仿，尽管他们夫妻俩的孩子们比莫妮卡小得多。据马迪尼了解，奥德维斯对建筑行业有兴趣，但他听说他的资金来源于出售土地给矿产公司。他们的家境一下子变好了。他有点自以为是，但基本上无害。他的妻子是一位无懈可击的完美女人，像是从五十年代的家庭主妇海报中走出来的一样。

“你要去哪儿呀？”奥德维斯问。

“我去爬山，然后往东边走。那边我从来没有去探索过。”

“妈呀，真想下次我也能跟你一起去。我需要减掉几斤肉了。”他笑着拍了拍他突出的肚子，说，“但今天我要带着我的宝贝去溜达溜达。”他指着车库，库门敞开着，里面停着一辆蓝色的保时捷。这只是他最新购买的昂贵玩具，奥德维斯喜欢花钱并炫耀一番。

“或许我下次倒是会和你一起去。”马迪尼回答。

那人又笑了。“你们圣诞节的东西都准备好了吗？”

“当然。”

“我们真的很想和你们一起过节。”他说道。

克莱尔先前没问他的意见便接受了邀请，但马迪尼并没说她什么。他的妻子总是待在家里，想有些社交是可以理解的。此外，在他看来，奥德维斯一家也需要新朋友，也许是因为他们新的生活水平导致他们与老朋友的关系变得冷淡了些。

“好嘞，祝远足愉快！”对方说着便朝保时捷走去。

老师再次打招呼，并准备上车——这辆旧的白色越野车开到现在已经累积了很多公里数，并开始表现出明显的疲劳迹象，主要是嘈杂的抖动和排出太浓的尾气。他发动汽车并往山的方向开去，夜晚的黑暗逐渐散去。

当他回来时，又已经到了天黑的时候。老师一打开家门，立刻被浓汤和烤肉的香味吊起了胃口。差不多快八点了，那香气是累了一天之后当之无愧的奖赏的前奏。

“我回来了。”他说。但没人回答。走廊上只看见厨房发出亮光，抽油烟机的响声让克莱尔没听到他的声音。马迪尼把背包放在地上，脱下登山鞋以免弄脏地板。他浑身都是泥，左手包扎了临时绷带，但仍在流血。他把受伤的手藏在背后，赤脚走向厨房。

正如他猜测的那样，克莱尔在厨房全心投入，偶尔瞥一眼墙上的小电视。马迪尼走到她身后。“嗨。”他说，试图不要吓到她。

克莱尔立刻转过身来。“嗨。”她回答，然后又专注回电视上。“你今天回来很晚嘛。”随口的一句话，没有真正责备的意味。实际上，妻子似乎在想别的事情。她补充说：“我整个下午都在拿手机给你打电话。”

马迪尼在外套的口袋里翻找着，然后掏出了手机。显示屏是关着的。“它应该是在山上就没电了，我没有注意到。抱歉了。”

克莱尔甚至没在听。是的，她的语气有点反常，洛里斯立刻察觉到了，并且为她感到担心。他走近她，轻轻地吻了下她的脖子。克莱尔伸出手抚摸他，但并没有忘记电视屏幕。她指着当地新闻说：“一个女孩在阿维乔特失踪了。”抽油烟机的声音盖过了电视机的声音。

马迪尼倚在她的肩膀上看着：“什么时候发生的？”

“几个小时前，下午。”

“好吧，说她失踪了也许还为时过早。”他安慰她。

克莱尔转过头看着他，很不安：“都已经在找她了。”

“也许她只是离家出走。可能跟家长吵架了吧。”

她不同意：“我觉得没有。”

“那个年龄的孩子一直在玩失踪。我了解他们，我这不每天都在跟他们打交道嘛。看着吧，她一旦钱用完了就会回来了。你总把事情太放在心上了。”

“她跟我们家女儿一样大。”

马迪尼这才理解她为何如此担忧。他把臀部贴近了她，又让她也更贴近自己，对她轻柔地说——似乎只有他能做到那样：“听我说，这只是个地方电视台的新闻，如果这确实是一件严重的事情，那么所有新闻都会谈论它。”

克莱尔似乎平静了一些。“也许你是对的。”她承认，“不过，她是你们学校的。”

这时屏幕上出现了一个青少年的照片，红头发、小雀斑。马迪尼盯着她看了会儿，然后摇了摇头。“这不是我的学生。”

“你今天出去做了些什么？”

老师忘记了自己缠着绷带的手而克莱尔注意到了它。“哦，不要紧的。”他轻描淡写道。

她拿起他的手，仔细看了看受伤的手掌：“但是看起来血还流得挺多。”

“我走在斜坡上，脚底打了个滑，为了停下来我抓住了一根紧贴着地面伸出的粗大树枝，结果被割到了。但只是皮外伤，没什么大碍。”

“你怎么不去看个急诊呢？可能需要缝针才行。”

马迪尼把手抽走：“才不用，没这个必要。一点儿事都没有，别担心。现在我把伤口清洗一下，换个绷带，不要多久你就能看到它自己好起来了。”

克莱尔双臂交叉，严肃地看着他。“你老是这么固执，别人说什么你都不听。”

马迪尼耸了耸肩：“因为这样你就会生气，然后变得更迷人。”

克莱尔摇了摇头，原本想责怪丈夫，现在却变成了微笑。“去洗个澡吧，你闻起来像只山羊。”

老师把受伤的手举到额头向她敬礼：“遵命！”

“快点，一会儿要吃晚饭了。”克莱尔催促道。他已走向走廊。

客厅里，夫妻俩默默地看着对方，而晚餐在桌上已经冷掉了。

“现在我去楼上跟她说。”克莱尔威胁道。

老师伸出手去抚摸她的手：“别管了吧，她一会儿会下来的。”

“二十分钟前我给她打了电话，然后你还去敲了她的房门。我受够了等等等！”

他想跟她说，这样事情只会更糟，但是他总是害怕打乱母女之间微妙的互动。克莱尔和莫妮卡找到了一个她们能够沟通的方式。她俩经常发生冲突，甚至为了一些琐碎的事情。但是大多数时候，她们之间会达成默契的停战协议，因为她们俩都很骄傲，但又不得不继续生活在同一屋檐下。

他们听见女孩的房门打开又关上，然后是她走在楼梯上的声音。莫妮卡穿着一件大得不得了的开衫来到小客厅，她全身都穿了黑色，连眼线都是黑色的，这让她一贯甜美的眼神变得不像善类。可能因为搞这个她才拖了这么久，马迪尼心想。他跟妻子说，女儿正在经历她的“黑暗时期”，而妻子反驳说，这个时期是不是也持续得太久了。“老是跟个寡妇似的，我真受不了她了。”她说。她俩像是一个模子里刻出来的，不仅仅是外表。马迪尼在女儿身上找到了妻子年轻时的那种调调，她们用着同样的方式来对待这个世界。

莫妮卡没有看他们就坐到桌子旁。她低着头，刘海像天生的防护屏一样罩在她的眼睛上。每次她的沉默都暗含挑衅的意味。

马迪尼把烤肉切好分给她们，然后把最后一块留给自己。在此期间，他试图分散克莱尔的注意力，想要避免妻子又开始责骂女儿，但她的表情表明她已在爆发边缘。“嗯，今天过得怎么样呀？”冲突爆发前，他问女儿。

“跟往常一样。”女儿简单地回答道。

“据我所知有个数学突击考试。”

“对啊。”莫妮卡玩着盘子里的叉子，把吃的东西拨来拨去然后一小块一小块放到嘴边。

“你去考试了吗？”

“对啊。”

“考了多少分呢？”

“六分。”这无精打采的语气是种故意挑衅，就像这个回答无论如何都是没用的一样。

马迪尼不想谴责她。毕竟，她是唯一不愿搬到阿维乔特的人。他们也没有给她太多关于搬家的解释。莫妮卡别无选择，只能忍受父母难以理解和荒谬的决定，但她机智地明白，她为这次逃难付出了代价。

那件事。马迪尼又想起了。

“你得给自己找些事情做做，莫妮卡。”克莱尔说道，“别整个下午都在你的房间里晃荡。”

马迪尼看到女儿没回答。但妻子并不想就此打住。

“做点事情，随便什么事。去滑冰、去健身房或者挑个乐器学学。”

“那上这些课的钱谁来给我付？”莫妮卡把眼睛从盘子上抬起来，现在她的眼睛盯着她母亲。但马迪尼知道这个指控实际上是针对他。

“我们会有办法的，是吧，洛里斯？”

“是的，当然。”他回答道，但是，没有太多的底气。莫妮卡说得有道理，他的工资的确没法让她上那些课。

“你不能老是一个人待着。”

“我是可以一直去上教会组织的那些课。那边上课不要钱。”另一个尖锐地说。

“我只是说你需要交一些朋友。”

莫妮卡往桌子上打了一拳，餐具叮当作响。“我过去有过，那些朋友，但你猜怎么着？我不得不离开他们。”

“嗯，你很快就能结交到其他的一些。”克莱尔说。马迪尼发现她有一些投降，好像她不知道如何反击。

“我想回到从前，我想回家。”女孩抗议道。

“不管你情不情愿，现在这个就是我们的家。”克莱尔的话语再一次变得强硬，但是她说这些话的语气暴露了她的软弱。

莫妮卡从桌子后面站起来，跑上楼，又想躲回房间里。不久之后，他们听到门砰的一声关上了。接着一阵短暂的静默。

“她连饭都没吃完。”克莱尔看着女儿满满的盘子。

“别担心了，晚一些我给她拿点吃的上去。”

“我不明白她为什么老是跟仇人似的。”

但是克莱尔非常了解她，马迪尼确信这一点。就像他确信，女儿还是会拒绝他带去的吃食。曾经不是那样的。曾经他总是能做母女之间的中间人——一个跟她们生活在一起的奇怪的瘦高个子，他刮的是脸上的胡子而不是腿毛，不会因为那件每个月都有一个星期的小事情而喜怒无常、时不时地只顾着自说自话。言语不多但又善解人意的父亲角色对莫妮卡一直奏效。只是，后来有些事情让他们的家庭分崩离析了。

但是他坚信自己能够让一切重新回到轨道上去。

他注意到克莱尔快要哭了。他可以分辨出她何时会紧张地落泪。但这一次，是痛苦的泪水。

她是在为失踪的女孩而哭泣，他告诉自己。她认为我们的女儿也会发生这种情况，因为她已经不再那么地了解她。

马迪尼感到内疚。因为他只是一名高中老师，因为他工资微薄，因为他无法为他在世界上最爱的两个女人提供更好的生活选择，最后，因为他将自己的家人封闭在了大山里，在这阿维乔特镇。

克莱尔继续吃着东西，但眼泪开始流到她的脸颊。马迪尼再也不想看到她这样了。

是的，一切都会变好的。他对自己发誓，他一定让所有的事情回到正轨。

12月25日

失踪后的第二天

圣诞节上午，阿维乔特的小镇中心挤满了人。似乎大家都不约而同地决定在最后一刻才去选购礼物。

马迪尼在一家书店的书架间徘徊，他在小说类书籍中翻看着，想要找些能在假期里阅读的东西。学生们的作业等着他去批改，学生的季度评价也要赶一赶，但他不想在这些事情上浪费太多时间。事实上，家里也还有很多事情要做。他一直拖延的那些琐事，他确信克莱尔会提醒他完成——比如说花园里的棚屋。当他们选择住在这儿时，他的妻子爱上了房子后面的绿色小天地。她想要个菜园或是种些玫瑰。棚屋破旧不堪，不过洛里斯跟她提出了可以将其变成温室的想法。对他来说不幸的是，克莱尔非常热情地接受了这一提议。她希望不用等到夏天再完成修整，恨不得他能够在那个冬天就搞定。这需要他在寒冷的室外待上几个小时，但能够看见她脸上露出感激的微笑，这对于他来说还是值得的。

那一刻，他看到克莱尔走进商店，目光在过道间寻找他。

他向她点点头。那个女人拎着一个封了口还扎了个蝴蝶结的袋子，眼睛闪闪发着光。

“哈，你要的东西全买到啦？”他在她走近的时候问道。

她兴奋地点头：“这些全都正好是她之前想要的！”

“太好了。”他说，“这么一来她能暂时不讨厌咱们了……至少好一点点。”他笑道，“那你呢，你想要什么？”

她环抱住他的腰：“我已经有了我的礼物。”

“快点去，总能挑到些什么的。”

“无意占有或追寻其他的欢愉，除了那些你已给的，或将施的。”她回答。

“别在这儿引用莎士比亚啦，快想想你要什么然后告诉我。”他发现妻子脸上的笑容渐渐褪去。克莱尔在他的背后看到了什么。马迪尼转过身去。

在离他们不远的地方，书店的女店主正往收银台的后面张贴一张寻人启事，上面是失踪女孩的照片。

“我无法想象卡斯特纳一家的感受……”一名顾客说道，“这么多个小时都没法知道自己的女儿怎么样了。”

“太惨了！”另一个说道。

马迪尼轻轻地用手指托着妻子的下巴让她重新转向他：“我们走吧？”

她点点头，咬住下唇。

过了一会儿，老师站在超市门前，身旁是装满各类产品的购物车。他们趁着圣诞节促销买了至少一个月的消耗品。在丈夫再三坚持下，克莱尔决定去一家服装店选个礼物。他等着她，希望看到她出来的时候能带着点儿什么东西。等待间隙，他盯着缠着绷带的左手。手昨天整夜都在疼，他不得不吃了些止痛药，但都没法儿入睡。今天早上，他再次换了绷带，但是他需要来点抗生素，否则伤口有感染的风险。

当他看见一张熟悉的面孔远远出现时，他忘记了自己的手。

普莉希拉坐在热狗摊旁边的长凳上面，周围是她的一些朋友。他们开着玩笑，但似乎很无聊。马迪尼久久地盯着他班里最漂亮的学生：她嚼着口香糖，偶尔咬咬指甲。一个男孩在她耳边说了些什么，她调皮地笑了。

“我认为我总算竭尽全力地在那家商店找到我真心喜欢的东西了！”克莱尔的声音重新唤回了丈夫的注意。她在他面前展示了一个红色的袋子。“当——当——当！”她说道。

“这是什么呢？”

“是条手感特别细腻的腈纶围巾！”

马迪尼亲了一下她的嘴唇：“我可不会怀疑你会对自己挑选的礼物不满意。”

克莱尔握住他没有受伤的那一只手，推起购物车，看上去一副幸福的模样。

“我总是这样说：在业务中，你必须知道如何抓住机遇。”奥德维斯一边用火钳把巨大的石壁炉里的火调旺一边说道。

客厅里有一组白色长沙发，洛里斯和克莱尔坐在其中一个上，脚下是原色的毛皮地毯，面前是一个水晶小茶几。在他们身后的桌子上仍然满满当当地摆着中午圣诞大餐剩下的残羹冷炙，作为装饰品摆放着的红蜡烛正慢慢地变短。那棵缀满装饰的大树几乎快要顶到了天花板。总的来说，那所房子里的一切看上去都很奢华，带着俗气。

“不夸张地说啊，我一直都知道钱应该往什么地方投。”邻居说道，“这是个天赋的问题。有的人有，有的人吧，就没有。”

马迪尼和妻子点着头，因为他们不知道还有其他什么能说的。

“咖啡来喽！”光彩照人的奥德维斯太太说着，她托着一个摆着杯子的银托盘。

马迪尼没法不看到她戴在脖子上的那条她丈夫送给她的、金光闪闪的项链，即使她丈夫应该已经建议了她不要去炫耀。礼物包裹是当着他俩的面、在他们还没有落座的时候打开的。奥德维斯夫妇根本没有在意这样会引起客人的尴尬。他们就是想要炫耀他们的宝贝东西，马迪尼都要发怒了，但克莱尔还没给他发出离开的信号。谁知道呢，他问自己。也许他的妻子真的很在意跟那对让人费解的暴发户的友谊。

在他们谈话的时候，那对夫妇的孩子们，一个十岁的男孩和一个十二岁的女孩，拿着遥控杆对着巨大的等离子电视玩着电子游戏。游戏中战斗的声音吵得不得了，但也没有人去让他们把音量调低些。而莫妮卡则陷在一个扶手椅里，双腿搭在扶手上，一双崭新的红色中筒靴非常显眼。父母的圣诞节礼物并没有让她卸下盔甲，如今她已经一言不发地刷了近三个小时的手机。

“有些人说矿产谋杀了山谷的经济，这真是胡说八道。”奥德维斯继续说，“我认为，这还不就是因为那些人不懂得变通，不知道怎么从中捞一笔而已。”然后他转向克莱尔，“顺便说一句，我听说你们搬到阿维乔特之前你是做律师的呀？”

“是。”她有些为难地回答道，“我原先在城里的一间律师事务所工作。”

“你难道没想过要在这边重新开展一番你的事业？”

克莱尔避免看她的丈夫。“在一个我还不太熟悉的地方开始很难。”事实是想要开一间事务所实在是太贵了。

“那我想给你个建议。”丈夫对他的妻子笑着，而对方鼓励他接着说。“你跟着我工作吧，我这儿总是需要有人来给我看看那些法律文书。你来当个秘书真是合适。”

克莱尔六神无主了，她什么也没说，觉得进退两难。她跟丈夫之间曾有些小争吵，正是因为她坚持要给自己找份工作。马迪尼不想她因为找到份营业员的工作就满足了，而去当秘书当然也不算是前进了一步。“非常感谢你，”她终于带着勉强的微笑说道，“但是现在我更想把时间花在家里，家里面依然还有很多事情要打理，似乎搬迁永远不会结束一样。”

那一刻，马迪尼察觉到他的女儿突然对手机不感兴趣了，眼睛抬起朝着天上翻了个白眼之后，双眼盯着他，带有明显的指责。

刚刚的提议和拒绝使在场的人都感到不舒服。这时，家中电话响起，解决了这一问题。奥德维斯去应答，并与一位神秘的对话者交谈了几句后，挂断电话并拿起了等离子电视遥控器。“是镇长。”他说，“他告诉我在电视上看点东西。”然后，他换了频道，不去管他拿着电子游戏遥控杆的孩子们如何挣扎抗议。

在屏幕上出现的是玛丽亚 · 卡斯特纳和布鲁诺 · 卡斯特纳那两张经历了打击、疲惫不堪的脸。

失踪女孩的爸爸对着摄像机镜头展示了一张他的女儿穿

着洁白长衫站在木制十字架下的照片。母亲直直地看着摄像机："我们的女儿安娜·卢是一个善良的女孩，认识她的人都知道她有一颗博爱的心——她喜欢猫并且对人报以信任。因此，今天我们也希望告诉那些在她生命的前十六年中不认识她的人：如果您见过她或知道她在哪里，请帮助我们将她带回家。"

在奥德维斯家的客厅里，就像可能在阿维乔特的家家户户，节日的气氛消失了。马迪尼微微转向他的妻子，她睁大了的双眼充满恐惧，看着那个女人，就像她在照镜子一样。

当玛丽亚·卡斯特纳直接对她的女儿发话时，圣诞节的热力瞬间蒸发殆尽，每个人的心中只剩下一个冰冷的预兆。"安娜·卢……妈妈、爸爸和你的兄弟姐妹永远爱你。不管你在什么地方，我都希望我们的声音和我们的爱能到达你的身边。当你回到家的时候，我们会送你一只你心心念念想要的小猫，安娜·卢，我向你保证……主保护你，我的小宝贝。"

奥德维斯关掉电视，走到酒柜前给自己倒了杯威士忌。"镇长说，一大批警察已经到达阿维乔特来协助调查。就像经常在电视上看到的那样。"

"这样至少能推进些事情了。"他的妻子说，"到目前为止，我并不觉得我们的地方当局做了什么调查。"

"那些人只擅长罚款。"奥德维斯知道些事情，因为超速驾驶他的保时捷已经拿了不少罚单。

马迪尼边听边喝着咖啡，并不做任何打断。

"无论如何，"邻居继续说，"我不相信人们说的关于无辜小姑娘啊全家啊教堂啊那些故事。我认为，那个安娜·卢有所隐瞒。"

“你怎么会这么说呢？”克莱尔很愤慨。

“因为总是这样啊。也许她逃跑是因为有人让她怀上了。那个年龄常有的，做做爱然后等到发现的时候，为时已晚才后悔莫及。”

“那么你觉得她现在在哪里呢？”克莱尔问道，试图推翻这个荒谬版本。

“这我哪知道呢，”那人张开双臂说，“然后啊她会回去，父母跟两个小弟弟会努力使一切保持沉默。”

克莱尔握住丈夫那只绷带包扎着的手。她紧紧地握着，完全没有考虑到伤口。马迪尼忍受着疼痛，他不想让妻子去争吵。可以从奥德维斯这样格局有限的人身上学到太多太多的东西了。实际上，没过多久，邻居就一点一点地创造了自己的逻辑杰作。

“我说啊，这跟来找我求职的那些非欧盟公民其中的一个有关。我得声明啊：我可不是种族主义者。但是我认为，应该限制那些来自禁止性行为国家的人入境。否则他们肯定要拿我们的女儿来满足他们的需求。”

谁知道为什么那些种族主义者在发言之前总是感到有必要事先声明自己不是个种族主义者……马迪尼想着。克莱尔快要爆发了，幸好奥德维斯这会儿转向了他。

“你怎么看呢，洛里斯？”

老师在回答之前先思考了一下。“几天前，当我跟克莱尔评论这个新闻的时候，我告诉她，安娜·卢可能已经离家出走了，但一切都将在短时间内得到解决。但是现在在我看来，已经过去了那么多个小时……总之，不能排除这个女孩发生了什么事。”

“是的，但是什么呢？”奥德维斯坚持道。

马迪尼知道他要说的话会加剧克莱尔的焦虑。“我也是一名家长，即使是在绝望中，家长总会留下一线希望，但是……然而，卡斯特纳一家应该开始为最坏的情况做准备了。”

这个判断产生了令所有人沉默的效果。这个效果并不是来自马迪尼言语中的意义，而是来自他说话时的语气——如此坚定，没有丝毫的不确定。

“那么明年我们还是这么过吧？”邻居将一条胳膊靠在妻子的肩膀上，在他附庸风雅的别墅门口提议。

“当然。”这位老师的态度有点勉强。当他和克莱尔站着和这对夫妇告别时，莫妮卡已经自己回家了。

“好嘞，”奥德维斯说，“那就这么说定了。”

马迪尼和他的妻子相互挽着胳膊。当穿过了马路后，他们听到身后大门关闭的声音。克莱尔立即弹开，离她丈夫远远的。

“怎么了？我做了什么？”

她转过身，很生气。“就因为他觉得我适合干秘书的工作，是吗？”

“什么？我不明白……”

“不久前，当你说到安娜·卢的家人时，”她似乎在自顾自地解释着事实，“你说卡斯特纳一家应该开始为最坏的情况做准备……”

“所以呢？我就是这样想的啊。”

“不，你是故意说的。您想惩罚我，因为我还没有足够的决心拒绝奥德维斯的提议。”

“拜托啦，克莱尔，这会儿不要说这些。”他试图安抚她。

"不要跟我说让我保持冷静！你很清楚这个故事让我有多受伤。或是你忘记了我们有一个十六岁的女儿，而所有这一切都发生在我们决定违背她的意愿把她带过来的这个地方吗？"

克莱尔双臂交叉着，身体瑟瑟发抖。但马迪尼知道这不仅是因为寒冷："好的，你是对的。是我错了。"

妻子看着他的脸，意识到他是在由衷地感到抱歉。于是她走向他，将头靠在他的胸前。马迪尼把她搂进怀里温暖着她。克莱尔抬起下巴找寻他的目光。"拜托你告诉我，你是真的不再去想那些事了。"

"我没在想那些事。"他撒谎。

12月27日

失踪后第四天

他们来了。有的成群结队，有的单独一人。有些带着全家。人们有序地不断来来往往。他们走近房子，在地上放下一只布艺的、陶瓷的或是毛绒的小猫玩具。在他们脸上映照着烛光。他们在这绿洲中收集了光与热以对抗夜的黑暗和寒冷，他们在其中找到了安慰。

克莱尔在电视上看到了人们在卡斯特纳小别墅前自发凭吊的影像，立即请求丈夫陪伴她过去。莫妮卡待在家里，但也贡献出了她的一个玩偶，因为妈妈要把它送给失踪了的小女孩。

一只粉色的毛绒小猫。

克莱尔和女儿在那段日子变得非常亲密。马迪尼认为，这是因为看到恶的力量落到了其他人的身上。这在局外人的身上产生了和煦温暖的效果，给事物赋予了真正的价值。因为害怕失去，所以想要在其他的人或事把对方永远带走前，迫切地保护他们。卡斯特纳一家没有能及时做到。他们只是成为一个吃力不讨好的任务链的开端——将信息传递给其他人。

老师留在车里，距安娜·卢生活的小别墅一百米开外。一条警戒线阻止了车辆靠近。人们徒步蜂拥而至。克莱尔加入了小队伍，他就在车里等她。

马迪尼把缠着绷带的手放在方向盘上，透过挡风玻璃看着这一幕。

那里停着新闻直播车，每个新闻特派记者都被一个小反射板的光照亮。他们描述着过去和当下，而对未来一无所知。但这是吸引观众的秘诀，总是让每个故事好像发散着某个机密。播报员、摄像师和记者一拥而上，被这比血液更浓烈的疼痛气味所吸引。同时也因为这些血还并未在阿维乔特横流。他人的痛苦产生了奇怪的气味，既强烈刺鼻，又极具诱惑。

那里还有一帮普通人。很多人只是单纯地好奇，但也有很多人到那里去祈祷。老师从未有过信仰，因此每当他看到人们如此刻这样盲目地相信上帝的时候，总是非常惊讶。一个十六岁的小女孩失踪了，她的家庭这些日子以来都沉浸在痛苦之中。一个真正的好上帝永远不会允许——但这件事情依然还是发生了。那为什么这个要让一切都安好的上帝会任其发生？就算他真的存在，他也不会阻止的。他会任事情自然发展。因为自然的规律是，创造是在毁灭前和毁灭后发生的，因此安娜·卢在上帝的眼中是能够被牺牲的。解答也只能是这个：牺牲。没有献祭就没有信仰，没有殉教徒。而在内心最深处，他们已经开始将她封圣了。

这时，一群学生从白色的越野车前经过。马迪尼认出了普莉希拉，她跟在其他人后面，双手插在派克大衣口袋里，弓着背。看上去很伤心。

老师考虑了一会儿，然后伸出一只胳膊从裤子的后兜里掏出钱包。他打开钱包，其中的一个内袋里有张纸条，那是临放假前最后一天，普莉希拉写给他的手机号码，希望能从他那里上到宝贵的表演课。马迪尼盯着她。然后拿起手机，开始在键盘上输入着什么。完成后，他再次抬头看着那个女孩。等待着。

普莉希拉正在和一个朋友聊天，突然有什么吸引了她的注意，可能是一个声响或是震动。马迪尼看到她把一只手从派克大衣的口袋里拿出来，久久地看着手机显示屏。在阅读短信时，她的脸上浮现出一种惊讶但又有些困扰的表情。最后，普莉希拉把手机放回了口袋，对其他人什么也没说。但是很明显，她一直在思考着。

克莱尔从小别墅回来了，轮廓出现在副驾驶那一侧的窗上。马迪尼俯过身去打开了车门。妻子上了车。“真是痛苦。”她说，“刚才女孩的父母出来对大家表示感谢。大伙儿都感动了，你也应该过来的。”

“最好不要。”他防备地说。

“你是对的。”她同意，“你不是这种性格的人，但是你依然能够发挥起作用来。”

马迪尼从妻子的眼中看出了一丝恳求。“你有什么想法？”

“我听说他们要组织搜救小队去山上。在这六个月里，你在徒步远足时一直在这些地方转悠，对吧？所以你可以……”

“好吧。”他微笑着打断了她。

克莱尔将双臂搂住他的脖子并在他脸颊上用力亲吻了一下。“我知道你是一个优秀的男人。”

马迪尼发动了汽车。当他打着方向盘准备开出停车场的时候，趁克莱尔没察觉的时候，他又再次将目光瞥向普莉希拉。

女孩又重新跟她的朋友聊起天来，好像什么都没发生。

也没回复他的短信。

12 月 31 日

失踪后的第八天

搜救小组遵循了一种特定的方法。志愿者们在地面上缓慢前进，最多二十个人组成一行列，行列间彼此间隔至少三米，就像在雪崩下寻找失踪者的救援队一样。但是，他们没有配备用于在雪地上搜救的长棍，而是被告知只靠眼睛搜寻，在他们负责的范围内，根据假想的“网格线”来用视线在地上反复勾勒。

当然，他们的目的不是要找到一具被掩埋的尸体，因为已经有搜救犬了。他们要找到的，是一些可以将他们引导至受害者当前位置的追踪线索。

但是，安娜·卢还没有正式确认被害，马迪尼边与其他人一起在林中的斜坡上行走，边想着。但她已经是受害者了，在媒体宣传的推波助澜之下。人们现在确信不再有可能取得乐观的结果。毕竟，每个人都有点愤世嫉俗的希望。观众真正期望的是戏剧性的结局。大家都唯恐天下不乱。

老师已经参加了几天的行动。这些小组始终由一名警察领导。为了保持注意力，大家每三十分钟轮换一次。轮流搜索总共持续四个小时。

这是一年中的最后一天，马迪尼轮到了午后的班次。这是最短的一班，因为大约三点钟太阳就会无情地落到山后去，志愿者没有夜视设备，只得结束所有的搜索活动。

最初的几次搜索几乎完全是无声无息的，人们小心翼翼地就怕错过什么东西。但是，后来确立了一种有害的“战友”气氛，因此有些人自我感觉有权进行交谈，或者更糟的是，带来食物或啤酒当作在野餐。尽管如此，也没有人愿意阻止他们。

不用说，毫无安娜·卢·卡斯特纳的任何踪迹——当然，更不用提那个幽灵似的绑架者。

为了不辜负自己答应妻子完成任务的承诺，马迪尼并未与任何人社交。他总是管住自己一个人，甚至不与他人交换意见，因为他们常常就像一群八卦的人。

那天，他意识到那里的气氛有些不同。每个人都更专注更卖力。原因是布鲁诺·卡斯特纳来了。失踪女孩的父亲也参加了搜索，但他们从未有过交集。在集会厅参加完教会仪式后，这个男人加入了最后一组搜救队。马迪尼观察他时发现，尽管因为紧张而疲惫不堪，布鲁诺依然被一种不可思议的内在力量激励着。他不怕找到一个迹象会终结女儿幸存的希望。但可能这对他来说也是一种解脱。老师自问如果他是这个父亲又将怎样去承受。这个疑问没有答案，切肤之痛，冷暖自知。

行动结束后，志愿者返回大本营。在树林中间的空地上安置了一个帐篷，团队负责人轮流到帐篷里去汇报。搜索过的区域被标记在大地图上，有些区域，尤其是那些难以到达的地方，等待团队进行更远的攀登。他们由此开始草拟第二天的计划。

志愿者都将车辆停得很近以便回家。马迪尼倚在白色越野车的引擎盖上，脱下泥泞的靴子。

“大家都听我说。”团队负责人大声说道，试图引起当下聚集在他周围的人们的注意，“我跟山谷指挥室谈过了，他们说预测到天气会非常糟糕。从今晚起，至少要接连下雨四十八小时，所以我们的活动必须暂停到一月二日。”

人们觉得这样不好。有些人抛下家人开了数公里的车来到这里，还为此行的花费自掏腰包。这打击了他们的士气。

团队负责人试图平息不良的情绪。“我知道这对各位来说不是问题，但是在接下来的几个小时内，地面条件将变得令人望而却步。”

“泥浆会掩盖一切。”有人指出。

“或者恰恰相反。”小组负责人回答，“不管怎样，我们都无法在有限制的情况下做得更好——相信我，这种努力不仅无用，甚至有害。”

最后，他设法说服了他们。马迪尼看到他们不高兴地准备返回自己的汽车。但是他注意到他们一路上汇成了一小群。

中间是布鲁诺·卡斯特纳。

他们从他身边经过，与他握手或默默地拍了拍他的肩膀。老师本可以加入他们的行列，并鼓励那个父亲，但是他没有。他待在越野车旁。然后，在没有任何人注意的情况下，他坐上车先离开了。

他穿着浴袍和拖鞋在走廊上，敲了至少十分钟的门。里面传来的只有某首摇滚歌曲的扭曲声音，没有任何回答。马迪尼开始失去耐心。“唉，你还得要多久啊？”他看到克莱尔捧着一堆干净的床品走上楼来。“她都在里面待了一个小时了。”他跟她说，“这么长时间在浴室里搞什么鬼？”

妻子笑了。“让自己变得美啊，你这个笨笨。”然后她低声说道，“他们今晚邀请她参加聚会。”

马迪尼大吃一惊：“谁邀请了她？”

“你这么在意干吗，这是一个好兆头，不是吗？她开始交朋友了。”

“所以意思是今年只有我俩独自跨年了？”

“老师，你有什么小计划吗？”她眨眨眼问，然后走向储藏间。

“我们来个披萨饼配红酒还是不错的。”

克莱尔经过，双手都拿着东西，他趁机捏了下她的屁股。

莫妮卡大约晚上八点出了门。她总是穿着黑色衣服，不过至少那个晚上，她穿上了裙子。看到这样的她，洛里斯·马迪尼突然意识到他的女儿即将成为一个成熟的女人。这将在一夜之间发生，不会有任何预警。在打雷下雨天缩在他怀里的小女孩不再需要他的保护了。但是他知道她还是永远需要被保护的。他会找到一种方式默默地守护她——不让她发觉。

当克莱尔洗澡时，马迪尼跑到街角的披萨店点了两个卡布里乔莎披萨打包带走。回到家，发现他的妻子坐在沙发上，穿着柔软的法兰绒睡衣，腿上盖着格子盖毯。“我怎么觉得这会是一个危险的夜晚。”他抗议道。

克莱尔拉下睡衣的拉链，向他展示了她贴身穿着的黑色蕾丝内衣。“永远不要只停留在事物的表面。”

他向她靠近，将披萨饼放在小茶几上，双手捧住她的脸庞亲吻着她。在久久地交换了余味和体温之后，她不发一言，将他带到楼上，他们的房间。

他们有多久没有这样做爱了？老师躺在她身边，在床上盯着天花板时心中暗自问道。他俩赤裸着。当然，在那件事后他们还有过其他的性爱时刻。但这是那之后他头一次在做爱的过程中没有去多想。之前真的很难找到一个两人都想要的契机，甚至说连想要开始的欲望都没有。起初，他们在愤怒中做爱，好像在复仇一样。慢慢就变成了一种方式，用性爱去代替争吵。到最后，他们总是精疲力竭。

但是那天晚上不一样了。

“你觉得我们的女儿快乐吗？”克莱尔直截了当地问。

“莫妮卡正在青春期。青春期的孩子都是阴晴不定的。”

“别用玩笑来敷衍我。”她责备道，“你看到她今晚出去时有多高兴吗？”

她是对的，在这个家里已经很长时间没有体会到这样的舒适感了。“我从那个女孩安娜·卢的经历中了解到一些东西。”克莱尔谨慎地指出，“就是人们总是几乎没有时间去了解自己的孩子。现在这些家长，卡斯特纳一家，一定会想知道他们做错了什么，是什么使他们遭受了痛苦，是从前他们生命中的哪一个时刻的小偏差将他们带入现在的困境……事实是，我们没有时间去自问，我们的孩子是否幸福，因为对于我们更重要的事情是——问问我们自己是否因为他们而感到幸福，并确保我们犯的错可别对他们产生影响。”

克莱尔可能陷在自我内疚中，但她不想让他看见。而他再次吻了她，赞赏着她的想法。

不久之后，他们半裸着身子坐在厨房的桌子旁，一边吃着已经凉了的披萨饼，一边拿着不成对的杯子喝着老师为类似这种特殊时刻而准备的红酒。洛里斯跟克莱尔说着有关学校里同事和学生的轶事，只是为了逗她一笑。好像回到了他们的大学时光，当月底钱用光了的时候，他们在同居的一居室里共同分享着一罐吞拿鱼罐头。

天哪，他是多么地爱他的妻子，他可以为她做任何事情。任何事情。

他们那天晚上是如此地和谐，以至于没有注意到都已经过了午夜，新的一年已经开始了。倾盆大雨把他们带回了现实。

“我要给莫妮卡打个电话。”克莱尔从桌子旁站起来，拿起了手机，“下这么大的雨，看来得你过去接她了。”

大学女生又变回到了妻子和孩子妈——这两个她做了多年的角色。马迪尼在她无声地等待着电话另一端接通时，目睹了这种转变。然后，他看到她裹紧了身上的旧羊毛衫——那是她跟他要来的旧衣服，现在只在家里穿。她并不冷，但很害怕。

“电话没办法接通。”她有些担忧地说。

“这会儿刚过十二点，大家都在打电话互道祝福。估计是网络过载了，这是正常现象。”

但是，克莱尔没在听他的话，不停地重拨，一次又一次。都没有成功。“她会不会出了什么事？”

“你焦虑了。”

“这样吧，我来给办活动的地方打电话。”

马迪尼由着她去做了。克莱尔找到了电话号码拨通了电话。“怎么会没看到她？”她的声音揪心。当头脑闪过一系列灾难性的可能后，她脸上很快浮现出了负面情绪。她挂断电话后，焦虑变成了惊恐。

“他们说她没有露面。”

“你现在冷静一下，让我们考虑一下她可能会去了哪里。”马迪尼说。但当他试图接近她时，被她一手推开了。

“你得去找到她，洛里斯。你向我保证，你会找到她的。”

他上了车在阿维乔特四处开着，不知道要开向哪里。席卷山谷的暴风雨让街上空无一人。他甚至看不清路——越野车的雨刮器没法驱散挡风玻璃上的雨水。

很快，他意识到自己被克莱尔的激动给影响了。他也发现自己把莫妮卡和安娜·卢两个人放在了同一位置上。

不，这是不可能的，他对自己说，试图把这个主意从脑子里赶出去。

他离开家才二十分钟，但就像过了无限长的时间。很快，他的妻子会给他打电话来询问消息，他很确定。他将对妻子无话可说。

莫妮卡凭空消失了。警察发出警报。新闻节目播出新闻。搜救小组在树林里搜寻。

不，不会发生。不会在她身上发生。

但是这个世界上到处都是恶魔。无法预期的恶魔。

他想到了安娜·卢的父亲，眼前浮现出人们拍拍他的肩膀鼓励他的画面。他再次看到了他洞悉一切的目光。作为一个家长总是知道真相，即使他不可能承认这一点。那天早晨，他曾试图把自己代进他的角色，但没有成功。现在怎么办?

我必须找到她。我已经保证过了。我不能失去克莱尔。不能再一次失去。

他必须保持思路清晰，但这几乎是不可能的。后来，他突然想到先让一切回到原点。那个聚会。

五分钟后，他出现在一幢私人小别墅门前，那里面传出强劲而有节奏的音乐声。他按了多次门铃想有人来开门。与此同时，冰冷的雨水浸透了他的头发和衣服。当有人终于注意到门外有人后，他生气地走进了房子。

客厅里至少有六十多个年轻人，拥挤不堪。一些人在跳舞，另一些则躺在沙发上。音量高得让人无法互相说话，但酒精使每个人都极度放松。昏暗的光线和弥漫的烟雾使他没法看清一张熟悉的面孔。

最终，他总算发现了他的几个学生，其中一个是卢卡斯，那个耳后有骷髅头纹身的叛逆学生。

“老师，新年快乐啊！”当马迪尼走近时，他向他打招呼，一股酒气冲到马迪尼脸上。

“你看到我女儿了吗？”

另一个假装考虑了一下。“让我们看看……她长什么样的？您能给我描述一下吗？”

马迪尼把手伸进口袋里，从皮夹里拿出莫妮卡的照片。“这个，你认识吗？”

卢卡斯接过照片研究起来。“挺漂亮啊。”他想刺激他一下。“也许她今晚在这儿。”

但是马迪尼不想开玩笑。他抓住他汗湿的衬衫，猛烈地将他推向最近的墙壁。他从未有过这样的反应，至少在公开场合没有。一些人转向他们的方向。

“伙计们，打架了！”一个声音宣布道，在场的几个人围了上来。

然而，老师的眼睛直盯着卢卡斯的眼睛。“所以，你究竟有没有见到她？”

这个男孩不习惯像这样被对待，很明显，这助长了他反抗的欲望。他威胁地笑着说：“我可以为此举报你。”

马迪尼没有受到威胁：“别让我再重复一次。”

卢卡斯生硬地从老师的双手之下挣脱出来。“是，我知道她在哪里。”他承认。然后，他又兴高采烈地补充道：“但是你可不会喜欢的。”

马迪尼到屋子附近时，雨已经停了。里面的灯是关着的。门铃声划破了沉寂。没多久，有人打开了玄关的一盏灯。

马迪尼透过门的磨砂玻璃看到了里面的场景。似乎是幻景，或者是个噩梦。

一个打着赤膊的男孩过来打开了门，他的胸膛还非常光滑。男孩赤着脚，只穿了条运动裤。在他身后的一个房间里，莫妮卡偷偷伸出头来。她衣服倒是穿着的，但凌乱的头发却讲述着另一个故事。

当他们乘坐越野车回家时，起初两个人都没有开口说话。马迪尼只是通过电话告诉妻子，他没事，他正带着女儿回来，但不想添加任何其他东西。

“聚会非常无聊，所以我们就一起离开了。”女孩辩解着。父亲一言不发。“我们睡着了，忘了去关注时间。真的抱歉。”

马迪尼愤怒地抓紧了方向盘，不去理会缠着绷带那只手的疼痛。“你吸了吗？”他严厉地问。

“你是什么意思？”

“你明白我的意思。是大麻吗？”

她摇了摇头，但知道说谎是徒劳的。“我先前并不知道那是什么，但我发誓没有其他事情发生。”

马迪尼试图保持镇定。“不管怎么说，现在你去让你妈妈看看。”

当他将白色越野车停在车道上时，克莱尔正坐在门口，紧紧地抓着羊毛衫。莫妮卡先下了车。父亲看着她往家跑去。母亲张开双臂，紧紧地抱住了她。这是一个解放的拥抱。马迪尼从挡风玻璃后面看着这一幕，没有勇气过去打断这一刻。他回想起六个月前，他们一家即将要失去一切时所发生的事。

那件事。

不，那不会再发生。再也不会。

1月3日

失踪后的第十一天

天气预报很准确，整整两天都在没完没了地下雨。

但是在第三天早上，阳光透过发白的云层照射出微弱的光芒。

马迪尼决定今天是去整修棚屋的最佳时机。他打算让克莱尔远离失踪女孩的故事——重新对菜园和温室打起主意来对她而言是更合适的举动。他的妻子无事可做，她的日子充斥着那些沉迷于安娜·卢·卡斯特纳故事的节目。在没有官方及既定事实的情况下，每个人都能杜撰一个自己的版本。电视上不再讨论其他的话题，对此事发言的不仅有专家，还常常邀请来娱乐界的明星或艺人。太恶心了。他们提出最荒谬和最富想象力的假设，对安娜·卢故事中那些毫无意义的方面进行着剖析、分析和讨论，好像是下一秒钟就能恰恰从他们那里得来解决谜团的方法。

给人的印象是，这样的聊天把戏真能没完没了地持续下去。

现如今老师家里的电视每天都开着，几乎成了生活的背景。所以那天早晨他上了车开到了五金店。他购买了一卷塑料布和一张模压板，还有一堆的螺栓螺母以及用来固定绳索的钢制夹钳。把所有东西装到越野车的大后备厢时，马迪尼被一阵声音分散了注意力。

溜冰鞋在沥青马路上滑过的声音。

他转身便发现了几米之外的马蒂亚。“马蒂亚！”他举起手臂跟他打招呼。

学生先前还没注意到他，但是当他看到他时，反应却非常奇怪。他首先放慢了脚步，然后又加快了脚步，滑远了。

马迪尼叹了口气，因为他实在不了解那个男孩。于是他回到车里准备开回家。

他一般都沿着村庄外的道路走，环行的道路让他不用经过镇中心。通常情况下，这里交通十分顺畅，但那天早晨，他发现前面的车子排成了一条长龙，行驶非常缓慢。也许是发生了车祸，前方的十字路口是个事故多发地。的确过了一会儿，他好像发现了警灯闪烁。但是，车子慢慢往前移动，他却没有看到任何损坏的车辆。

看来不是车祸。是警察设的路障。

最近这在阿维乔特很普遍。就是因为小女孩失踪的事情。马迪尼无法理解这种检查除了激怒民众之外还有什么其他意义。他觉得，这有点像公牛跑了之后去关上牛圈一样。他怀疑是因为随着谜团日益扑朔、媒体关注加强，警察们必须做些什么来给公众舆论一个交待。

队列中的驾驶车辆没有次要道路可以规避路障，几乎无法转弯掉头。因此马迪尼也放弃了，耐心等待轮到他。但是随着车子缓缓前行，他的内心升起了一阵特别的焦躁——指尖发麻，胃里也出现了莫名的空虚感。

“您好，能给我您的证件吗？”穿制服的警员对着马迪尼敞开的车窗弯下腰问。

老师已经准备好必需的资料，把驾驶执照和行驶证递给他。

“谢谢。”对方说，然后往巡逻车的方向走去。

马迪尼留在车里观察着这一幕。一共只有两名警察。另一名站在路中间，手持一块指示板指挥汽车通行。先前跟他交谈的警员上了车，并在无线电设备上核实着证件上的详细信息，马迪尼可以从巡逻车的后窗清楚地看到他。但是，过了一会儿，他开始想知道为什么要花这么长时间。也许这只是一种感觉，也许每个被拦住的人都会遭遇同样的处境，但他仍旧无法阻止自己产生怀疑——是不是有什么不对劲。

最后，警员从巡逻车上下车，向他走来。“马迪尼先生，您能跟我们来一下吗？”

“发生了什么事？”他问，也许有点太惊慌了。

“需要走个流程，差不多几分钟。”对方礼貌地回答。

他们将他护送到阿维乔特的小警局，让他坐在一个类似档案馆的地方。除了卡片和档案有序排列在架子上之外，其余的所有物品都堆放在屋里：废弃的旧计算机、灯、文具，甚至还有个填了稻草的猛禽标本。

一张桌子和两把椅子。老师继续观察着他面前的空椅子，想知道谁会来占据它。自他来到这里已经过去了四十分钟，但还是一个人影都没看到。寂静和灰尘的气味令人不安。

门突然打开，马迪尼看到一个三十多岁、穿着西装打了领带的男人进来了。他手里拿着他的越野车行驶证和驾驶执照。他外表温和，对他微笑着："对不起，让您久等了，我是博尔基警探。"

马迪尼握住对方伸出的手，在对方的礼貌面前放松了一些。"没事。"

博尔基坐在那把空椅子上，把证件放到桌上，快速看了一眼，好像先前他没办法检查它们一样。"所以您是……马迪尼先生。"他读着他的名字。

老师想知道对方是不是在假装——仅仅是为了向他表明没什么可担心的，因为先前他明明已经知道他的名字了。"是的，是我。"他确认。

"我猜您想知道为什么我们将您拦了下来——我们在进行随机检查，接下来我们将加快速度，只需再占用您几分钟时间。"

"是因为那个失踪的女孩子……"

"您认识她吗？"对方生硬地问道。

"她和我女儿年龄相仿，在我教书的学校上学，但说实话我对她并没有印象。"

年轻的警探停了下来，马迪尼觉得他正在观察他。然后，博尔基开始以一副日常的亲切感与之交谈。"我要问您一个警察常问的问题，"他微笑着，"12 月 23 的下午五点您在哪里呢？"

"在山上，"他迅速回答，"我进行了几个小时的远足。之后就回家吃饭了。"

"登山者？"

"不，我爱徒步。"

博尔基做了个赞赏的鬼脸："哇哈，您 23 日那天在哪个区域呢？"

"我沿着小径，选了一条往东边山坡的路线。"

"有人跟您一起吗？朋友或者熟人？"

"不，没有人。我喜欢一个人走。"

"那么，您有没有看见什么人，比如另一个徒步者，山上挖蘑菇的人或不管谁，就一个可以确认您在那里的人……"

马迪尼考虑了一会儿，说："23 日那天我好像还真没遇到过任何人。"

博尔基又停顿了一下。"您的手怎么了？"

马迪尼看着他左手的绷带，好像他已经忘记受伤的事了。"正是在那天，我差点滑了一跤。我一只脚没踩稳，为了防止跌倒，就本能地抓住了从地面伸出的树枝。痊愈是有点困难。"

博尔基再次观察了他。马迪尼感到一阵不安。然后警探再次微笑："好了，完成了。"他说着，把证件退还给了他。

马迪尼惊讶道："就这些？"

"我先前跟您说过，我们加快速度，只需再占用您几分钟时间不是吗？"

警探起身，马迪尼也跟他一样站了起来。他们握了个手。

"谢谢您的配合，老师。"

当天的晚餐克莱尔准备了烤鸡和薯条，这是全家人最喜欢的菜了。当出了什么问题或想要奖励谁时，马迪尼一家就会围坐在一只好吃的烤鸡前面。

他不知道他的妻子为什么恰恰选择了这道菜，也许是为了庆祝和莫妮卡重归于好。他没有告诉妻子那个新年夜的插曲，他希望女儿会自己去讲。但女孩没有勇气，不过，内疚感让她和母亲更亲近了些。

他们吃饭时，屋里的气氛与从前不同了。桌上的某个人终于开始开心地聊天。话题是邻居。奥德维斯家是取笑的对象，克莱尔和莫妮卡嘲笑他们，一刻不停地说话。真是万幸，马迪尼想。如此一来，没有人会注意到他如此沉默。

离开警局后，他带着放松的心情一路开车回到家。但是随着时间的流逝，奇怪的问题开始浮现在他的脑海。他们为什么让他这么早走？他是否能相信博尔基警探的善意是真实的？他在失踪那天没有“不在场证明”这一事实是否令他们感到怀疑？

晚餐后他想要批改学生的家庭作业，但头脑无法集中注意力。大约十一点钟，他上了床，知道今晚他是很难睡好了。

没事的，他在被子里辗转反侧时自我安慰道。对，会没事的。

“登山者？”

“不，我爱徒步。”

“哇哈，您 23 日那天在哪个区域呢？”

“我沿着小径，选了一条往东边山坡的路线。”

“有人跟您一起吗？朋友或者熟人？”

“不，没有人。我喜欢一个人走。”

“那么，您有没有看见什么人，比如另一个徒步者，山上挖蘑菇的人或不管谁，就一个可以确认您在那里的人……”

“23 日那天我好像还真没遇到过任何人。”

“您的手怎么了？”

沃格尔暂停了讯问录像。老师的模样仍停留在屏幕上。警探转向了博尔基和梅耶。“没有不在场证明，手还受伤了。”他得意地说。

检察官反对：“但是这个人过去没有污点，没有任何先例能让我们相信他有暴力行为的潜质。”

在看完马蒂亚所有的视频后，沃格尔就确信那个男孩确实为他们在寻找的东西添砖加瓦了。那是铁证。男孩和母亲已被保护起来。

所以他们当时就开始寻找有关老师的蛛丝马迹。在过去的七十二个小时中，他们几乎没有让他逃离出视线。他们的手下从远处观察他，秘密地拍摄了他、注意他的每一个举动。没有任何异常情况出现，但沃格尔当然并不期待立即能找到压倒性的证据逮捕他。然后，在这些情况下，也有必要稍微推动一些事情。这就是为什么他那天早上安排了个假检查站。但是，在此之前，他曾将马蒂亚带出庇护所，并且详细嘱咐了他在街上看到老师时该怎么做。他们需要一个正式确认。

当马迪尼在五金商店外面想知道为什么这个男孩从他视线中逃脱时，沃格尔坐在一辆不带标志的警车上，分析了他脸上的每一个表情。

把马迪尼带到小警局，让他独自一个人在布满灰尘的档案室里等待四十分钟，也是为了让他处于高压状态。博尔基也很好地发挥了自己的作用——他表现友善，得到了令人满意的回答。而那些问题并不是为了使提问者陷入矛盾之中，而是要引起他的怀疑。

所有的这些都会在接下来的几个小时中结出硕果，沃格尔对此深信不疑。

梅耶倒没这么乐观："您知道吗？这些天，我们找到了多少个人在 12 月 23 日没有可信的不在场证明呢？十二个。其中四个甚至还有过犯罪记录。"

沃格尔就知道检察官会表示怀疑。但是对他而言，洛里斯·马迪尼老师是理想的对象。"不声不响是一种天赋。"他说，"这需要强大的自我控制和严格的自律意识。我深信，马迪尼老师已经在内心做出过难以言喻的行为，他每次也在自问是否真的能够做到。但是谁都不是天生的恶魔。就像去爱一样：需要遇到一个合适的人……当他碰上安娜·卢时，他终于明白了他的本性。他爱上了他的受害者。"

博尔基看着他俩斗嘴，不加评论。如果不得不倾听自己的直觉，他可以保证地说，老师在问讯过程中表现得太平静了。

"您先前还说过安娜·卢可能很了解她的绑架者，因此才会跟着对方。"梅耶说，"然而，我们并不确定他们两人是否互相认识。"

"马迪尼就在女孩子的学校里教书。如此看来，她肯定认识他。"

"也许安娜·卢知道他是谁，但她也会信任他吗？当外面一团漆黑时，要说服一个女孩上车，靠的不可能是几面之缘。尤其是这个女孩还会顾及教会的教育，尽量减少与陌生人的接触……因此在我看来，马迪尼老师并不应该列入其中。"

"那马蒂亚的视频又该如何解释呢？"

"那些图像还不能作为证据，您应该对此非常了解。"

它们会成为证据的，沃格尔认为——他又看了看静止图像上那个男人的面孔。

是的，是这个马迪尼老师没错儿。

1月5日

失踪后的第十三天

微黄的暮色给山脉的轮廓笼上了一层蓝色的光晕。

老师在高速公路上开着车，旁边坐着他的妻子。越野车里开着暖气，发出一些隆隆的声音，但车厢里弥漫着舒适的温暖。克莱尔有一小会儿没说话了，似乎在享受那种轻松慵懒的气氛。马迪尼偶尔会转向她，克莱尔发现他在看她，也报以微笑。“你出的这个主意挺好。”他说道，“我们很久没去湖边了。”

“从去年夏天开始。”她嘟囔着，“不过我觉得冬天的湖畔会更迷人。”

“我赞成。”

他们在湖泊和高原上度过了一整天。先前需要步行数个小时才能到达那里。这一路并不艰难，不像他通常尝试的那种。克莱尔未经训练，所以他特意选了这一段路。在树林中，河流和小溪穿过定期有人清扫的小路，徒步旅行者沿着这些小路就可以到达目的地。小山在这个没有雪的季节很好攀登。一旦到达山顶，便可得到褒奖——那是小山谷被石峰环绕着的景象，几步之遥就是一座巨大的冰川。冰川下，有一个非常清澈的湖泊，水面上映出轻微的金色炫光。森林里到处都是杜鹃花，在夏天绽放出生机勃勃的红色花朵。湖边有一个客栈，可以在那里品尝当地的特色菜。菜单是固定的，有头盘、正餐和甜点。但是马迪尼和他的妻子只想要品尝豆类汤和黑面包。山上的几个小时过得很快，当他们回到车上时，天已经黑了。

“你在想什么呢？”克莱尔似乎不经意地问道。

“没在想什么。”他真诚地回答。之前困扰他的念头消失了，他现在又平静了下来。但是他没有告诉她那个临检和他所接受的讯问。

“你的头发要剪一剪啦。”她说着，手穿过他棕色蜷曲的发丛。马迪尼喜欢他妻子在细节上对他的关注。这让他觉得她仍然想要照顾他。“有道理，我明天就去理发店。”

他们很高兴，但也有些累了。两个人都想着回家好好洗个澡。马迪尼注意到仪表板上的燃油警告灯亮了起来。“我得去加个油。”

“明天再加不行吗？”克莱尔实在不想停下来，就问道。

“实在没办法。”

他们开了十多公里后到了一个服务站。当他看过去的时候发现那里满是车辆和野营帐篷。奇怪了，这个地方通常从来都没有人的。他想到了失踪女孩。人们都因好奇而赶了过来。

那气氛简直像是在过节，人们成群结队地赶去，大人和儿童的喊叫几乎让人难以忍受。轮到他们时，马迪尼在自助加油器前给自己的车加好了油。然后他走进高速公路服务站付款，排到了柜台前的队伍中，一个勤奋的年轻员工在尽力加快工作速度。在一个角落靠近天花板的高架子上，有一台电视机。挤满服务站的人们的声音占主导地位，在屏幕上播放着关于安娜·卢·卡斯特纳的另一则新闻报道的图像。马迪尼哼了一声，并不去关心它。

总算到了结账的时候。“我想您是咱们周边的人。”女收银员在电脑上检查着到账数额时说道。语调有些愤懑。

“您怎么知道的呢？”

“我看到您先前不耐烦的样子了。”然后她低声说道，“我的老板对这次的入侵感到满意，他说生意更好了，但我跟您说我晚上回家时两只脚都要烧起来了，脑壳也直发疼。”

马迪尼对她说出的知心话报以微笑。“也许不会持续太久。”他给她打气。

“希望如此，但是今天很不寻常：电视像发疯了一样一直重复着播放相同的图像。”

“什么图像？”

然而，忙于手头工作的收银员忽然分了心，后面的队伍越排越长。“对不起，您先前说八号自助加油器吗？”

“是的，没错。”

女收银员透过玻璃窗可以清晰地看到白色的越野车。然后她回头望着马迪尼，脸上带着奇怪的表情。

“有什么问题吗？”

收银员抬头看向电视，马迪尼也看了过去。

屏幕上正在一页页展示某个业余爱好者拍摄的视频。可以看到安娜·卢不同时候的生活片段。她背着彩色的背包和一个装着溜冰鞋的包独自一人走在街上；她跟朋友在一起——马迪尼立即认出了普莉希拉。然后是另一个场景，安娜·卢和她的两个弟弟一起离开了房子。然后，这些图像停止并放大了总是出现在几米之遥的背景中的那辆白色越野车。

老师了解了这一整天通过网络播出的是什么惊人新闻。这个新闻让所有人都赶到了阿维乔特。事情终于有了线索。一辆跟他爱车相似的白色越野车。

不，不仅仅是简单的“相似”：的确就是他的车。

独家新闻上是著名电视记者斯黛拉·霍纳的签名，置顶的标题为《转折点：有人在跟踪她》。

老师在柜台上留下了张五十元的钞票，即使他本应支付的金额更少。他不顾收银员的惊讶表情，迅速离开了队伍。他还没有跨过高速公路服务站的门槛，就注意到有人从窗子里面指着什么。

“嘿，就是那辆车！”有人惊呼。

同时，车后面已经聚集起了一撮人。他们检查着车牌号。幸好，坐在车里的克莱尔正准备发一条短信，还什么都没注意到。马迪尼加快了步伐，而那些人的目光锁定了他并跟着他。他走到越野车旁，迅速上了车。

“发生了什么事？”克莱尔看他很紧张。

“我待会儿跟你解释。”他心不在焉地回答，抓紧时间转钥匙点火。但车没有启动，因为他的手在颤抖。与此同时，人们开始围住他们。

在男人、女人和孩子们的眼神里能够读到惊奇混杂着恐惧，跟先前收银员眼中的一样。如果其中一个人决定做某事，其他人都会跟着起哄的，马迪尼极度惊恐地想着。最后，他设法启动了发动机，踩下油门离开了。他迅速地上了高速公路，瞥了一眼后视镜。人们仍然在那里，威胁性地目送着他。

“你想告诉我怎么回事吗？”她再次问道，她感到非常震惊。

他没有勇气转向看她。“回家吧。”

返程时，老师无法逃避妻子的质疑。他要试图解释他也不完全理解的情况。

“什么叫作你被截停了？”

“两天前，在一个路障点。”

“那你为什么没跟我说呢？”

“因为我觉得没什么好说的。他们拦下了很多人，又不是只拦下我。还有些是我认识的人也被同样拦下过。”他提到。

当他们总算要到达目的地时，马迪尼希望能发现有警察在等着他。结果在他们家门口的路上竟空无一人。连个游魂都没有，但老师仍然催促着他太太：“快进家门，快点。”

当他们跨进家门后，看到女儿站在客厅中央。电视的屏幕暂停着。“妈妈，发生什么事了？”她被吓到了，“电视上说有个女孩失踪了……有个人曾经跟着她……然后放出来的那辆车好像是我们家的。”

克莱尔把莫妮卡抱在怀里，不知说些什么好，然后她看向丈夫，等待他说些什么。但马迪尼定定地站在走廊上。“我不知道，我也没搞懂。这应该是个误会。”他低声嘟囔着。

“你能说服自己吗？”克莱尔用指责的语气说道。

马迪尼似乎变得更紧张了。“是的，他们问我女孩失踪的时候我在哪里。事情就是这样……”

克莱尔沉默了几秒钟，好像在试着回想什么。“那天你去爬山了，晚上才回来。”她平静地说。但是在心里终究开始盘算着丈夫并没有不在犯罪现场的证据。“是，他们是搞错了。”

克莱尔坚决同意，因为她没办法去想象另一个不同的假设。“现在你给警察打电话请求解释吧。”她用坚决的口吻掩盖住不安全感。

最终，马迪尼总算让自己前进到了客厅，走到电话前拨了号码。片刻之后便有了回答。“我是洛里斯·马迪尼，我想跟几天前曾与我谈过话的警探通话，谢谢。我记得他应该叫博尔基。”

在等待电话转接的时候，老师转过去看着他的妻子和女儿。她俩又疑惑又惊慌。这个状况让他心里备受煎熬。但是对于他来说，最糟糕的感觉是，她们两人抱团逃避，她们不去看他，好像她们已经决定了要与他保持距离。

几分钟过去了，然后一个声音回答道：“你好，我是博尔基。”

“你能告诉我发生了什么吗？为什么我的车出现在了电视上？”马迪尼要疯掉了。

“我很抱歉，老师。”警察用平静的声音说道，“消息泄露了。这是不该发生的。”

“消息泄露？我被指控了什么？”

电话另一端短暂地沉默了。“我不能说更多了。我们会再给您电话，但是我建议您找一个律师。晚安。”

当博尔基突然结束通话时，马迪尼仍然把话筒贴在耳朵上，不知道该怎么办，而克莱尔和莫妮卡还在恳求着他的回答。

那个时刻，一道闪电刹那照亮了房间。

这不是幻觉，因为他们三个人都不自觉地环顾四周。光束又出现一次，然后在几秒钟后再次重复。像是雷阵雨，但却没有雷声。

马迪尼靠近一扇窗户向外望去，妻子走到他身后。

闪光来自街道上。一些像影子一样阴暗的人影在屋子的周围转悠，时不时地发出一道闪光。他们就像是火星人，充满好奇又让人害怕。

摄影记者来了。

1 月 6 日

失踪后的第十四天

电视转播车获得马迪尼家门口的道路停留许可时已经是夜里了。一天二十四小时。那些较早到达的人占据了最佳位置，将这栋安静的房子团团围住，最终电视将每天二十四小时持续滚动播出这里的情况。

除了工作人员、摄像师和记者，还有一群围观者聚集在当地警察为划定安全区域而设置的路障之外。如果这群人决定采用粗暴的正义审判，那么这些防范措施并不能够保护到他或他的家人。早上九点钟左右，老师凝视着窗外时想。

那是一个艰难的夜晚，谁都没能阖眼。天快亮的时候，莫妮卡崩溃了，而克莱尔被内心折磨着，不说话也什么都听不进去。马迪尼没法去容忍这一切。他必须做些什么。“博尔基说他们会处理，但我不想坐以待毙。”他对妻子宣布，“我什么也没做，他们没有其他证据，否则他们会逮捕我的，你不觉得吗？”

克莱尔在这方面进行了推理，似乎重新获得了一些信心。

“是的，你必须去找他们并阐明你的立场。”

马迪尼刮了胡子并穿上他最好的衣服还系上了领带，想要出门去让大家看看他一直就像他们所认识的一样：一个老实的正经人。他刚跨出门槛，就立即被一阵闪光击中。闪光像轰炸一样从各个角落扑了上来。他用一只手遮住了脸，但只是为了避免眼睛被强光刺激到。他直接走向越野车，但又考虑了一下。那些视频故事之后，这辆车看来应该已经不能再开了。另外，这么多人堵着又很难走出小径。于是他决定步行。

警察看见他走过来，对他大喊：“马迪尼先生，也许您回屋子里是最恰当的。”这不是命令，他只是建议他不要面对人群，因为这样做可能很危险。

马迪尼无视他，继续走着，越过路障。装备了麦克风的摄像师和新闻记者立刻贴到他身上。

“为什么您的汽车会出现在女孩经常光顾的地方？”

“您跟安娜·卢很熟吗？您跟踪她了吗？”

“警察已经传唤您去接受问讯了吗？”

“您认为她被杀了吗？”

马迪尼一言不发，试图继续前进，但他们迫使他不得不放慢脚步。同时，旁观的人开始喧哗。老师听不见他们对他的侮辱，但在包围他的人群中，他看到了几张愤怒的脸。他们仍然没有接近，但是他们的意图是显而易见的。当有人向他投掷第一个物体时，马迪尼甚至没来得及知道那是什么。他只听到那东西砰的一声掉落在不远处的沥青马路上。随即，人们开始跟着藏在人群中的抗议者学了起来。啤酒罐、硬币——其他东西开始砸过来。记者们害怕被击中，纷纷放慢了脚步，把他周边空了出来，他变成了极易被攻击的活靶子。

马迪尼举起双臂保护自己，但一点儿用都没有。现场的警察也没有办法控制愤怒的人们。这时，耳边传来一阵刺耳的轮胎声。马迪尼正弯腰躲避着像雨一样砸来的东西，但这个角度正好让他看到一辆安着深色车窗玻璃的奔驰车在几米之遥处向他靠近。车后门打开，一个穿着优雅细条纹西装的男人伸出了手。“上来！”他大声说。

尽管不知道他是谁，但是马迪尼还是不由自主地接受了他的邀请。车子迅速驶离，让他逃脱了那个绝对的私刑。

那个优雅的男人第一件事就是递给他一包面巾纸：“老师，您需要清理一下自己。”接着，他转向司机。“带我们去个可以慢慢谈心的地方。”

马迪尼发现他沾上了一种淡黄色的东西，闻起来像是黄芥末。“他们把我整得底朝天。”

“您不应该那样直面人群。您不知道这样会招惹到他们吗？”

“那我该怎么办？”老师愤愤地说。

“比如，可以相信我。”那人笑了，然后伸出手介绍他自己，“我是律师乔治·列维。”

马迪尼怀疑地看着他。“您不是他们中的一分子？”

那人又笑了。“不，当然不是。”他的笑声深切又真诚。然后他变得认真。“怀疑是团体传播的动力，您知道吗？小小的火苗就可以燃烧整个草原。人们不追求正义，他们只是想要罪魁祸首。要揪出一个名字来安抚他们的恐惧，让他们感到安全。接着继续自我幻想着一切都很好，所有的事情都会有解决方案。”

“那我应该去控告媒体和警察。”马迪尼坚决地说。

“我并不推荐您这样做。”律师的口吻很严厉。

“那我该怎么办？”

“什么都不做。”对方干巴巴地回答。

“我的意思是，难道我就让他们摧毁我而不做出反应吗？”老师不可思议地说。

“这是一场预先注定失败的战争，因此去战斗没有任何意义。您越早意识到这一点越好。相反，我们必须将力量集中在打磨您的形象上—— 一个诚实的男人，一个好丈夫和好父亲。”

“但是他们在电视上说我尾随那个失踪了的女孩快一个月。真是荒谬！”

“不是您。”律师精准地指出，“是您的车子跟着她……从现在起，您要注意您的用词，老师——视频里看到的只是您的那辆越野车。”

“记者还说，这些视频是我的学生拍的。”

“那个学生叫马蒂亚。”列维告诉他。

马迪尼看上去很惊讶。

“我们假设这些视频仅仅是个荒唐的巧合。”律师接着说，“您和安娜·卢住在一个地方，这是合情理的。但是，我对您还有另一个警告……”

梅赛德斯停了下来。马迪尼透过窗户看到了这是阿维乔特公墓后面的空地，男孩们有时会开车去那里做爱或抽大麻。

“想要逮捕您的警察叫做沃格尔。”律师在说出这个名字的时候声调听起来很担忧，“我不会称他为一流的调查员，甚至不会叫他警探。他没有犯罪学技能，并且对诸如科学勘察或DNA之类的事物不感兴趣。他是利用媒体来破案的人。”

“我不明白……”

“沃格尔知道他手头的视频并不构成证据。另外，给他们这些视频的男孩迷恋着安娜·卢，他有攻击前科、要服用精神药物，由当地的精神病医生给他提供治疗，当然，就是弗洛雷斯医生。简而言之，马蒂亚恰恰就是这条线索不可信的源头。沃格尔无法使用它。老师，这就是您仍然还自由着的原因。”

“那他们不怕我逃脱吗？”

列维再次笑了。“您能到哪儿去呢？老师，您最后都上了国家新闻了。现在，全国上下都知道您了。”

马迪尼开始注意起这个男人。他比马迪尼年长，但看上去比实际年龄年轻。也许因为他的头发仍然浓密，发色也没有发白。女人们肯定都认为他很迷人。他身上的古龙水散发着好闻的味道，但不仅仅如此。是他的镇定、是他自信背后的充足把握。“那么您在这里做什么？”

“我在这儿当然是想为您做辩护！”律师笑了。

“但是雇用您要花多少钱？”

“雇用我是一分钱都不用。”列维抬起了双臂，“案件的宣传效应足以回报我。但是，还是会产生一些费用。”他开始举例，“开始，要有一名私家侦探与警方进行平行调查。然后如果要庭审的话，我方的鉴定人、各种类型的专家以及对法律领域有研究的人都要用到。”

马迪尼徒劳地想着那得要花多少钱。“我得和我太太谈一谈。”

“当然可以。”律师将手伸到他脚下的皮包里，掏出一个白色盒子——里面有一台包装完好的全新手机，“从现在开始，请您用这个与我联系，因为他们很可能在监听您。另外，在不能保证安全的情况下，不要离开屋子。”

沃格尔正在宾馆房间的镜子前调整他的羊绒领带。他预料到将戴上它的那一刻——那个时机，在来阿维乔特之前就已经买好了。

下面等着一群记者。让他们等一等是个好主意。毕竟，最近几个月记者让他受够了罪。

那个残害者的案件，他抱怨着。

曾经为此付出了代价，但现在他又回到了正轨，那些混蛋再次站到了他的脚下，希望他能给他们带来更多的新闻，以暂时安抚他们无尽的食欲。

残害者是个错误，他不得不承认。但是他永远不会再犯。只需要一些时日他就能重塑声誉并成为媒体的偶像。他距离重获过去的权力只差一步之遥，因此必须谨慎。

斯黛拉很精明地用上了马蒂亚的视频。对老师越野车的放大剪辑是媒体的杰作。此外，警探博尔基被证明是一个有用的盟友，这个他倒从未想到过。也许这个男孩会有前途——如果在接下来的几个案子里他都让博尔基跟在后面的话。只是，问题卡在梅耶那儿。自以为是的蠢女人。没有什么比理想主义的检察官更糟糕的了。但是他知道如何驯服她，他只需要抚慰她的自我，让她感受到聚光灯下的温暖。没人懂得如何放弃这份温暖，即使是以牺牲为代价。

因为那个残害者，他曾面临着这个风险。但是最糟糕的时期已经过去了。

有人敲门。“先生，您要下来了。我们没办法再留住他们了。”博尔基说。

不多久，沃格尔站在喧闹焦急得想要得到信息、聚集在宾馆早餐厅的一群听众面前。厅里座无虚席，还有很多记者站着。大厅尽头，是些架着的摄像机。

“不幸的是，我没有太多要告诉你们的。”这是他面对一堆麦克风的开场白，“我想我们会尽快完成的。”有人表示抗议。但沃格尔经验丰富，不会在这种集体采访中让人牵着鼻子走。他只会说他想说的话。

“为什么您还没有逮捕马迪尼老师呢？”一个拿着打印稿的记者问道。

“因为我们想要确保他得到所有相关法律的保障。目前，他只是一个嫌疑人。”

“但是，除了白色越野车的视频，你们有没有找到他与安娜·卢的其他关联？”一个穿蓝色西装的记者问。

“这是机密信息。”沃格尔回答。这是他最喜欢的句子之一——既不确认，也不否认。探长希望所有人都认为警察的袖子里还藏着张王牌。

“我们知道马迪尼老师一家不久前才搬到山里来。”这次轮到斯黛拉·霍纳说话了，“他的太太辞去了自己的律师工作跟随丈夫来到阿维乔特。在您看来，他们是在躲避什么东西吗？”

沃格尔对这个问题感到得意。斯黛拉总是能够收集到他讲述的事实中不同寻常的方面。“我们正在调查此人的过去，但是到目前为止，我可以告诉你，他是一个无可指责的人。”他为马迪尼做的辩解是经过深思熟虑的，它激怒了现在已经做出选择并且不希望被拒绝的公众。“实际上，是你们拿着泄露的消息毁了他的声誉。”他要赖，“现在我无话可说了。”

“那你为什么要召集我们呢？”有人开始埋怨。

“为了警告你们。”沃格尔坚定地说，“我们无法阻止你们传播新闻，但你们需要知道，未经警方同意而泄露的任何信息都可能损害调查，并因此伤害到年轻的安娜·卢·卡斯特纳。事实是，她不在我们的面前并不意味着我们就可以无视她。”他确保自己朝对着他的摄像机说完最后一句话。然后他离开麦克风，朝出口走去，而问题仍紧追他不放。但是沃格尔现在不再去听了。他因手机的震动而分心。他拿起手机，看着显示屏上的短信内容。

“我要跟您谈一谈。请您给我的这个号码回个电话。”

一定是哪个记者想要独家新闻。他决定不去理会这条消息，不耐烦地快速删了它。

“实际上，我们并没跟他来往过。他的太太和女儿看起来不错，但我一直都不喜欢他。”奥德维斯的脸近乎勉强地塞进了马迪尼家厨房的小电视里。“如果我得和您说出全部事情的话，我也注意到了一些细节，简而言之，很奇怪。比如，可怜的安娜·卢失踪的那天早上，他离开屋子时我们还碰见了他。我向他问好，但他甚至都没有看我一眼。他把一个背包放进那辆越野车的后备厢里……是的，他很着急，总之，就像一个人想把什么东西藏起来一样。”

听完邻居令人难以置信的谎言之后，马迪尼很想拿拳头去捶柱子。但是他及时住手了，因为那只手上还缠着绷带。

克莱尔坐在桌边关掉电视。“那个伤口还没有愈合，我告诉过你让医生看一下。”她用一种平静的态度说了这句话。

马迪尼仍然很生气。“那个混蛋。”

“为什么，你指望他说什么？”

老师试图恢复平静。他坐到了妻子的旁边。晚上十一点之后，房子里一片寂静。厨房桌子在屋子中央顶灯照射下看起来像是一个在黑暗中发光的避难所。摆在这对夫妇面前的是账单和收据，以及最新的纳税申报表的副本。克莱尔拿着计算器至少重新算了十次上面的数字。结果总是一样的。

“我们没有足够的钱来支付列维律师所提到的那些相关费用。”马迪尼不得不承认。

“你是想说我们先暂时停止支付房租。”

“不，当然不行。要是房东驱逐我们，那我们去哪里住呢？”

“等发生了我们再考虑。我也能向我父母暂借一些钱。”

马迪尼摇了摇头，强调着他们所处的状况是荒谬的，一切接二连三来得太快了。他说：“我们必须放弃列维了，没有其他的可能。”

“我们的存粮已经吃完了。”

“跟这个有什么关系？”

“今天我去超市的时候，被人认了出来，我很害怕，没有买东西就走了。”看着愤怒回到丈夫的脸上，克莱尔握住了他的手。她用低沉的声音跟他说话，但语气充满痛苦。“莫妮卡在网上受人侮辱。他们强迫她关闭她的脸书个人主页。”

“他们只是愚蠢而沮丧地寻求关注，我不会为此担心。”

“是的，我知道……但是过几天，她不得不回学校去。”

她是对的，她说的这些事情他都从未考虑过。

“你不能任他们牵着你走而不反抗。任何针对你的指控都会影响到我们。”

马迪尼叹口气。“好吧，我让列维开始着手。”

有人摁响了门铃。丈夫和妻子沉默不语地凝视着对方，不知道这个时间点了谁会过来。然后他从厨房的桌子边站起来去开门。

“晚上好，马迪尼老师。”博尔基在门口说道。在他身后有至少五辆巡逻车，上面闪烁着灯光，还有一辆货车和一辆拖车。简直是为媒体准备的盛大巡游。摄像师又有现场可拍了。

“我这里有搜查文件和查封令。”博尔基给他看了文件。

克莱尔走到丈夫身后，但看到屋外所有那些警察，她停了下来。

“我们还需要采集您的指纹和身体样本。”警探继续说，“您是否同意在此进行操作，还是希望我们一同前往专门的机构进行检查？”

马迪尼感到很不自在。“不用，可以的，就在这边采样吧。”

博尔基转向守候着的警察，挥手示意他们靠近房屋。

老师坐在客厅中央。三名身穿白大褂、戴着乳胶手套的科学勘察组技术人员在他周围走动。一个人用棉拭子提取了他的唾液样本；第二个人对他的右手指甲进行采样以寻找安娜·卢的生物检材；第三个负责左手。那人取下他的绷带，然后从尚未愈合的伤口中取出组织样本。最后，他用特殊的脱影摄影方法拍摄了伤处，从而可以获得非常近距离的图像。

马迪尼忍受了每一次对待，没有任何反应，像没有知觉一样。

在他们周围，警探翻看着他们的东西、生活中的纪念品。忙碌地来来往往。警察从他们的家里走出来，提着透明袋子，里面装着不同物品：厨刀、鞋子，甚至园艺工具。在屋子的车道上，拖车将越野车拖载起来，整幕场景呈现在所有被嘈杂声惊醒的邻居眼前。他们穿着睡衣披着冬天的厚夹克，用厌恶的表情评论着这一幕。

克莱尔从客厅一角注视着丈夫，双臂抱着刚才被迫下床的女儿。她俩似乎都受到了很大的刺激，马迪尼也感受到了一次又一次的内疚。

1 月 9 日

失踪后的第十七天

他们找来了周边最好的科学勘察组人员来负责检查马迪尼的汽车。

面前的是个有些年纪、一脸好奇的男人。奇怪的是，他尽管几乎秃头了，还是把剩余的头发扎成了辫子。露出白大褂的皮肤完全被刺青覆盖。他叫克罗普。

“我们进行了所有需要的测试，因此需要花费这么长时间。”他在沃格尔和梅耶面前辩解道。

警察征用了一个阿维乔特的车库确保勘察组能在最佳条件下工作。偌大的室内空间完全用塑料防水布覆盖住。地板上放着一块巨型白色防水油布，车子停在升降台上。技术人员继续一块一块地逐步拆卸着越野车。组件被分为几组，需要通过非常精密的机器进行筛查。

“那么，有什么新消息吗？有还是没有？”沃格尔不耐烦地问。

克罗普倒似乎并不着急，慢条斯理地一一解释。“第一个结论是这台车最近才被清洗过，但是仅清洗了内部。”

这个消息令探长欢欣鼓舞。

“车里有清洁剂跟溶剂的残留，这也许会让人联想到有人想要清除某些痕迹。”技术人员接着说。

“如果他没什么东西要隐瞒，为什么只清洗了驾驶室呢？”沃格尔跟梅耶指出了这一点。

“有没有血液或其他有机物的残液？”检察官显然对这个结果不满意。

技术人员摇了摇头，辫子在肩膀后面晃了几下。

“总之，没有任何证据能证明安娜·卢曾经上过这辆车。”梅耶接着说道。

“您真的指望我们能找到血迹？”沃格尔不依不饶。

“DNA。”检察官明确表示，“我希望能发现这个女孩的 DNA。”

沃格尔很想问她，她这顽固的天真究竟来自何方。她是认真的还是只是想惹恼他？“您没明白，我们什么都没找到也是个好消息吗？”

“怎么就是好消息呢？”

“线索并非总是有形的。打个比方，空缺，这就是一个线索——意味着在那个空间中以前存在某些东西，但现在不见了。以此类推，该向马迪尼老师提出的问题是，他为什么只清洁了汽车内部。”

“探长，这仅仅是一个意见，并不是‘事实’。并且，更确切地说，这只是*您*的意见。一个明智的人在冬天有上千个理由不洗车身，尤其是如果他住在山区并且经常要进行短途旅行。没过几天，泥巴、雪水、雨水会再次把汽车弄脏。因此，保持车内干净方便载客，这个想法合乎常理。”

梅耶费尽气力要刺激他的神经，而沃格尔打心眼里很钦佩她的固执。他真不明白，这位检察官为什么总是要推翻证据，甚至此举会跟她自己的利益起冲突。他们现在只抓住了这位平凡的老师，调查已经花了数百万的纳税人的钱，而且很快也会有人去找她，让她说明所花的钱的去向。“我们启动了调查机制，就必须取得成果。”沃格尔平静地说，“我们必须提起诉讼，这无论如何您也必须接受。我们的工作不是裁判证据和线索，而是将它们带到法官和陪审团面前。”

“您说得对，我们的工作不是裁判证据和线索。”梅耶坚定地说，“我们的工作是找到它们。我再说一次——我们需要DNA。”

克罗普先前一直无动于衷地目睹着他们的对弈，现在他决定介入了。“我们确实发现了DNA。”

两人一起转向技术员，想知道他为什么没有早说。

“有些东西，但非常奇怪。”克罗普继续说道，“是猫的DNA。更确切地说，是猫毛。”

“猫毛？”沃格尔难以置信地重复了一遍。

“样本是有斑点、红色和棕色的。有不少在座椅和脚垫上。”

“马迪尼没养猫。”梅耶说。

但是安娜·卢非常喜欢猫，沃格尔想要加上这一句。但是他没有这么做，因为他注意到博尔基走进了车库。年轻警探边打着电话边四处寻找他。看上去忧心忡忡。

“失陪一下。”沃格尔向另外两人告辞，朝博尔基走去。

同时博尔基挂断了电话。“我们有问题了。”他低声说。

安娜·卢的妈妈光着脚穿着睡衣，打算把人们几天前放在他们家门口的卡片收集起来，把干掉的花儿从那些小猫玩具上面拿掉。在传出有嫌疑人的消息后，人们的"朝圣活动"就结束了。怜悯被病态的好奇心所取代，再也没有人真正关心失踪女孩的命运。甚至连媒体都放弃了这一套。当沃格尔和博尔基开车到达时，只有寥寥几个摄像师面无表情地拍摄了现场。

"请他们离开。"探长立即下令道。接着他走近那个女人。"卡斯特纳夫人，我是沃格尔探长。您还记得我吗？"

女人转过身迷惑地看着他。下着的毛毛细雨打湿了她的睡衣，可以看出她里面没穿内衣。沃格尔当即脱下外套，披在她的肩膀上。"这里很冷。我们为什么不进屋子呢？"

"我必须整理一下。"那个女人说，似乎这是世界上最重要的任务。

于是沃格尔向她展示了安娜·卢制作的珠串手链，圣诞节那天，当他第一次到访他们家时，她帮他戴在了手腕上。"还记得您要我许下的承诺吗？嗯，有一些新消息……但是我们进去聊吧，您同意吗？"

玛丽亚·卡斯特纳似乎迟疑了一下。"那个人，那个老师……你们觉得真的会是他吗？我的意思是，我觉得他好像不是这种人——我认为他是无辜的……因为如果是他囚禁了安娜·卢，你们应该已经发现我的女儿在哪里了呀，不是吗？"

沃格尔想着怎么去回答她。显然，这名妇女拒绝面对现实。"我们在监控他。"他向她保证。

"但是日子一天天过去，安娜·卢可能会饿的。如果那个人总是受到监控，那么谁给她拿东西吃呢？"

这是沃格尔在他的职业生涯和整个人生中第一次无言以

对。幸好，这时布鲁诺 · 卡斯特纳来了，他对门口发生的事情保持着警惕。“对不起，我刚刚在工作。”男人解释道。然后便拉着妻子的手臂，将她带到大门前。“这是精神科医生给你开的安眠药。”

“卡斯特纳先生，我需要您的妻子保持头脑清醒。之后可能需要调整药的剂量。”他认为媒体会利用这名女子糊里糊涂的样子，将毫无根据的论断归咎到她身上。

布鲁诺说：“我会跟弗洛雷斯医生说的。”卡斯特纳说这句话的时候，已经转身背对着探长了。

沃格尔站那儿看着丈夫如此温柔地照顾妻子。然后他重新系好了手腕上的串珠手链。

斯黛拉 · 霍纳坐在一个清贫但用心装饰的房屋客厅里。在她坐着的沙发上铺着条有些褶皱的毯子，可能是为了盖住坏掉的沙发布，或是要保护沙发不想它有所磨损。记者看上去和往常一样完美。一身灰色的西装，脖子上系着条红色丝绸方巾。她的一只手上拿着麦克风。

摄像机拉大了取景框，屋子的小主人也出现在了屏幕上，她先前就坐在霍纳旁边。

这次，普莉希拉没有穿平时那种反叛的衣服。她看上去显然更加朴实，她穿着一条烫得平整的牛仔裤和一件白色小衬衫，耳朵上的三个大耳钉也消失了，一眼看过去就像黑色铅笔戳的窟窿。她化了妆，像是一个小女孩儿。两只手上抓着一条手帕。

“那么，普莉希拉，你能告诉我们发生了什么事吗？”霍纳轻柔地问。

女孩点点头，好像在强迫着自己。“我在卡斯特纳家门前守夜，为安娜·卢带去了一只小猫咪布偶。我的朋友们也在，这事让我们六神无主。突然间我发现自己收到了一条短信……是马迪尼老师发来的。”女孩停了下来，无法接着说下去。

斯黛拉·霍纳明白需要有人帮助她继续：“为什么这事情让你感到惊讶？”

“我……我尊重马迪尼老师，我认为他是一个正派的人……但是在那件事之后……”

这次，霍纳让沉默持续了更长时间，使听众能够更好地诠释女孩的话语。她善于制造悬念。“短信上写了什么？”

就像在开始直播之前被告知要做的那样，普莉希拉从牛仔裤的口袋里拿出手机阅读文字，手和声音颤抖着：“你明天下午想来我家吗？”

又一次的停顿，这是霍纳在把控节奏，这次是因为她看到女孩的左眼出现了一滴眼泪，但是她不想让她哭泣。时机未到。因此，为了给她恢复的时间，记者把手机从普莉希拉的手中轻轻取下，并对准摄像机。“我们经常被指责只说出了部分事实，为的是操纵公众。但是，这不是我们新闻界的创造发明。你们看：它确实发生了。”她等待了足够长的时间，以便观众可以通过狭窄的取景框阅读显示屏上的消息。接着她重新转向她的来宾：“然后呢，普莉希拉，你是怎么想的呢？”

“一开始我什么都没想，只是觉得奇怪。然后，当电视上说警方怀疑老师，我想起了安娜·卢，以及，也许，在她之后，这事情也有可能在我身上发生……”

霍纳点头表示完全同意并且把她的手放在了普莉希拉的手上。不出所料，此举引发了记者预期的反应。普莉希拉哭了。

霍纳再也不问什么，慧黠地，让摄像机定格在了此情此景，停留在了女孩脸上。

“这只是一个渴望出现在电视上的小女孩的幻想。”马迪尼的声音充满了绝望。

而他的太太似乎已经出离愤怒了：“与此同时，那个小女孩害得你把工作都给赔进去了！你现在可以告诉我，我们要怎么做？”

圣诞节假期结束并恢复课程后的两天，学校领导给老师打了电话，通知暂停他的教学以及——对他而言更糟糕的——停发他的薪水。

“我们靠什么来付你的诉讼费？我们已经负债累累了，你还在这儿对着个女学生犯傻？一个小女孩？”

“我了解普莉希拉。那个朴实的样子，那些衣服简直是一出戏！”

探长沃格尔坐在学校体育馆更衣室中他的临时办公室里，享受地聆听这一幕。他戴着耳机，两只脚搭在桌子上，双手交叉放在膝盖上，身体在椅子上晃动着。在马迪尼家搜查时安放的窃听器到此刻仍然没有收获，但是也许从现在开始有一些进展了。沃格尔似乎对两口子的吵架兴趣浓厚，在霍纳对普莉希拉进行采访之前，沃格尔就说服学校领导去介入老师的事情，因为这个采访会激发出学生父母的愤怒。当然，愤怒也会落在他的身上——这个没有骨气的官僚主义者，很容易就被说服了。

“你为什么要发那个短信？”妻子直白地质问他。

“她曾求我给她上表演课。但是，对不起，如果我想占她便宜，我不会愚蠢到让她来我们家赴约，你不觉得吗？”

克莱尔·马迪尼沉默了一下，似乎动摇了片刻。然后，她又开始讲话，用痛苦的声音。“我几乎认识了你一辈子，所以我知道你是个好人……但是我不知道你有多么无辜。”这句话足够劲爆，随后又是短暂的沉默。“你足够聪明，可以理解两件事之间的区别：即便是好人有时也会犯错……出了家门我遇到的只有敌视的目光。我总是担心有人会伤害你或伤害我们。莫妮卡都没再离开屋子，她失去了她为数不多的那几个朋友，没法再承受压力了。”

沃格尔知道即将发生的事情，这是他想要的，也是他计划中的。

“无论你犯的错是小是大，”女人说，“余生的每一天我都将一直陪在你的身边。这是我答应你的，我也将会做到。但是你的女儿，她没有任何誓言的约束。这就是为什么现在我要将她从这里带走。”

沃格尔想欢呼，但忍住了。

“你是想说远离我。”马迪尼不是在提问题，这更像是一个痛苦的陈述。

妻子没有回答。片刻之后，只听见门打开又关上的声音。沃格尔把脚从桌子上挪开，弯下腰，双手托着耳机使劲让听筒更贴近耳朵，以便更加专注于那份寂静。

马迪尼仍然在房间里。沃格尔听得见他的呼吸。低沉而有节奏。一个困兽的呼吸，他还不能把他关进监狱，但他已经是一个囚徒了，他再也逃不掉了。

沃格尔把他的周边人都给清空了。现在连他的妻子和女儿也都抛弃了他。他即将崩溃，沃格尔说。这个男人完蛋了。

但这时发生了探长没有预料到的事情。荒谬的，毫无意义的事。

老师开始哼起歌来。

他悠悠地低声吟唱。那种轻松欢快无疑与刚刚发生的事情很不协调。沃格尔疑惑地听着那首超现实的小曲。这是首童谣。他只抓住了几句歌词。

歌里唱的是孩子和小猫。

1月10日
失踪后的第十八天

列维给老师打了电话——电话呼叫的是几天前给他的“安全”手机，希望老师跟他见面。然后派了司机去了老师家里接他。记者们立即尾随那辆梅赛德斯而动，但当老师下车进入一间私人住宅后他们不得不放弃追赶。

律师租下房子以便密切跟进此案。

当马迪尼越过门槛时，发现展现在面前的是他无法预期的场景。客厅已变成办公室，一小批分工协作的人正忙得不可开交。有的人在研究法律文本和文件，有的人在电话中讨论辩护策略。他们甚至还弄了个列出各项工作结果的公告板。他们太忙了，以至于没有人注意到他的存在。

列维在厨房里等着给他单独咨询。

“您看我在这儿组织得怎样？这都是为您准备的。”律师自豪地说道。

马迪尼想着这要花上多少钱，实际上他甚至连工作都没了。“坦白地说，我正觉得希望渺茫。”

“不会的。”列维安慰他，然后他指着一张椅子让他坐下，而自己保持站立，“我知道您的妻子和女儿昨天离开了。”

“她们去了我的岳父母家。”

“坦率地说，这样更好，相信我。现在气氛越来越紧张，我认为在接下来的几周里情况将会变得更糟。”

马迪尼露出苦涩的微笑：“那您还有勇气告诉我不要失去希望？”

“当然，因为这正是我所期望的。”

“是那个沃格尔，不是吗？他是所有事情的导演……”

“是的，但这使事情变得可以预测。他只是遵循普通剧本，那个人没什么创造力。”

“但是每个人都会听信他讲的话。”

律师从冰箱里拿了一瓶矿泉水，拧开瓶盖递给老师。“唯一可以挽救您的办法就是保持头脑清醒、稳定沉着。冷静再冷静……其余的就交给我来做。”

“那个警察毁了我的生活。”

“但是您是无辜的，对吗？”律师提醒他。

马迪尼低头看着瓶子。“有时连我自己都表示怀疑。”

列维笑了，尽管在老师的意图中，那句话并不是在开玩笑。律师把手放在老师的肩膀上。“沃格尔也有一个弱点，我们将开始对此发起进攻……这将使他非常痛苦。”

马迪尼朝列维抬起头。希望在他的眼中闪耀。

“您听说过德尔格的案子吗？”律师问。

老师否认：“我不知道。”

“大约一年前，这个案件曾被媒体大肆报道。也许您会记得报纸上给德尔格取的名字——残害者。”

“是的，是的，这个我听说过……但是我通常对这一类消息并不感兴趣。”

“嗯，警察花了很长时间追踪一个连环行凶者，后者将小型爆炸装置藏在超市货品中，然后放回货架上：一盒谷物、一管蛋黄酱、一罐蜜饯。那些爆炸使不同的人受伤，把他们的手指和指骨，甚至是整只手都炸掉了。”

“天哪！有没有人死亡？”

“不，但是迟早会发生——一旦残害者厌倦，便会寻求更加出乎意料的玩法。其实，大家都在等着。如果您还记得，当时恐慌已经蔓延开了。但是在有人被害死之前，沃格尔设法揪出了一个对建模和电子技术充满热情、对人畜毫无伤害的会计——德尔格先生。那个男人凑巧从小就失去了右手的食指。他一直说自己遭遇了一次小小的家庭事故。实际上，是母亲想惩罚他，所以用切菜机切掉了他的手指。那个女人患有精神疾病并折磨了儿子。”

“我的上帝……”老师评论道。

列维指出了这一点：“这就是了，您正在思考的，正是所有人的想法——德尔格是个完美的罪魁祸首。”

“没错，”马迪尼承认，“如果联想到他小时候发生的事情，那么他成年后的暴力行为是合理的。”

“这就是恶魔们被创造出来的方式。但是重点不在这里。在德尔格案中，也没有证据，只有线索。沃格尔对着媒体表演并说服了检察官起诉德尔格。但是最后，该会计师被无罪释放了。”

“为什么？”

“残害者使用的炸药是很简陋的。就算业余爱好者也可以在一家五金店中找到那些简单的物质组装在一起。但是它有一个缺点：处理它的人身上会留下化学痕迹。而德尔格身上并没有这个痕迹……”

“这就足以给他开罪了吗？”

“当然不是。听我接着说：在一次警察搜查时，发现了一条针对他的最重要线索。德尔格的家里有一个饼干盒，而同款饼干盒曾被残害者用来隐藏炸弹，此外，盒子上的序列号被查实正是购自被疯子袭击过的一家商店。然而，德尔格一直否认他曾去过那里。”

“那怎么……”

“有趣的部分来了：那个把盒子放在德尔格家里以示其有罪的人并没有检查饼干的包装日期。它们是在德尔格已经在监狱中等待审判期间生产的，因此不可能是德尔格去买的。结果呢？他们释放了他，并立即为他洗脱了罪名。”

马迪尼考虑了一下：“那沃格尔呢？”

“沃格尔保住了自己的面子，因为他把责任推给了一个下属，那个年轻警员后来被辞退了。他总是这样做：找个替罪羊在需要的时候牺牲掉。然而，在德尔格事件之后，媒体开始不再信任沃格尔的提示，他们无视他，把他冷落在阴影之下。”

“直到此刻。”老师评论道，“我是他重新引起关注的机会。”

“既然如此，我们就可以试着用种种迹象表明他是个欺骗者。”

马迪尼似乎重新恢复了信心。“那我能摆脱困境了。”

“是的，但是要付出怎样的代价呢？”律师的语气又变得沉重，“德尔格在监狱里待了四年，等待审判结束。同时，他中风了并且失去了工作、朋友和家人。”

老师意识到列维的谈话是有特定目的的。“那我该如何避免呢？”

“忘掉你是无辜的。”

马迪尼不理解这句话的含义，但律师紧紧握了下他的手，并没有进一步解释。

他答应道：“我很快会再打电话给你。”

前一天晚上，警探博尔基无法入睡。他躺在床上一遍遍地思考他在卡斯特纳家门口目睹的那个场面，那个母亲六神无主地穿着睡衣在人们送给她女儿的小猫堆里徘徊。玛丽亚试图为她的痛苦找寻一些意义。

小猫是答案，他对自己说。

在老师的越野车内发现的那些有红色和棕色斑点的猫毛样本毫无意义。当他了解到这个细节时，博尔基和沃格尔的推理不太一样。

马迪尼家没养猫。安娜·卢非常想要一只猫。

博尔基在辗转反侧中得出的结论是，女孩是解决难题的关键。相反，每个人都不再对她感兴趣，他们不再去追问她究竟怎样了。媒体、公众甚至警察都在提出另一种问题——老师是怎么杀了她的？在这之前曾对她施暴了吗？他们似乎认定女孩已经遇害了，就算没有公开表示，但他们在试图用下三滥的细节平息自己的好奇心。

例如，没有人问：“他为什么要杀害她？”

一个来自小山村的貌似无害的老师杀死了像安娜·卢这种没有存在感的女孩的动机仍然是个疑问。这必须查明。

他为什么要杀害她？

黎明时分，博尔基觉得有必要从安娜·卢·卡斯特纳那里开始调查。他们到底对那个小女孩有多少了解？只有从亲戚和熟人那里得来的相关内容。但这就足够了吗？在警校时他曾学到过一课。

受害者也是能说话的。

人们总是很快认定他们无法说出自己的故事版本。但他们其实是可以说话的。他们的过去通常可以代替他们来讲述。只需有人去倾听。

因此，在发现安娜·卢和老师所在的学校有着为了阻止欺凌或故意破坏行为而设置的老旧的视频监控系统之后，博尔基便将自己关进了那个塞满了老式录像带的贮藏室里，一直查看有那个女孩出现的录像。都是些日常的场景，全都展现着安娜·卢的天真无邪。教室里没有监控，但是在食堂、体育馆和走廊上，她总是一样。害羞、内向，但会对那些和她说话的人微笑。她的行为没有一丝异常。

视频监控系统每十五天重置一次。删除以前的录影，磁带可以重复利用。幸运的是，圣诞节假期中断了这个周期，监控得以保存下失踪前十五天的内容。

但这仍然是数小时、数小时的录像。博尔基采用了“跳跃式查看”的方法——即随机选择一些时刻来着重在屏幕上寻找小女孩。他钻进贮藏室，坐在黑白监视器前面的折叠椅上，一个保温瓶里装着咖啡，但已经冷掉了。他看了几个视频，但从来没有见过安娜·卢和老师有过交集。这会儿，他正在观察学校放假前的最后一天，那也是小女孩失踪的前一天。突然手机响了。

"你昨晚怎么没给我打电话？"卡罗琳很生气。

"抱歉，你说得有道理。我在工作上花了好多时间。"

"工作比怀孕的妻子重要吗？"这不是一个问题，而是一个确切的指责。

"当然不是啦。"他试图让她平静下来。"我不是在辩解哦，只是个事实。我在工作的时候虽然不打电话给你，但也在不断想念你。"

在电话的另一端，卡罗琳叹了口气。她今天也许心情不错，和雌激素有关。博尔基可永远不会告诉她这一点，否则她估计得抓狂。

"你收到我给你寄的东西了吗？"

"啊是的，这得说下，谢谢啦。我的确正好需要一些备用衣服。"

"我爸昨晚在电视上看到你了。"她说。

博尔基可以想象出她脸上露出的微笑。这就是为什么她没在生气——她挺为他感到骄傲的。"啊，是吗？我表现得还行吗？"

"我想跟你说，我希望咱们女儿能遗传到我。"她笑了，"我妈妈希望宝宝出生后，我们还能在家里住一段时间。"

他们在这事上纠结很长一段时间了。卡罗琳声称她妈妈到时可以在最初一段时间帮助到她，但这意味着他也得搬过去，尽管他与岳父岳母相处得很好，但博尔基并不想冒险共处，因为他担心这会无限期地继续下去。"等回来后我们再谈谈吧？反正离出生还有几个月呢！"

卡罗琳没理睬他。"爸爸已经在走廊尽头给我们准备好了一个房间。就是先前我哥哥住的那间。那个房间很安静，我们还是会有我们隐私的喽。”

听这话音，卡罗琳似乎已经给他俩做好决定了。博尔基想反驳些什么，但那一刻他突然从折叠椅上跳起来。他在显示器上看到了什么。“对不起，卡罗琳，我稍后再给你回电话。”

“我们难得通个电话，你又要把我丢下？”

“我明白，实在抱歉。”不待电话那头回复，他就挂断了电话。然后，他把精力全部集中到视频上。

安娜·卢和老师首次同框出现。

学校的走廊上什么也没有，除了那个手里捧着书的女孩。而在相反的方向，老师出现了。

两人彼此靠近，几乎擦肩而过。

博尔基又把录像倒回去看了一遍。这个细节令他震惊。如果让媒体发现了，会引起大麻烦。他必须通知沃格尔。

晚上十一点，马迪尼在一片漆黑中，坐在客厅的沙发上。街上传来新闻工作人员的声音，他们已经在他家外面安营扎寨了。他不能理解他们谈话的含义，但有时他听着听着倒也笑了。

当你的生活暂停但他人的生活还在继续的时候，是很奇特，他想着。这便是他此时此刻的感受。他被困在了自己的生活里。

他关着灯，以防止外面的人窥视窗户想看看恶魔在做什么。除此之外，还有另一个原因。他想避开克莱尔和莫妮卡的目光，它们从相框里射出来，在家里不停地追逐着他。她们摆脱了他，而他现在也想逃离她们。他气愤，但也能理解她们的立场。无论如何，也是希望她们好。

似乎是个震动让他回过神来。同时，架子上有微微的亮光在闪烁。马迪尼从沙发站起来去查看。列维给他的那个电话显示屏上出现一条消息。

“半小时后墓地见。”

老师想知道为什么律师要约在如此不寻常的地方，而不是在他租来的那个房子里。律师那天早上对他说的话又回荡在他的脑海中。

忘掉你是无辜的。

也许他会得到一个答案。他迅速制订了一个离开屋子时不被发现的计划。他上楼取来一件旧夹克和一顶宽檐帽。可以用它们来乔装打扮一番，这样在街上走着的时候就不会受到纠缠了。为了躲避记者，他从后门出去，翻过花园树篱。

老师花了半个多小时才到达墓地。他想确保没有人跟踪他。入口大门虚掩着。他推开门，在墓碑间行走。

天空中挂着一轮灰暗的满月。马迪尼走了一会儿，他确信不多久就会看到律师列维突然从对面现身。不过随后他发现远处有一个忽明忽暗的红点。他朝着那个点走去，仿佛那是一个灯塔，向他展示着正确的方向。当他走近小光源时，才意识到那是根香烟。小红点随着斯黛拉·霍纳的呼吸而燃起、熄灭。

“保持镇定，我以友好的方式来到这里。”女人说道，似乎乐在其中。她坐在一块墓碑上，一条腿跷在另一条上，像在会客厅一样。

“您想要什么？”他的语气很刺耳，充满厌恶。

“帮助你。”

他很讨厌霍纳用这种鬼鬼祟祟的方式联系他。“我不需要您的帮助。”

“你想让我证明我是你的朋友吗？好吧……你的妻子六个月前差点因为另一个男人离开你。你们搬到这里尝试重新开始。”

那件事。马迪尼想着。她怎么知道的呢？

“看到了吧？我们是朋友。”霍纳继续说道，她意识到老师与其说是愤怒，更多的是失神。沃格尔在向她传递这个信息时，已经料到他会是这种反应。“我本可以利用这个消息，但我没有……我知道现在克莱尔和你的女儿一起走了，但是如果你还想让她们回来，可得机灵些。”

“当我的处境被澄清后，她们会回来的，我们将重新开始生活。”

斯黛拉抬起头，温柔地看着他：“可怜的小宝贝儿，你真的认为会这样吗？”

“我是清白的。”

“那你真是屁都不懂。”霍纳用近乎威胁的口吻说道，“没有人在乎你是否清白。人们已经认定你了，警察也会让你一直不得安生——他们花费了大量金钱来解决这个案件，他们没有其他资源足以让他们再去进行另一项调查，尤其是再去找另一个罪魁祸首。”

马迪尼艰难地咽着口水，但想显得镇定自若。“所以，要么是我，要么就没人了……”

“是的。你还能逍遥自在的唯一原因是他们还没找到尸体。没有尸体，他们就无法正式提出谋杀指控。但是迟早会有一些事情发生，总是如此……”

“如果我是死路一条了，那为什么还一定需要您呢？”老师继续对霍纳用着尊称，以示距离。

女人短暂地停了一下，笑了。深邃的目光在月光下闪闪发亮。“你需要我，这样你才能从这个故事当中谋得最大的好处。你可以从媒体那里获得很多收益，特别是那些现在对你充满敌意的媒体——如今你的访问非常值钱。我想买下它……当然，只有你逍遥法外时，你才有价值，等进了监狱，你就一文不值了。”

“是列维促成了这次会面吗？所以今天早上才对我游说了一番。”马迪尼一脸厌恶。

“你的律师是个务实的人。如果你希望摆脱困境，就得掏出足够的钱来请到专家跟私家侦探进行认真的反调查。”

“是的，他已经告诉我了。”

“那你认为你能从哪儿得到这些钱呢？你有没有考虑过你入狱后，家人怎么办？她们怎么继续生活？”

老师按说应该生气的，可是那一刻他却笑了起来。这一反应使记者颇为惊讶，但马迪尼却没法停下来。“这很奇怪……对于所有人来说，我是恶魔，这都不需要证据。甚至我的妻子也怀疑我。但是您知道我要告诉您什么吗？”他深吸了一口气，变得认真。“我告诉您，我完完全全清楚自己是谁。因此，不管是为了救我还是救我的妻子和女儿，我不会用一个失踪女孩或是其家人的痛苦去投机。您也可以直接把这话告诉我的律师。”说着，马迪尼转身离开。

“你是个白痴，你知道吗？”斯黛拉·霍纳一秒钟后说。但是这个回应倒是令老师很满意——在他越走越远时，她从他的背后看得出来。

那天晚上，沃格尔在他的房间里吃了一顿简餐，这会儿，在睡觉前，他正在他常用的黑色笔记本上记着什么东西。他穿着室内长袍坐在扶手椅上笑着。他确信老狐狸列维已经开始在棋盘上布局了。

当他得知律师来到该镇时，并不感到十分惊讶。列维在轰动案件中谋取存在感不是一天两天了，以至于他在任何时候出现都几乎是正常的。他的马戏节目总是给人带来惊喜。他可能是个哗众取宠的魔术师，或者是在狮子撕咬驯兽师时进场分散观众注意力的小丑。在这种情况下，列维肯定要联系斯黛拉·霍纳，让后者说服老师主动献身成为野兽的盘中餐。

马迪尼会接受的。所有人最终都会接受的。德尔格也曾戴了一段时间的恶魔面具。这段时间足够他挣到一点钱，然后洗脱罪名，一身清白。

如果老师出现在电视上，那么探长的事情反而变得简单了。那个傻子肯定会想要得到公众的同情心，但是结果他反而会引起公愤。然后不仅是普通百姓，而且连警察局长甚至部长，每个人都会想要他的脑袋。这样梅耶就再也没办法坐视不管了。

当他的手机开始震动时，沃格尔傻眼了。他认出了那个神秘发件人的号码，就在四天前新闻发布会结束时也是这个号码给他发过短信。

“我需要和您谈谈。打这个电话找我。”

他再次决定不去理会这究竟会是谁，不假思索地删掉了短信。那一刻，有人在外面敲门。沃格尔想着这两个事件之间是否有关联。显然是有令人困惑的麻烦找上门了，他动作粗暴地打开了门。

博尔基神情低颓、黑眼圈很深。他带了一个装有笔记本电脑的包。“我能跟您谈一谈吗？”

“可以留到明天吗？”沃格尔有些恼怒，“我正要休息。”

“我必须给您看一样和案子有关的东西，您可以快快地看。”对方拍着他的电脑包坚持道。

没多久，笔记本电脑在沃格尔的床上打开了。两名警员站在屏幕前。“我在学校的视频监控系统中找到了这些录像，”博尔基说，“您看看发生了什么……”

这位年轻的警察至少反复看了二十多次那个画面，但对沃格尔来说，这是第一次。在空无一物的走廊上，安娜·卢平静地走着。然后，老师似乎从相反的方向走来。两人擦肩而过，非常接近，然后各自从画面中消失了。

博尔基停止了播放。“您注意到了吗？”

“注意到了什么？”探长极为不悦地问。

“他们甚至都没有看对方……如果您需要，我可以倒回去让您再重新看一遍。”

当博尔基伸出手要继续操作时，沃格尔抓住了他的手腕。“没有必要。”

“怎么了？”他很惊讶，“控告的根据之一是安娜·卢认识她的绑架者，您还记得吗？所以，她信任绑架者，并跟着他走了，而邻居没有看到或听到任何动静。是您说的……”

沃格尔露出微笑，似乎被那个男孩的天真打动了。“你认为这表明安娜·卢不知道马迪尼是谁吗？”

博尔基考虑了片刻。“其实……”

“其实，她肯定很清楚地知道他是谁，不盯着他看是因为她很害羞。”

但是博尔基对这一解释并不满意：“但这总是存在风

险的。”

“对谁来说？对于我们来说？你是在担心如果媒体知道了这则视频，他们就会改变对老师的立场？”

显然不会，但博尔基现在才明白。大局已定。除非引起轰动，否则人们不会改变对马迪尼的想法。原因很简单，这不关他们的事儿。

“你就因为这个一整天都不见人影？”沃格尔的语气还算善良，“你以这种方式浪费时间的同时，我也仔细看了些录像。”

“什么录像？”博尔基惊讶地问。

“那些来自卡斯特纳邻居家的监控摄像。”

“但您先前说，那些没有意义，因为摄像头都只对着他们自己的屋子，而不是道路。”每个人都只顾自己的花园——在第一次通报中，沃格尔就用了这句话。他现在对他隐瞒了什么？

但是探长无意与他分享他的发现。他把手放在博尔基的肩膀上，陪他到门口。“博尔基警探，你好好休息休息。我的工作还是留给我来做吧。”

1 月 11 日

失踪后的第十九天

“我不会批准逮捕任何人。”

梅耶的话听起来像是一个不容置辩的决定。沃格尔又一次在固执的检察官那儿碰了钉子。“你在搞砸一切。”他尝试解释道，“我们需要逮捕老师，否则我们将被说成是在无缘无故地折磨一个无辜的人。”

“难道不是吗？”

沃格尔给了她明确的线索：那些从卡斯特纳别墅周边监控视频中截出放大的静止图像。他希望在向梅耶展示了这些照片后，足以改变她的态度。但显然，事实并非如此。

“我需要确切的证据。不然要怎么跟他们说呢？”

“证据用于判决；逮捕的话，指证就够了，”探长回答，“如果我们现在将他拉进来，他很有可能表示合作。”

“您想让他屈打成招。”

他们在沃格尔那间大门紧闭的更衣室兼办公室里，如此僵持了至少二十分钟。

“当他意识到自己失去了一切，没有其他出路的时候，马迪尼会为了证明自己清白开口的。”

他俩站在储物柜之间，梅耶一直紧张地用高跟鞋鞋跟不断点着地板。“我了解您的游戏，沃格尔。我不傻：您是想把我逼到墙角，然后做出一个我并不认同的决定。您在威胁我，把我放到公共舆论前面，任由他们嘲笑。”

“我并不想要威胁您来达到我的目的。”他发出警告，“我这么多年的工作跟经验显然足以评估我的每次撒网。”

“比如残害者那次？”

梅耶故意提了这件往事。沃格尔心想，她怎么没早点提起。他笑了笑：“您对德尔格案一无所知，您只是以为自己知道而实际上并不清楚。”

“你在逗我吗？还有什么要搞清楚的？那个男人因人为捏造的证据而锒铛入狱。又在数平米大小的牢房里孤独地度过了四年。他失去了一切，包括感情和健康，最后差点因为中风死掉。这都是因为什么？因为有人通过提供虚假证据，操纵了跟他有关的调查。”检察官轻蔑地说，“谁能向我保证这样的事情不会再次发生呢？”

沃格尔拒绝回答。他收起了散落在桌上的照片——他认为这是他的制胜王牌，然后朝着门口走去，似乎想要立即离开这里。

“至少记得您丢掉正直的那一天，沃格尔探长！”

梅耶的话语传到了门口，探长停了下来——有些事情阻止他离开。他重新转过脸来，挑衅地看着这位女检察官。“德尔格被法院判无罪，甚至因为多年不公正的关押得到一大笔的赔偿。但是如果他不是那个残害者，为什么他被捕后就不再发生那些伤害案了？”接着，他不等回答便离开了。

门外面的体育馆已变作工作室，寂静无声。他的手下们毫无疑问地听到了争吵，他们盯着他，试图了解这二十多天来的忙碌和操劳是否徒劳无功。

沃格尔对博尔基说：“是时候会一会老师了。”

那是一个晴好的早晨，不像已经到了一月份。甚至都感觉不像是冬天。洛里斯·马迪尼一早醒来。或者更准确地说，他是被困扰的念头给唤醒了。简单的讯息中捎着痛苦的馈赠。

时刻到了。他们很快就会逮捕你。

但老师并不打算浪费这个晴朗又出奇暖和的美好一天。他想履行先前答应过克莱尔的承诺。老师拿了工具箱，去了院子里。在那里，不会有记者和好奇的围观者打扰他。在那儿，他在高高树篱的掩藏下，开始把快要倒掉的棚屋改造成花房。

在用钉子和锤子努力工作时，老师感觉到太阳在他脖子上亲吻，汗水从额头上慢慢滴下，疲劳锤炼着他的肌肉，同时也锤炼着他的心脏。疲惫周而复始。悲伤又回来拜访他了。它安静地待在那里就足够了，提醒着他为什么走到今天这一步，为什么会失去这一切。

这一切始于来到阿维乔特之前。这个山村似乎是重新开始的好地方，却只是一个坏故事的结尾。

*那件事。*斯黛拉·霍纳也知道。

马迪尼想知道她是怎么知道的。答案很简单，却使他望而却步。这通常发生在天真的男人身上。特别是那些不知不觉让别人抢了自己妻子的人。

克莱尔之前的情人卖掉了这个消息。就这么简单。

说起来，他几乎要对那个男人肃然起敬了。也许是因为克莱尔选择了他，而他相信妻子的判断。这么想很荒谬，他知道。但这也是一个重新评估的方法，因为他无法接受克莱尔会如此肤浅。

我们总是试图为了拯救自己而去解救别人。也许扮演善解人意的丈夫角色能让他避免面对真相。

就算克莱尔背叛了他，那也是他的错。

六月初那个遥远的早晨，一个学生的愚蠢玩笑提前结束了所有授课。匿名电话警告说学校里有炸弹：在学期结束时，这是很典型的情况，总有些学生试图逃过最后的口头考试来避免不及格。但即便没有人相信这个信息，依照法律也有义务执行程序来保障安全。于是大家都提早回家了。

马迪尼踏进公寓门槛时觉得出乎意料的安静。通常在他回来时，克莱尔和莫妮卡已经在那里，要么坐在电视前要么开着广播，最起码也能闻到她们的气味。克莱尔的铃兰香水，莫妮卡的草莓味口香糖。然而，那天早上，老师没有等来上述中的任何一种情况。

在回家的公共汽车上，马迪尼曾经考虑过如何打发这白捡来的时间。也许他应该准备期末测试题，这正合他意。但一回到家，他就没这个想法了。他走到冰箱前，给自己准备了萨拉米香肠夹奶酪三明治，坐到扶手椅上，打开电视，调低音量。一场老式篮球比赛，能独自浪费一点时间让他感到幸福。

他都不记得究竟是什么时候发生的。可能在刚吃完三明治或者是在比赛要暂停的当口，但他仍然记得那段夹杂在评论员说话声和拍球声中的声响。

就像是在拍打翅膀一样，沙沙作响。

起初他只是想转过头去了解这声音来自哪里。但是，本能驱使他站立起来。声响再没重复了，但他径直走到走廊。走廊上一共有四扇关着的门，每边两个。但是，谁知道呢，他选择了卧室的那扇，慢慢地打开了门，看见了。

他们没有注意到他。一如他在此之前并没有注意到他们一样。在房间里，他们的腰部每分每秒都贴在一起，自然而然。如果某些事情没能为这次偶遇创造机会，他们本可以像这样继续下去。

克莱尔赤身裸体，被子只盖住了腿和臀部。她双目紧闭，摆出对于一个丈夫来说很熟悉的姿势。洛里斯专注地看着她身下的那个男人，试着说服自己这是他自己。但这是另一个男人。这个场景也与他毫不相干。

除此之外，他什么也不记得了。

克莱尔听到房门嘭地关上时才明白发生了什么。

很多小时后，当他回到家时，她穿着一件宽大的白色套衫和非常宽松的外套。也许她想隐藏她的身体，以及，她的过错。她坐在先前早上他观看比赛的扶手椅上，膝盖抵着胸部，摇晃着，出神地凝视着他。她的头发乱七八糟，脸色苍白。她并没有寻求宽恕。“我们走吧。”她说，“快点儿走，明天就走。”

而他，漫无目的地在城市里游荡时，一直在找寻可以对她说的话，却都没有找到。他只发出两个字：“好的。”

从那以后，他们再也没有谈论过这件事。在几个星期后搬到了阿维乔特。她放弃了自己喜欢的工作，而剩下的就是安静地等待被原谅。在此期间，洛里斯充分了解到了自己会因为失去她这个念头而感到多么恐惧。只要想一想他从前的爱远多于她……

更糟糕的是，他发现了让妻子背叛他的那个男人是谁。他跟克莱尔是同行，一名律师，有能力和金钱让她摆脱丈夫给她的贫寒生活。

洛里斯不得不面对令人心碎的现实。克莱尔能过得更好。

因此他们躲到山里，不再想这件事。但是背叛的酸涩仍然残存着，并一点点消耗着剩余的爱。洛里斯感觉到了。他知道他对此无能为力。

这就是他做出承诺的原因。再也不了。

现在，在阳光普照的一月早晨，他再次想到那件事，希望这真的是最后一次。当电话响起时，他任锤子掉在冬日干枯的草坪上，跑到厨房里应答。“好的，我会在的。”他只说道。

然后他打开冰箱。里面只有一个发皱的苹果和一箱四瓶装的啤酒。他拿起其中一瓶，回到花园，拿了把螺丝刀起开瓶子。然后，他坐在枯草地上，背靠在棚屋的一根边柱上，从容地小口喝起啤酒，半闭起眼睛。

快结束了，老师盯着从安娜·卢·卡斯特纳消失那天起至今仍然缠着绷带的手。他绕下绷带，检查伤疤——快要愈合了。

然后他重新拿起打开过啤酒瓶的那把螺丝刀，对着伤口做了同样的事情：起开。他把螺丝刀的尖端深深扎进肉里，并扯开肉的边缘。他的嘴唇没有发出一声哀叫。曾经懦弱过的他知道自己理应得到那份痛苦。

血液开始流淌，弄脏了他的衣服，慢慢地滴在了光秃的土地上。

那个有阳光的温暖日子只可追忆了。晚上，浓密的云层侵入山谷，下起了倾盆大雨。

国道边上的餐厅窗户上仍然残留着送给来往驾驶者的祝福——“节日快乐”。圣诞节和新年早已过去，但没人有空擦去标语。最近工作太多了。

不过，那天晚上十点，这个地方空无一人。

探长沃格尔叮嘱老店主为特殊会面安排一间包房。即便警察没有因为过去几周营业额的突然增长而拿到一点好处，但他个人觉得店主对他应是有所亏欠的。

入口的玻璃门打开了，自动欢迎门铃发出唧唧的声响。老师用脚在地上跺了几下，抖掉夹克上的雨，然后脱下遮雨帽并环顾四周。

店里灯光很暗，只有一个小隔间的灯亮着。沃格尔已经坐着等他了。马迪尼朝他走去，湿透的其乐鞋与油毡地板摩擦出吱嘎声。

他坐在浅蓝胶木桌的另一边，与探长面对面。

沃格尔一如既往地优雅。他没有脱下羊绒大衣，用手指敲打着面前一个薄薄的文件袋。

这是他们的首次见面。

“您相信谚语吗？”探长开口便跳过寒暄。

“从什么意义上讲？”老师问道。

“我一直对这种区分是非的基本方法着迷。而法律条款总是那么复杂，应该写成谚语那样。”

“您认为有单纯的善与恶吗？”

“不，但我想有人是这样认为的。”

“就个人而言，我相信真相永远不会那么简单。”

沃格尔点点头："是的，很有可能。"

马迪尼将双臂放在桌子上，平静地问道："您为什么想要在这里和我见面？"

"这一次，没有相机和麦克风，没有烦人的记者，没有游戏，只有您和我……我想给您提供一个让我相信是我误判了的机会——您卷进这个事件只是个非常大的误会。"

马迪尼试着表现出自信。"没有问题。"他说，"我们从哪里开始呢？"

"您没有女孩失踪那天的不在场证明，您也没办法解释手上的伤口。"他指着带血的绷带，"我看到它还没有愈合，也许需要缝针。"

"我的妻子也这么认为。"马迪尼回答道，他想让探长明白他并不欣赏错误的关注，"这是一个意外。"他重申，"我的脚打滑时本能地抓住了一根树枝防止跌倒。"

沃格尔低头看着文件袋，并没有打开它。"这就怪了，法医发现伤口的边缘是均匀的……好像是刀片划伤的。"

马迪尼没有反驳。

但是沃格尔并没有坚持这一点，而是转换了话题。"您的车出现在马蒂亚拍摄的视频里。现在我会说这还有一个可能，无论如何，我们没能看到谁是驾驶员。毕竟，越野车是供全家使用的……顺便问一句，您的妻子有驾照吗？"

"车都是我开的，不关我妻子的事。"他违反了列维的指示，但这并不重要。他不想让克莱尔卷进来，即便这样有助于缓和他的处境。

"我们检查了汽车内部。"沃格尔接着说，"没有安娜·卢的 DNA，但奇怪的是，有一些猫毛。"

老师有些天真地辩解道："我们没有猫。"

探长向他俯下身轻声细语道："我真的很感谢那只小动物，它把你和女孩失踪的地点联系起来了。"

马迪尼似乎并不明白，他的目光中透露出夹杂着恐惧的好奇。

沃格尔叹了口气。"从一开始就有件事让我想不通……安娜·卢为什么不试着阻止别人把她带走？她为什么没有大声呼叫呢？附近没有人听到任何声音。最终结论是，那个女孩是自愿跟着绑架者走的……因为她信任他。"

"那应该是她的熟人，但我不是，如果您来过我的学校，你们不会找到任何人能证明说看到我们俩有过交集，哪怕是一起聊天。"

"的确。"沃格尔平静地说，"安娜·卢并不认识绑架者……只认识他的猫。"沃格尔终于打开文件袋，给他看了一张放大了的照片——当天早上，探长企图用它说服梅耶，让她批准逮捕马迪尼。"我们查看了女孩邻居家的视频监控。可惜，没有摄像头朝着路上。怎么说呢？每个人都只顾着照看自己的庭院。但能看到，在女孩失踪的前一天，这个区域有一只流浪猫四处徘徊。"

马迪尼看了看照片，一只有红色和棕色斑点的大猫，在英式草坪上大摇大摆。

沃格尔用食指指着什么。"您看它脖子上有什么？"

老师仔细地看了下，发现一条彩色珠子穿成的手链。

沃格尔从手腕上拉出玛丽亚·卡斯特纳赠予的手链，并把它放到照片旁边。"安娜·卢做了这些手链来送给那些她喜欢的人。"

马迪尼似乎卡住了，无法做出反应。

沃格尔认为是时候面对重点了。“绑架者把猫当作诱饵。他于几天前把它带到那里，让它在那个区域自由徘徊。他确定爱猫但无法拥有自己的猫的安娜·卢会注意到它的……但是她不仅仅注意到了猫，甚至给它的脖子上戴了条手链。所以从今天开始，亲爱的老师，我不会再追踪您了。如果我能找到那只猫，您就完蛋了。”

经过片刻的沉默。沃格尔知道他已落入了掌中。他凝视着他，等待他的回应，某种东西告诉他，他没有错。但是老师一言不发。而且，他起身冷静地走向出口。越过门槛之前，他转向探长，“说到谚语，”他平静地说，“曾经有人说过，魔鬼最愚蠢的罪过是虚荣。”接着他就离开了，门上的自动欢迎门铃再次响了起来。

沃格尔则相反地花了一些时间来享受那一刻的宁静。他确信自己已经拿下了关键的一分。但是，梅耶那儿仍然是个问题，得找个方法让她态度缓和下来。

魔鬼最愚蠢的罪过是虚荣。

谁知道马迪尼最后那句话意味着什么。可以理解为是一种侮辱。但沃格尔并不生气。他所明白的是，以牙还牙，以眼还眼。并且，更重要的是，这个老师所剩的时间不多了。

他觉得是时候离开了。当他重新整理文件袋的时候，突然停了下来。他注意到了桌上有个东西，于是弯腰去检查。

在浅蓝胶木桌面上、老师放过他那只缠了绷带的手的地方，有一小摊新鲜的血迹。

1月16日

失踪后的第二十四天

小利奥·布兰克无声无息失踪的时候，距他过完五岁生日才刚过了一个星期。

当时还没有像现在一样有精密复杂的调查设备可供警察系统使用。如同常说的，我们满足于“战胜领土”。这个案件委托给了经验丰富的警察，他们熟悉地点和人群，知道如何查找信息，并不依靠科学勘察组或DNA。这是个艰辛的、日常的工作，一小步一小步，最终在适当的时候将一点点成果拼凑起来，勾勒出案件的轮廓。靠的就是耐心。

耐心这种才干自媒体问世以来变得罕有了。公众渴求快速地响应，否则就会换台，媒体将压力转嫁给了调查人员，迫使他们匆忙完成工作。在这种情况下，很容易犯下错误。但重要的是，不要停止你的表演。

利奥·布兰克无意中以他小小身躯的悲惨故事和他的短暂存在，展现了一个事前事后的重要分水岭。

他的母亲，二十五岁的劳拉·布兰克是一个单身妈妈，一场车祸让她失去了她的伴侣、儿子的父亲。一天清晨，劳拉出现在她居住的那个平原小镇上的警察局。她很绝望，声称有人闯入房屋绑架了她的小利奥。

当时沃格尔还是个刚从警校毕业的小警员。因此被分配到的都是些基本而无聊的任务，例如给报告归档或用打字机打出投诉文档。其余时间，他只能在年长些的警探们工作的时候观察他们。并且，当然，也学着。不过，偏偏是他收集到了劳拉的证词。

该名女子声称，她前一天晚上在一家小型超市买了牛奶，直到第二天早晨才意识到自己把牛奶忘在车里了。在儿子醒来要吃早餐之前，她出去想取回牛奶。一般汽车会停在五十米外的街道上。也许是因为分心，或是因为小镇居民都是相互认识，也习惯了即使在晚上也不锁家门，劳拉半掩着门就出去了。如今她无法原谅自己。

沃格尔像往常一样立即将报告转给了带他实习的警探。他俩去了那个女人的家，没有发现门锁被撬开的迹象，但看到小利奥的房间非常凌乱。结论便是那个小男孩醒的时候发现有个陌生人，于是被吓到了，试着反抗绑架者的意图。但最后还是绑架者占了上风。

劳拉·布兰克处于震惊之中，但仍亲自参与到警察的调查中，一起重新构建起了事情发生的经过。从她离开到回来的那一刻，中间只有八分钟的间隙。就在这个短暂的空当里，她还跟一个邻居聊了两句。但是，这个时间足以让绑架者进入屋子并抱走男孩。

搜捕行动立即开始。但是如果那时附近的沼泽地里没有新闻团队在拍摄栖息的候鸟，情况就会大不相同。一个中尉提出了想法。在母亲公开发表寻人启事后，他要求记者负责收集任何和失踪儿童有关的目击证词。

视频传开之后，反应是立竿见影的。

人们已经开始通过电话不断骚扰警察。许多人坚信他们看见了小利奥，并确切地提供了地点和周边情况：有的人声称看见有个男人陪着这个孩子买冰激凌，有人说是火车上的一对夫妇，甚至还有些人提供了准确的姓名。大多数报告都是没有根据的，并且也不可能验证所有的报告。实际上，大量信息涌向调查人员，倒令调查工作停滞不前了。但是真正令人惊讶的是，有很多人打电话是为了来了解案件的进展。内容相似的电话同样涌向了电视台的电话总机，因此，电视台决定去“发现新信息”，行话就是这么说的，他们将工作人员和记者派往现场。

沃格尔在短短的时间看到这一切。作为一个年轻且经验不足的警察，他并没有准备好去了解在他眼前发生的大变化。一切似乎都非常不真实。就连事实也被媒体扭曲了，变得不一样了。劳拉·布兰克很快成为悲伤的女英雄。沃格尔认识的她并不起眼，甚至有点儿丑，但突然间她的外观也发生了变化。在妆容和合适的打光下，她开始收到求婚者的来信，表示想要照顾她。全国所有的母亲在精神上收养了她的儿子利奥。这个只有五岁的孩子成了一个偶像，人们将他的照片摆在家里，一些准父母甚至以他的名字给自己的新生儿起名。

当这个谜团的解决方案看起来像个海市蜃楼时，警察对布兰克房屋进行了第 n 次的搜查并发现了一枚指纹。在当时，需要两个星期的时间查询档案进行比对。最终，还是找到了。

这个男人叫托马斯·贝宁斯基。是一个四十岁的工人，有对未成年人性侵的前科，当时他工作的公司正在该地区建造工业建筑。

对贝宁斯基的抓捕并无太大困难。该名男子被捕后，在他的家中找到了小利奥的睡衣，上面沾了血渍。恋童癖凶手承认他当时锁定那个小男孩已经有段时间了，并把调查人员带到他掩埋小尸体的废弃垃圾掩埋场。

这个可怕的结果披露后震惊了民众。但是一些人——警察高层察觉到有些事情突然发生了一些变化，并且再也回不去了。

一个新时代已经开启。

伸张正义不再仅仅是法庭的事儿，而是毫无区别地属于所有人。在这种看待事物的新方式中，信息就是资源，信息就是黄金。

一个可怜的无辜孩子去世，萌生了新的产业。

年轻的理想主义警察沃格尔还没想到他会成为不正当机制的一部分——将他的辉煌事业建立在他人的不幸之上。但是当时他却得出了一个令人惊讶的结论……劳拉·布兰克当时说她离开家有一段距离去车上取回前一天晚上买的牛奶。而在警察找到贝宁斯基的指纹前，已经把她的房子搜查了几十遍。

那么为什么从没有人找到那个“著名的”牛奶盒？

之后，沃格尔年岁渐长，积累了多年的经验，但他仍然对此很纳闷。那个可能的答案还是会让他颤抖。劳拉·布兰克在丈夫出事后很快便与一个她从前认识的男人一起过上了新生活，这个男人也许不想为别人的儿子担责任。而女人觉察到了贝宁斯基的意图，甚至促成了他的杰作，只是贝宁斯基并不知道。这种想法很难出卖给媒体。劳拉·布兰克是故意离开家的——沃格尔确信。但是他知道在那里还留着一些秘密。出于这个原因，他从未告诉任何人他的怀疑。但是，每次发生一个轰动案件时，他都会再次想起这件事。

那天早晨，黎明时分，当他与警探博尔基一同坐在警车上行驶时，小利奥的案子又浮现在脑中。博尔基之前开去宾馆接了他。

潜水员在排水管中发现了疑似安娜·卢·卡斯特纳的彩色背包。

有的时候，这个家让人觉得幽闭恐怖，需要逃离出去。马迪尼越来越擅长故布疑阵，摆脱掉驻扎在门外的记者。例如，他学到了从五点到七点，当电视台人员准备第一版新闻时，是从他们背后溜出去的最佳时机。他可以穿越迷宫般的“安全”小路，将阿维乔特抛在身后。然后他走进树林，在自然中忘却孤独，他深信，很快他就会失去自由的权利。与探长沃格尔在小餐馆的会面已经过了五天。想想这个警察在抓捕一只红棕色斑点的猫科动物就让他觉得有些好笑。事实是他一点也不担心自己会遭遇什么事。尽管他的外表看起来不是这样，但洛里斯·马迪尼并没有停止让自己的内心变得更坚韧。长而蓬乱的胡须和他的体味是一种盔甲，或是得以让旁人不想接近他的伪装。克莱尔会对此反感，她总是很注意，并对他的外表不断提出建议。自从那天开始就一直这样，在校园里，洛里斯穿着一身蓝色套装、打着一条荒谬的领带邀请了她共进晚餐。外观、形式对于他的妻子来说很重要。

马迪尼很想念克莱尔和莫妮卡，但他知道他也必须为了她们而坚强起来。她们走了以后就再没有联系过他，连电话也没有通过。说实话，他也没有试图打给她们。他想保护她们。用他自己的方式来保护她们。

晨雾慢慢地从树叶间退去。马迪尼喜欢抚摸它们，叶子在掌间留下新鲜湿润的触感。他边走边张开双臂，半闭起眼睛享受这微小的幸福。然后深吸一口气让肺里充满空气的香味。他的脑中被绿意填满，夜晚在散去，迎来了白昼。林间的动物也从它们的巢穴里出来，鸟儿欢快地唱着歌以庆祝逃离黑暗。

当腕上的石英表发出短暂而持续的声音时，马迪尼知道从媒体那边偷得的两个小时自由即将到期. 是时候回去了。于是他那天也是一样，循着回家的路。在通往阿维乔特的那条路上，他发现有个人朝着他走来。那个人走在小路的另一边，老师想要避让一下，但是没有转圜的余地了，周边都是田地。他只得继续往前走，但他低下了头，调整了头上的帽子，以便遮阳板遮住他的大部分脸。他的双手插在口袋里，弓着后背，沿着想象中的路线前进，有意识地忠实遵循着想象中的路。但是，偷看下路人脸的念头占了上风，他认出了那人的脸，呼吸顿时卡住了。

布鲁诺 · 卡斯特纳比他稍晚几秒注意到他。卡斯特纳应该也是感到一些意外和不确定，因为他放慢了些脚步。

两个人都想停下来，但是又好像在等对方先做出这个动作。失踪女孩的父亲露出难以理解的表情。马迪尼没去多想这个父亲会有什么反应，将如何对待这个绑架他女儿的恶魔，而是奇怪地想到了如果他是他，会怎样做。这让他非常恐惧。

他们在沥青路上的脚步变得同步，一些声音消失在其他声音中。剩下的道路变得像永远那么远。突然，两人相距只有几米之遥。但他们两个都没有转过身。马迪尼先停下来了，等待着什么。

但是，另一人并没有停止。相反地，加快了步伐，消失在他的视线中。

马迪尼一动都动不了。他只能感觉到心脏在胸口剧烈地跳动。他仍能感觉到布鲁诺·卡斯特纳在他背后。那一瞬间，他希望他能回来暴击他。但这没有发生。当他转过身时，那个大个子已经只是树林边际一个遥远的点了。

老师不会忘记这段经历。但是那一刻他也做出了一个决定。

安娜·卢·卡斯特纳的彩色背包放在阿维乔特小太平间的尸检台上。它就放在那儿，并没有尸体。但沃格尔似乎仍然看见了那个红色头发有小雀斑的女孩。头顶的无影手术灯照射在赤裸裸、冷冰冰、一动不动的躯体上，四周半明半暗。

探长觉得，有时候是碰得上运气的。有人将背包小心地清空后又装上了沉甸甸的石头扔进了下水道。但这还不够。这种深思熟虑的小心就是确凿无疑的证据。如今，恶魔的存在不再只是调查员的假设。这是真的。

这时候背包就是安娜·卢。就像是这个小姑娘睁着眼睛转过头来对着沃格尔。他一个人在那里待了至少半小时，评估着这次发现的所有可能含义。一束红色头发落在她的额头上，她的嘴唇动了动，无声地说了一句话。一条只给探长的信息。

我还在这里。

沃格尔回想起圣诞节那天，他第一次到卡斯特纳家的时候。他脑中回放着那棵挂满装饰的圣诞树，小女孩的妈妈说，树上的灯会一直亮着，直到女儿回到她身边——就像黑夜里的灯塔。他又想起那个系着红色蝴蝶结的礼物盒，等待着被人打开。而现在那个盒子的地方将被白棺替代。

“我们永远找不到你。”他轻声说。这个信念很快在他的内心最深处扎了根。

魔鬼最愚蠢的罪过是虚荣。

是时候采取行动了。也为了防止事件重演。

大约上午九点钟，洛里斯·马迪尼老师站在莲蓬头下。热水冲走了他累积的疲劳。不久之后，他裸身站在镜子前，审视着投射在镜子里的脸——最近这些日子以来他都小心翼翼地回避它。他开始剃掉胡须。

站在打开的衣柜前，他在为数不多的几件衣服中选择了一套最能体现他当下心情的衣服。米色灯芯绒外套配着深色平绒裤，里面是蓝色和棕色的格子衬衫搭配着一条鸠灰色的领带。当他系好他的其乐鞋，依次套上了外套和尼龙包的斜挎肩带之后，便离开了屋子。

看到老师出现在门口，摄像师和记者蜂拥而上。放置好的设备立即把镜头转向他，而他漫不经心地穿过小径走到了路上，穿过警戒线，平静地走在阿维乔特的街道上。

当他经过主干道时，人们停下来，难以置信地指着他。店里的客人也跑出来看着这一幕。但没有人说或做什么。老师避免接触到那些眼神，但感到它们的重量。

当他到达学校大楼前面时，一小撮人聚集在他身后。马迪尼看到，除了体育馆按需改作警察的工作间之外，学校并没有其他改变。

他走上通往入口的楼梯，当然那些在他背后的狗仔会在这个边界前面停下。事实正是如此。一进去他便听到了熟悉的铃声。按照课程表上的时间，十点钟是文学课。于是他朝着自己班上走去，而在走廊上的其他老师和学生们看见了他都停住了。

每次课间休息，座位间都会有些混乱。学校领导已经通知过班上，稍后会有代课老师过来。但这会儿，学生们利用老师晚来的空当笑着闹着。

普莉希拉又换回了旧衣服。她重新化了浓重的眼妆还戴了一排耳钉。“我要去一个真人秀试镜了。”她兴奋地告诉她的朋友们。

“你妈妈同意了吗？她什么都没说吗？”一个同伴问她。

“可能会说吧，谁管她。无论如何我的生活已经有了一个方向，她必须接受这个现实。”女孩边说边耸了耸肩，驳回了这个问题，“也许我还得找一个公司呢。”

纹着骷髅头纹身的叛逆小子卢卡斯转身朝着教室后面的人说：“你这个失败的人，他们什么都没给你吗？”

这个玩笑让大家哄堂大笑，但马蒂亚假装没听见并继续在他唯一的本子上胡乱涂写着什么。

门开了。大家并没有马上全部转身。而转过身的人，立即沉默了。但是当马迪尼走到讲台，把包放在讲台上面时，整个班上鸦雀无声。

“早上好，孩子们。”他笑着跟他们打招呼。没有人回答，他们都呆住了，包括马蒂亚也表现出惊恐。时间过去了几秒钟，老师就站在那儿一个一个地观察了他们每个人。然后，仿佛什么都没发生，他又开始讲话了：“在上一节课中，我向你们说明了小说的叙事技巧。我解释了所有的作者，包括那些非常出名的，都从前人所写的内容中获得过参考。第一个原则就是‘模仿’，你们还记得吗？”没有任何回复。这样也挺好，马迪尼告诉自己。毕竟，这班学生从没有如此聚精会神过。

教室的门又打开了。这次学生们都转过身来。沃格尔站在门口，看到这一幕，举起手让那些在场的人明白一切都好，他表示抱歉。然后，他找到一个空位子坐了下来，观察着老师，好像他想邀请他上一堂课。

马迪尼继续保持镇定。“我告诉过你们，恶是所有故事的真正动力：英雄和受害者只是一个工具，因为对读者而言，他们对日常生活并不感兴趣，日常生活他们已经有了。他们想要的是冲突，只有这样才能转移他们自身的平庸。”他故意对着探长，“你们记住：平庸者更为接受的是反派，是反派成就了故事。”

出乎意料地，沃格尔突然鼓起掌来。他坚定地鼓着掌，有力地对击双手并且满意地点着头。然后他环视全班，示意他们也一起跟着鼓掌。一开始，学生们愣住不知道如何是好，接着，有人开始羞羞答答地模仿了。这是个荒谬的、自相矛盾的情景。探长从座位上站了起来，对着讲台继续鼓掌。他走到马迪尼面前，离他的脸只有数厘米远，停了下来。“课很精彩。”然后他靠近男人的耳朵，对他小声说：“我们找到了安娜·卢的背包。还没有见到尸体，不过我们不需要它……因为背包上有老师您的血。”

马迪尼没有回复，他什么也没有说。

探长从羊绒大衣里掏出一副手铐：“但是现在，我们得走一趟了。”

2月23日

失踪后的第六十二天

在那个一切都将永远改变的夜晚，从弗洛雷斯医生诊疗室的窗口唯一可见的只有阿维乔特小镇的采矿设施。矿井的通风塔顶上闪烁着红灯，看上去像是许多警惕的小眼睛。雾中的哨兵们。

“您有家人吗，探长？”

不知为何，沃格尔看着他的右手，一会儿，他又再一次陷入沉默。所以他没有立即回答精神科医生的提问。“家庭？”他重复道，“从来没有这时间。”

“而我已经结婚四十年了。”弗洛雷斯主动地说，“索菲娅培养了我们三个优秀的孩子，现在又专注于孙儿孙女了。她是一个很棒的女人，没有她，我不知道该怎么办。”

“一名精神科医生在阿维乔特要做什么呢？”沃格尔好奇地问，“在这么个小地方，您算是最后一个我希望遇见的人吧？”

“自杀。”弗洛雷斯严肃地说，“在我们地区，按居民人数来算的话，全国百分比最高。每个家庭都有故事可讲——父亲，母亲，兄弟，姐妹。有时是儿子。”

“那原因呢？”

“没有原因。那些外来的人都羡慕我们。觉得在这样一个安静的地方，在这安全的大山中间，可以平静地过日子。”但是也许太过宁静正是人们真正的疾病。过得幸福并不能让人知足，相反，它变成一座监牢。为了逃避，他们夺走了自己的生命，而且总是选择最血腥的方式。他们并不满足于吞下几管药丸或割伤手腕静脉，而是想去作恶，好像宁愿接受惩罚。”

“您救了他们其中一些人吗？”

弗洛雷斯笑了起来。“我的病人可能需要的不仅仅是药物，他们需要的是能让他们释放的人。”

“我打赌您有办法用您的语言技巧让他们开口，因为您总是了解他们，所以他们更容易向您敞开心扉。”

警察是对的。弗洛雷斯善于审视别人，当然是因为他知道如何去倾听并且从不打断别人。例如，他从未失去耐心，从未在讨论时提高声音，甚至没有骂过他的孩子。他喜欢人们这样的想法，喜欢他们认为他是一个淡定的人，喜欢称自己为山地医生，就像过去的那些医生一样——他们主要照顾患者的灵魂，从而使他们免受痛苦。

“也许他们并不是单纯的不开心。也许太多的宁静带走了对死亡的恐惧，我们有没有想过呢？”

“也许吧。”医生承认道，“您有没有害怕过死亡，沃格尔探长？”这个问题隐含着挑衅。他想把他带回到他沾满鲜血的衣服，以及他为什么又回到这里的事实中。

“当您跟他人的死缠在一起时，您并没有办法去考虑自己的生死。”对方痛苦地回答，“您经常想到死亡吗？”

“三十年来的每一天。”他指着胸口，“三个支架。”

“心脏病发作？这么年轻的时候？”

“那时我已经是一个家庭的顶梁柱了。我知道那不代表什么，但是当你肩负责任时，年轻只是一个细枝末节。谢天谢地，我活了下来，经历了十二个小时的精细手术，现在我只需要记得吃药以及时不时去检查一下。”弗洛雷斯总是把这一段过去一笔带过，也许是因为他不想承认自己深受其影响。但是，在那个一切都将永远改变的夜晚，他让自己过往生平中的每一个事件都降级到次要位置，甚至是这一件。

有人敲门。精神科医生没有邀请他进来，而是自己站了起来，离开了房间。这是一个商量好的信号。不过沃格尔似乎并没有给予任何的重视。

梅耶在走廊上不耐烦地来回走动。“怎么样了？”她一看到医生就问道。

“他时而清醒，时而失魂。”这是医生的第一反应。

“但他是假装吗？”

“不像是那么简单。”弗洛雷斯解释说，“他一开始就讲述了大段安娜·卢·卡斯特纳案件，我没打断他，因为我想最后他会谈到今晚发生的交通事故。”——不像是讲述，更像是在告解。但精神科医生保留了这句话。

“要小心，沃格尔是个操纵者。”

“说实话，他不需要操纵我。到目前为止，他似乎还没有撒谎。”

但是梅耶并没有被说服。“沃格尔知道玛丽亚·卡斯特纳在三天前丧命了的事情吗？”

“他没有提及，我也不清楚他是不是知道。”

“应该把这个新闻砸在他脸上，发生这事，主要责任在他。”

弗洛雷斯立即意识到那个女人承受不了了。但是他阻止了自己去做些什么。玛丽亚自杀后，因渎圣行为而声名狼藉，教会也与她保持距离，他们甚至拒绝了她的宗教葬礼。“我认为我们现在不需要再提这个故事了。实际上，我认为这将是完全有害的。”

梅耶站在离医生几厘米的地方，看着他的脸：“请您不要也被他给迷惑了。犯过一次错误之后，我不允许再犯一次了。”

弗洛雷斯点点头：“不用担心，如果这全是表演，我们会戳穿他的。”

当他带着两杯热咖啡回到房间时，沃格尔已经不在扶手椅上坐着了。他站立着凑近观察虹鳟的防腐标本，它早些时候就引起了他的注意。

“我带来了能让我们舒服点的东西。”弗洛雷斯微笑着说，把其中一个杯子放到桌子上。

沃格尔甚至都没有转过身。“您知道为什么我们总是记不住受害者的名字吗？”

“不好意思，您在说什么？”正要再次坐下的弗洛雷斯没有听懂。

“泰德 · 邦迪、杰弗里 · 达默、安德烈 · 西卡蒂洛……我们都只记得那些恶魔的名字，但是没有人回忆起受害者叫什么。为何从来没有人问过为什么呢？应该是反过来才对。我们嘴上说着同情、怜悯，但随后就忘记了他们。我们注意……”

“您知道为什么吗？”

“人们会告诉您这是媒体的错，因为我们被恶魔的名字轰炸到筋疲力尽。媒体是很恶劣，您不知道吗？”他带着讽刺的声音说，“但是毕竟，如果我们按下遥控器上的按钮来关掉他们，他们也没法害人……但是没有人这样做。我们知道人人都很好奇。”

“也许对我们而言，真正重要的是正义，而不是恶魔。”

“不……”探长用手势驳回了这个想法，好像这是一个明显的幼稚想法，“正义不能提高收视率，我的朋友，没有人真正在乎正义。”

“您也不相信吗？”

沃格尔沉默不语，被这个问题难住了。“我知道老师是有罪的……有些事情作为一个警察是无法解释的。比如，本能。”

“因此您对他提起刑事诉讼，把他的生活搞砸了？”弗洛雷斯觉得他们迎来了个小转机。

“当我看到尸检桌上安娜·卢的彩色背包时，我的内心被什么触碰到了……检察官梅耶会放弃指控。”他再次沉默了。然后，低声说道：“我可不允许。”

“沃格尔探长，您想告诉我什么？”

对方抬起头看着他。“德尔格案件的先例不会再次发生。残害者最终得以逃脱法网并得到所有人的歉意，因为冤狱，甚至拿到了数百万的赔偿金。”

弗洛雷斯像失去了知觉，但他不想强迫对手。

“在我们首次会面的晚上，在国道边的餐厅里，马迪尼的手上缠着绷带。这个傻子不想缝线，伤口仍在流血……”沃格尔清楚地记得这一刻，当他把照片重新放进文件袋的时候，注意到了蓝色胶木桌上的红色斑迹。

“背包上的鲜血。”弗洛雷斯难以置信地说，“所以这是真的……您伪造了证据。”

1 月 17 日

失踪后的第二十五天

午夜过后，一辆不知名的黑色汽车驶过了监狱的安防门，停在了一个六角形的狭窄庭院内。四周都是灰色的墙壁，就像是一口水井。

两名便衣警察从车后门下了车，然后协助老师从车内出来。马迪尼的动作受到手铐的限制。当脚踩到沥青路面上时，他第一件事就是抬头向上看。

繁星密布的天空被封闭在了狭窄而幽闭的空间中。

博尔基先前坐在副驾驶座上——这是第一次不用他开车。他拿着一个文件夹，里面装着梅耶签署的逮捕令，以及当天下午检察官给老师做的笔录。马迪尼继续否认每一条指控，但是指控他的证据和线索分量十足。

C 区内，博尔基走在两名陪同人员和老师的前面。然后，他将文件交给了狱警队长以交接囚犯。“洛里斯 · 马迪尼，”他介绍道，“被指控绑架和谋杀未成年人以及藏匿尸体罪。”

显然，对方知道他是谁以及为什么他会在这里，但这就是走个形式。他要做的只是让警员在入狱表格上签上大名。

完成手续后，博尔基最后一次转向看上去困惑又不自在的马迪尼。老师恳求地凝视着他，像是试图理解接下来会发生什么。这位年轻的警员没有对他说话，而是转向同行的警察。“我们走。”他只说。

马迪尼眼睁睁地看着他们远去。然后，有两双手抓住了他的胳膊把他拉走。两名狱警将他带到旁边的一个小屋，小屋的墙壁上沾满了湿气。那里只有一个低矮的铁凳子，以及位于中央低洼处的窨井盖。

“脱衣服。”他们取下他的手铐后命令道。

他服从了。当他完全赤裸时，他们让他坐在凳子上，然后打开了垂直于他上方的莲蓬头——这个他倒没有注意到——接着给他擦了肥皂。当马迪尼想要站起来以便更好地冲洗时，他们阻止了他。这不符合规定。水是温热的，散发着氯的气味。最后，他们给了他一条十分小的白毛巾，没擦两下就湿透了。

“请把你的双手举起来放在墙上，然后尽可能往前弯下身。”一名狱警说。

老师打着寒颤，一方面是因为寒冷，同时也因为觉得非常害怕。他看不见背后发生的事情，但是当他听到乳胶手套的声响时便想到了。身体检查持续了数秒钟，在此期间，老师闭上了眼睛想要消除这羞辱。在检查了他没有在直肠中隐藏任何东西之后，他们再次请他坐回凳子上。

接下来的几分钟是完全无声息的。没有人提前交代，马迪尼只得等着接下来的事情。然后有脚步声传来，来了一位穿着白大褂、带着个文件夹的医生。“您是否患有慢性疾病？”他跳过寒暄问道。

"没有。"老师低声回答。

"您需要服药吗？"

"不用。"

"您过去是否感染过或患有性病？"

"没有。"

"您使用毒品吗？"

"没有。"

狱医在文件板上记下最后一个答案，然后再也没多说一个字就离开了。两个狱警再次架起马迪尼的双臂，迫使他站起来。其中一个递给他一套粗糙的蓝色水洗帆布囚犯制服和一双尺寸有些小的塑料拖鞋。"穿衣服。"他说。然后他们带着他在似乎没有尽头的监狱走廊走着。那一长排的铁门在他们通过的时候打开，经过后又重新关上了。

即便是在晚上，监狱也从不睡觉。

其中一个牢房开始发出低沉而有节奏的金属声，很快其他牢房也跟着传开了。声音伴随着他与狱警同行的脚步，像是为一个死囚送行的音乐。恶毒的窃窃私语从关着的牢门后面传来。

"混蛋。"

"数数日子吧，我们要扒了你的皮。"

"欢迎来到地狱。"

只有对未成年人犯下罪行的人才会受到这样的"欢迎仪式"。根据囚犯们的荣誉守则，他们的犯罪行为甚至不值得被关押。实际上，其他囚犯都无法忍受与杀害儿童的人混在一起。等着那些人的，还应有额外的惩罚。他们得算作罪上之罪。要像死猪肉一样被打上印记。

马迪尼低垂着头走着，太过宽松的制服从胯部掉下来，但是他手腕上戴着手铐又没办法去提一提。

他们来到一扇厚重的铁门前。其中一名狱警将门打开并将他推了进去。这个地方对一个人来说都非常逼仄，更别说三个人了——一张行军床，角落里一个钢制的厕所，墙上安着个洗手池。高处的窗户过滤着月光和一丝冰冷的空气。

第四个人踏进门来。这是一个五十多岁的健壮男人，二头肌把制服的布都撑了起来。“我是他们的上级阿维斯。”他自我介绍，“负责单人牢房区。”

老师以为他会跟他谈话，甚至严厉地说明监狱里的行事规则。而他只在老师的胳膊上放了一条棕色的羊毛毯子，再给了他一个铁皮小罐和一把硅胶勺，这样他就不能用它们来伤害到自己或者别人。

“这些东西，包括床上的床垫，都是归监狱所有的。现在我把它们完整地交给您，如有失踪或损坏将从您的账上扣除。”他重复了一遍让他加深记忆，然后加了一句，“现在在这里签名”。

他递给他一个文件板，马迪尼在这份短短的清单底部签上自己的名字，心想那些东西除了在这里之外可从不会被如此郑重地对待。那一刻他了解到监狱里的这种官僚制度才是监狱最糟糕的一面。规章制度以及附加条款限定了狱中生活的每一件事情，甚至那些最没有意义的事情。每一个决定都是由别人替你做出的。为了将人们的参与性降到最低限度，每一个动作都要符合预先制定好的标准。这是非人性化的。这种模式下，再也没有情感、怜悯或同理心的存在空间。

只和自己独处，还有自身的错。

当狱警和上级阿维斯离开牢房时，马迪尼依然站立着，手里捧着棕色毯子，上面是罐子和勺子。沉重的铁门关上了，钥匙串的声音在回响。

行尸走肉，老师在沉默笼罩着的牢房里复述着。

发表声明之前，沃格尔已经等了二十四个小时。沃格尔希望关于前一天逮捕老师的小道消息的热度能降下来一点，这样聚光灯就可以集中在他身上。

一个即使没有受害者的尸体，也能设法指控凶手的警察。

现在，探长正在无数的麦克风和摄像机前享受着媒体对他的关注，就在那个充当办公场地的学校体育馆中，它现在仍在发挥作用，但不会维持很长时间了。他提前选了一套新衣服出现在记者面前：深色的天鹅绒外套，光滑的灰色裤子，一条警服领带。白衬衫的袖口上配了一副白金的星形袖扣。他依然戴着安娜·卢的串珠手链，想要像奖杯一样地炫耀它。“最后，警察悄然进行的工作带来了人人期盼的结果。就像各位看到的那样，坚韧和耐心总是会有回报的。媒体和舆论的压力并没有影响到我们。我们设下暗线，将明灯熄灭，就为了达到我们一开始就设定的目标：查出安娜·卢·卡斯特纳失踪案件的真相。”

警探博尔基站在场边看着这一幕，他认为这很荒谬——他竟然能够毫无尴尬之色地篡改事实。尽管沃格尔谈论的真相中并未涉及红发雀斑女孩的结局，但他善于表现得充满说服力。因为毕竟，他已经让自己相信了。

“我们在阿维乔特的工作至此将告一段落，现在我们把镜头留给正义，相信检察官梅耶会知道如何善用这个珍贵、明确的调查结果。”

她的目光从锁定她的那些镜头里略微移开了。对于博尔基来说，这是一个微小却意味深长的动作。她不像沃格尔一样能欺骗自己。

“卡斯特纳一家如何面对这个消息？”一名记者问。

“据我所知，他们昨天已经从电视上知道了这个消息。”警探回答，“我能理解他们的痛苦，所以更偏向于在这几个小时里不去打扰他们。但是，我将尽快与他们联系，跟他们说明发生了什么以及现在又要发生什么。”

“您将停止寻找安娜·卢吗？”斯黛拉·霍纳问他。

期待着这个问题的沃格尔没有直接对着她回答，而是转向所有人说道，“当然不是。”人群立刻安静下来。“在没找到拼图最后一块部件之前，我们绝不会得到安宁。这个可怜女孩的命运一直是我们的首要任务。”

但是“可怜女孩”的这个说法等于官方宣布了没有任何找回她的希望，博尔基想着。这些都是在失败的情况下让他脱身的辩证小技巧。

从另一方面讲，随着媒体关掉聚光灯，用于搜救的资金将急剧缩减。不再有科学勘察组，搜索犬队和水下搜寻员，没有直升机会再次在山脉上盘旋。志愿者们将逐渐返回家中。但是首先放弃阿维乔特的将是记者们。再过几天，周边的帐篷就全都撤完了。取而代之的是一片到处都是废弃纸张的荒芜土地。工作人员搬离了，山谷和它的居民们又将沉入无休止的冬眠。从前的生活将重新开始，那些从土壤里得到萤石矿的幸运儿与那些由于矿山变得更加贫困的可怜人之间的鸿沟将再次出现。那些因为特殊时机重新开放的宾馆和餐厅，也将逐渐失去客户，被吓到的游客在跟家人周日旅行时，将会选择其他没有血腥犯罪的目的地。也许国道上的餐厅还可以拖个一年半载，但店主最终会放弃，并且会觉得关门大吉是最好的选择。

对于阿维乔特来说，一个短暂而有时甚至是令人讨厌的意外季节已经结束。但是没有人会忘记那个冬天。

当斯黛拉·霍纳再次举起她的手时，沃格尔正想要解散观众，因为他得赶回城里参加一档著名的晚间脱口秀节目。“沃格尔警探，最后一个问题，”女记者未经他的授意继续说道，“在取得了如此重要的成功之后，我们能否断言德尔格的案子只是您事业上不愉快的一页？”

沃格尔讨厌斯黛拉近乎野蛮的揭开伤疤的能力。他随机应变地微笑道：“您看，霍纳女士，我知道您和您的同事很容易区分成功和失败，但是对我们警察来说还是有着细微差别的。残害者——正如你们媒体所称呼的——再也没有犯案。也许有一天他会卷土重来，也许不会。但是我更愿意相信我们让他害怕了，以至于他在放下另一枚炸弹之前会再三权衡。”他得了分，现在是开溜的时候了。在有人提出另一个令人尴尬的问题之前，沃格尔离开了麦克风。

这出戏的主角伴随着闪光灯离开了，警探博尔基也离开了房间尽头的那堵墙去跟主角会合。一部分的他是高兴的，因为总算是结束了，但是，另一部分的他，微小而顽强的那一部分，并不接受这个结局。有一阵子他真的相信经历了一场史诗般的冒险，参与了一场善与恶之间的战斗。但是在老师被捕后，他没有得到任何的满足感。毕竟，这个案子是凭着运气解决的。积极的方面是他现在可以回到卡罗琳身边，一起等待迎接女儿的到来。但是他会想念这份工作的。他会想念阿维乔特。

博尔基在体育馆外面追上了沃格尔。

“要我陪您去宾馆吗？”他问。

沃格尔望着天空。“不，谢谢。我想利用这美好的一天散散步。”他像往常一样从大衣里掏出黑色记事本。

调查期间，博尔基见过他这个动作数十次。他好奇地想知道探长如此勤快地记下了些什么。从这些笔记中肯定可以学到很多东西。

“好吧，博尔基警探，我们得说再见了。”沃格尔将一只手放在他的肩膀上，这种家长式的动作不像是他的作风。“如果还有下一次，我还是会要求将你分配到我的团队中。”实际上，探长认为，这次调查进展顺利，没用到下属来承担失败的责任。但博尔基还是有用的——这个男孩还不够成熟，愿意相信他被告知的一切。

“很高兴能为您工作，探长先生。”这位年轻的警探坚定地说，“我学到了很多。”

沃格尔对此表示怀疑。他的调查技巧是战术和机会主义的结合。这并不容易学习，他也不愿意分享他的秘诀。“好，这对您有好处。”他笑着说。当他准备离开的时候，博尔基再次叫住他。

“对不起，先生，我想问一件事……”

“警探您请说。”

“您从未想过为什么马迪尼老师要绑架、杀死并隐藏安娜·卢的尸体吗？对，简而言之……在您看来，他的动机是什么？”

沃格尔假装认真地对待这个问题。“因为人们的憎恨，博尔基警探。仇恨感触不到，难以证明，也无法变成能够提交到法庭的证据。但不幸的是，它是存在的。”

“很抱歉，但我不明白：马迪尼有什么必要去憎恶安娜·卢呢？”

“不是单单憎恶她，而是全世界。毕竟，老师过着平淡而没有成就感的生活。他的妻子背叛了他，他很可能要失去家庭，变得孤身一人，然后这也真的发生了。从长远来看，累积的愤怒必须找个出口。我相信马迪尼比其他人更渴望报复。而正值青春年华、坦率纯真的安娜·卢，作为报复所有人的工具是非常完美的。”

然而，博尔基并未被完全说服。“这就怪了，因为我们在警校得到的教导是，仇恨不是犯罪的首要动机。”

沃格尔再次微笑。“我现在给您的建议是您永远不会从另一个警察那儿再次听见的……您要学会自己去考虑每一个案件，抛下您学到的那些东西，否则您就永远无法提高您的警察本能。”

在沃格尔渐渐走远的时候，博尔基看着他的羊绒大衣。警察本能，他思考着。这好像与杀人本能恰恰相反。

仇恨不是犯罪的首要动机，沃格尔回到宾馆房间的时候重复着这句话。那个查案的臭小子知道什么？他怎么敢质疑他的话呢？不过他不会让怒气笼罩他这一整天的幸福感。博尔基没有未来，这是肯定的。

挂在衣柜里的衣服已经全都放在床上了。每件都有自己的衣套。鞋子也都被塞进了专门的棉布袋里。然后是领带、衬衫和剩余的内衣。它们放在一起占据了整个床面，组成了一幅有序而完美的彩色马赛克。之后不久，沃格尔将会把所有物品移入行李箱。但是当他靠近床的时候，发现了一个先前没有的东西。

靠近电视的矮桌上有一个包裹。

他走过去，满腹狐疑。有可能是宾馆工作人员在他出去的时候把它放在了那里。但是旁边没有任何票据。这太奇怪了。

旅馆里一定有人在他不在时把东西放在那里。在几秒钟的犹豫之后，他决定还是打开这个包裹。

当他掀开盒子时，一台老旧的笔记本电脑出现在他眼前，上面满是刮伤和凹痕。

这是在开什么玩笑？他想着。打开电脑屏幕，发现键盘上有一张卡片，笔迹很特别，写着一条信息：

他是无辜的。

在这句话下面，写着一行电话号码，如同签名一般。他先前也收到过两条同样内容的匿名短信，但以为是某个记者想要寻求独家新闻，于是就删掉了。

“我必须和您讲清楚。请打我这个电话。”

沃格尔很生气。他无法容忍有人入侵自己的私人领域。但与此同时，他不得不承认自己对电脑里的内容有着异常的好奇心。第六感告诉他就此打住，但毕竟查证一下也没什么损失。

他伸出手按了电源按钮。

笔记本过了一会儿才启动，屏幕由黑变蓝。在屏幕中间只有一个网络浏览器的图标。沃格尔把电脑联上了网。没过多久就出现了一个制作粗糙的网页页面。探长立即想到这是一个已经在网络上存在多年的旧站点，那个站点已经没有人再去查看了，但它却像垃圾一样继续漂浮在网络表层。

页面上还有一个名字。

迷雾中的人。

标题下方，六个女孩的面孔排成一排，彼此非常相似。红头发，小雀斑。但最重要的是，她们与安娜·卢·卡斯特纳非常相似。

在电话的另一端，铃声响了几次。一个嘶哑的女声应答了："探长，我得耽误您一些时间了。"

"您是谁，又想借此说明什么？"沃格尔立即采取攻势。

对方却很平静。"看来我终于得到了您的注意。"话语之后紧接着就是一阵短促而剧烈的咳嗽。"我叫比阿特丽斯·勒曼，是一名记者，或者更确切地说，曾经是。"

"我不会对我刚刚看到的东西发表任何声明——无论是什么。所以您不要抱有幻想：您不会因为这个故事声名大噪的。"

"我不想对您进行任何的采访。"勒曼回答，"只想让您看一样东西。"

沃格尔考虑了片刻。愤怒没有减少，但是有着什么东西让他去倾听这个奇怪的女人。"好吧，我们见个面。"他回答。

"您必须来找我。"

沃格尔发出恼人的笑声："为什么？"

"您会明白的。"

不等他回复，女人就把电话挂断了。

1月21日

失踪后的第二十九天

比阿特丽斯·勒曼瘫靠在轮椅上。

沃格尔花了四天时间决定是否去找她，但与此同时，他还谨慎地收集了有关她的信息。作为一名记者负责当地新闻的她，发表的文章曾一再让政客和当权人士难堪。勒曼是一块难啃的骨头。不过无论如何，她的时代已经过去——她再也没办法让任何人感到害怕。

起初，探长决定忽略这名妄想着追名逐利、企图东山再起的老记者。但他随后想到了勒曼可能会与斯黛拉·霍纳这样的人取得联系。毫无疑问，特派记者不会错失挖出卡斯特纳案件内幕的良机，为公众呈上一个不同于既定事实，但对胃口的版本。一旦有人相信类似的胡言乱语，那可真将是个灾难——尤其他的确为了逮捕马迪尼而伪造了一个证据。沃格尔不想在这件事上再被人抓住把柄，所以他最终决定去见那个女人。

勒曼住在离阿维乔特镇不远的一间木屋里。她从未结过婚，唯一陪伴她的是一群猫，当她把它们赶进窝的时候，它们便挤满了她的工作间。当她来迎接他时，沃格尔发现自己面对的是一个务实又难相处的女人，她的脸上刻着深褐色的皱纹，灰白的头发在脖子后面拧成一团乱蓬蓬的发髻。她披着一块沾有烟灰的脏绒布，装满烟头的烟灰缸放得家里到处都是。屋子里弥漫着难以散去的尼古丁气味和猫尿的刺鼻气味，而勒曼早已习惯再也察觉不到了。无数的纸张与旧报纸甚至也杂乱无章地堆积在地板上。

“欢迎您来，沃格尔探长。”她边说边把他引进屋里。在一堆乱七八糟的东西中，可以窥见一条能让勒曼坐着的轮椅顺畅移动的小通道。

沃格尔用羊绒大衣紧裹自己，因为他不想碰到任何东西，他惧怕灰尘，更惧怕那些可能潜伏在这个环境中的细菌。“坦白说，我不知道我过来是要干什么。”他事先声明道。

年老的记者笑了。“对我来说重要的是，您这还是来了。”接着她挪到书桌后面，向客人示意，请他坐在桌前的椅子上。

尽管很不情愿，但沃格尔还是坐了下去。

“我发现您没带来我给您寄去的笔记本。这是我的唯一，我得要回它。”

“我以为那是给我的礼物呢。”探长挖苦道，“那么我会尽快把它还给您。”

勒曼点了根香烟。

“您非得要抽？”沃格尔说。

“出生的时候，由于产科医生的错误操作，我被搞成了截瘫。因此，我可以随心所欲地对人们做尽坏事。”她无礼地回答。

“好吧，但现在我们言归正传——我没有时间可以浪费。”

“我创办并经营着一份当地小报，有四十来年了，可以说从新闻到讣告全都是我一个人操刀的。然后，互联网的出现让我所有的努力都白费了，我由于缺乏读者只得结束了这摊事情………如今你能第一时间知道世界尽头在发生的事，却不知道在你家的角落后面发生了什么鬼事情。”比阿特丽斯简短地说了几句之后，从一个书架上拿出了一个沉甸甸的文件夹，一个收藏纸张和报纸的收藏本也掉了下来。她把文件夹放在膝盖上，并没有打开。“在一名记者的职业生涯里要负责数百个新闻事件。”女人说道，“但总会有一个让你放不下的：你无法忘记受害者的姓名和长相，你对他们念念不忘，而他们像种寄生虫一样靠着你的愧疚感活下去……也许对你们警察来说也一样。”

“有时候吧。”沃格尔承认着好让她继续往下讲。

“嗯，随着卡娅·希尔曼的消失，我的寄生虫就出动了。”她举起文件夹，然后让它重重地掉在桌子上，“她是第一个。”

嘶哑的声音在狭窄的房间里短暂地回响。沃格尔默默地观察着面前厚厚的档案。他知道一旦他同意去做这件事，就将很难摆脱。但是他别无选择。因此掀开了档案的厚纸封面，翻阅起来。

他立刻看见了卡娅·希尔曼的旧照片。他先前已经在网站上看到过了，但是现在他更仔细地看着。这个女孩穿着蓝色罩衫，这是校服。她微笑着面对镜头。女孩有着绿色的、真诚的眼睛。随后是其他几个有着红发和雀斑的少女照片。沃格尔研究着，一张又一张。她们看起来就像是姐妹，脸上的表情也都同样的坦率。这是命中注定的，他告诉自己。对于天真的诅咒落在了她们的身上。

当探长翻阅文件时，比阿特丽斯看着他，沉默地抽着烟。她仅用指尖夹住香烟，放在唇边慢慢地深吸，烟灰在烟卷上积蓄着快要掉下来。

沃格尔注意到，除了照片之外，还有勒曼本人撰写的无数篇报纸稿件，但警察报告屈指可数。

“这些女孩的家庭状况都很差。”比阿特丽斯打破了沉默，她的语气不容置辩，“父亲有暴力倾向，母亲默默承受不去报警。也许这就是阿维乔特和周围小镇的警察们从未对失踪案进行过多调查的原因：女孩逃离那样的地狱几乎是正常的。”

“于是您将案件放在一起，假设发生了某种强迫行为。”

“她们都在十五到十六岁之间，红头发，小雀斑，这些元素让人喘不过气来，这么明显……但从没人相信我。”

“最后一次失踪要追溯到三十年前。”沃格尔阅读着一篇报道的时间，向她指出。

“没错儿。”比阿特丽斯说道，“在那个时期您的马迪尼老师并不住在阿维乔特，并且无论如何，他当时还是个孩子。”

对，沃格尔想着，斯黛拉·霍纳一定会喜欢这个故事。尽管他认为这与卡斯特纳案件只是个巧合，但他不能轻易地耸耸肩从旁边走开。首先，他必须从勒曼的脑中消除它们可能存在关联的想法。为此，他必须了解更多。“那为什么安娜·卢失踪之后，山谷中除了您之外，再没有其他人提起这个故事呢？”

“为什么人们会很快忘记，不是吗？多年前，我创建了一个网站想要让这段记忆保持鲜活，但是这些可怜的女孩对任何人都不再重要了。”

“为什么是‘迷雾中的人’？”

比阿特丽斯·勒曼的声音因为吸了太多的烟而变得低沉，形成了一种独特的沙哑。“迷雾让人们消失——我们知道他们在那里，但是我们看不见……这些女孩子仍然在我们中间，沃格尔探长，即便她们卷进了丑恶的事情之中，即便她们已经死亡。因为某些阴暗的目的，一个人在雾中带走了她们。这个人确定不是老师，我敢打赌他仍然徘徊在那里，寻找新的猎物。”

“这没有道理，”他反驳道，“他为什么中间要停下三十年？”

“也许他搬到其他地方，现在又回来了。也许他在其他地方犯案，但我们不知道。只要寻找具有相同特征的女孩就能知道了。”

沃格尔摇了摇头。“对不起，我不相信：鉴于卡斯特纳案造成的影响，如果有类似案件，会有人提起，引起警方或媒体的注意的。”

勒曼正要回复，但被咳嗽打断了。“我想向您展示的不仅仅是这个文件夹。”她打开书桌抽屉，将一个邮政包裹递给沃格尔。“这是我前段时间收到的，但是看邮戳时间会发现，发件日是安娜·卢失踪的那天。”

探长对文件夹失去了兴趣，拿起包裹。

“就像您看到的，这个包裹写着给您，但寄到了我家，把我这里当成了中转站。”记者继续说道，“但我看您从来不回我发给您的那些信息，所以几天前我就把它打开了。”

沃格尔举起包裹，从撕裂的边缘看里面的东西，接着把手伸进去拿出了一本粉红色的小本子，上面印着一些猫咪的图案。

这才是安娜·卢真正的日记，他立刻想到。

就是她瞒着妈妈、没被找到的那一本。她可能把日记本放在了背包里，就是排水沟找到的那个背包。

沃格尔检查着封住日记本的心形小挂锁。

探长试着将情况合理化。如果是有人将日记本寄给了勒曼，应该是想要重新引起人们对雾中人案件的关注。难道是那个恶魔吗？那么在这个故事里，马迪尼的角色又是什么呢？一丝疑云浮上了心头，他可能错抓了老师。他对德尔格也曾有同样的感觉。但沃尔格确信他就是残害者，这样的信念促使他伪造了证据。但在会计师的案子中，他没有犯错。德尔格就是恐怖分子，因为在他被捕之后就再也没发生过相同案件了。“您想要什么来做交换？”他挥舞着日记问她，试图变得务实。

“真相。”勒曼毫不犹豫地说。

“您要做条独家新闻或是什么吗？”

“您太狠毒了，我的朋友。我只是一个平凡的女人。”

魔鬼最愚蠢的罪过是虚荣，沃格尔对自己说，想着马迪尼的话和他的现状。也许他犯了虚荣的罪，现在他将受到惩罚。

“如果我想要的是您说的那些东西，那我还不如找家电视台，卖掉日记本这条大新闻，得到一大笔钱。”

她说得很有道理，他这是多么愚蠢的失策。但是，如果新闻工作者不求名也不求利，那她真正想要的是什么？“我向您保证，如果日记本里有什么线索可以重启调查，并将调查范围扩及大到其他六个失踪女孩，我不会有片刻的犹豫。”这听起来像是一个庄严的承诺。

“这是抓住雾中人最后的机会。”勒曼说，“我相信您也不会浪费它。”

显然，她相信了。

囚犯跟家属的会客室里配有钢制桌子，钢桌用了螺钉固定在地板上，周围的椅子同样如此。天花板很低，那里通常回荡着令人厌恶的回音，几乎没法儿说话。但是在那一刻，除了四名狱警安静地守在远处，就只有马迪尼老师和律师列维。

老师刚入狱没几天，但他看上去已是饱经折磨。“我在这里很受欢迎。他们把我单独关起来，但到了晚上，我还是能感觉到他们从牢房里恐吓我——他们没办法用他们的双手摧残我，但竭尽所能地让我一刻也不得安睡。”

“我回去跟这里的上级说，把他们调开。”

“最好不要，我可不想再树敌。”当个明星已经很不容易了。他苦涩地笑了。“此外，有个狱警让我明白，最好不要触碰监狱厨房送来的食物。我认为狱警也鄙视我，净说些吓唬我的话。好吧，他成功了，因为从那之后我只吃饼干和小点心了。”

列维试着去鼓励他的客户，但也似乎着实为他担忧。“您不能这样下去，您需要吃东西、保持体力。否则将永远无法承受诉讼的压力。”

“您知道什么时候会开始吗？”

“他们说是一个月，可能会更久。控方有足够的证据，但我们正在加紧做准备，我们将它们各个击破。”

“我没钱该怎么办？”马迪尼灰心地说。

列维低声说，不让狱警听见。“正因为这个，我先前为您安排了那个跟霍纳的会面。您先前不接受她的条件真的是太不明智了。”

“所以律师您是要放弃为我辩护吗？”

“不要胡说。我认为我们也有同等机会：只有您的 DNA 支撑着对您的指控，如果我们将其破除，一切都将瓦解。我已经找到了一位遗传学家，他将对背包上的血迹重做一遍所有的相容性测试。”

马迪尼好像对此并不非常相信。“他们告诉我您上了电视作为嘉宾谈论了我和我的案子。”

听上去像是个指责，但是列维好像并没往坏处去想。“人们有必要也听听您的版本。您不能去现场，因此这就由我来做了。”

马迪尼没有什么好说的了，毕竟，律师通过广告获得了回报，同时人们需要的正是他的故事。“您跟我的家人联系了吗？我的妻子和女儿怎么样了？”

“她们很好，但是在您的羁押期间她们不能前来探视。”

反正她们也不会要来的，老师想。

“等着看吧，诉讼到来时我们将撤销指控，真相会水落石出的。”

离开比阿特丽斯·勒曼的家后，沃格尔差不多整个下午都漫无目的地沿着二级盘山公路开车。他需要反思，理清思路。他原本打算几天前就离开阿维乔特的，但至今仍然被困在那儿，被迫做他从未做过的事情，也不确定自己知不知道如何去做。

调查。

雾中人打乱了他的计划。现在，也许他正在白色遮蔽物里笃定地看着他——并且嘲笑着他。

那本所谓的安娜·卢日记就在旁边的座位上。沃格尔还没有打开它，因为并不确信自己这个举动是否正确。他必须先评估一下这样做的利弊。也许解决方案是把它丢掉，当然得烧了它，并把所有一切都给忘了。也许那个雾中人并不想露面，也许他只是想让他害怕。也许。但他就会罢休了吗？也许他也已经料到了这一步，探长自言自语道。为此他仍然还没销毁这个可以为马迪尼抵消罪名的证据。他也在头脑里权衡了一下用这本日记帮助老师出狱的想法，但是之后就会有人提出质疑，问他是否在这个案件中他也像先前德尔格的案子一样，伪造了调查证据。这种质疑会终结他的职业生涯。他完全没有去想关在监狱里的是不是个无辜的人。那不关他的事，再也不相关了。他还害怕雾中人真的会决定在三十年后继续犯案。如果这样的话，也会损害到沃格尔，因为在安娜·卢之后还会轮到其他女孩。一个红头发有小雀斑的女孩。谁家的女儿。但这也没多大关系，对于沃格尔而言。他首先考虑到的只有他自己。这不是玩世不恭，而是生存的本能。

车外面，太阳已经不可避免地落入黑暗之中。

在四处乱开了差不多三个小时之后，燃油表上的指针迫使沃格尔停了下来。车停在矿井沉淀池对面的广场上，他下了车嗅到了夹杂着灰尘的空气。在他面前是一连串的萤石堆。矿物质在黑暗中发出绿色的光束，像是北极光一样。周围没有人。沃格尔走近，就在那迷人的场景前，他拉开裤子开始小便。当他排空膀胱时，感觉也摆脱了压在肩头的一系列小过失。这当然是想象力的结果。但似乎有什么东西在试图引起他的注意。

车子座位上的那本日记在呼唤着他，似乎在说，你不能忽略我。

探长解决完后回到车内，坐下来拿起了小本子。他看着它，仿佛它是一件珍贵的遗物。然后，他被一阵突然的冲动所打动，抓住那把心形小锁，把它拔了出来。他又冷又热，情绪激动。

他随意翻开一页，立刻认出了安娜·卢·卡斯特纳的笔迹。

“妈的。”他嘀咕。然后他开始阅读起来，希望能找到什么再指向洛里斯·马迪尼的内容——随便什么，只要能证明他就是杀害了失踪女孩的凶手，只要能证明凶手不是那个雾中人。显然，说是老师把日记寄去给比阿特丽斯·勒曼不符合情理。但日记是女孩失踪的那一天寄出的，因此，无论是谁做的，都不是想帮马迪尼洗脱罪名，因为当时甚至还没有人怀疑他。不，那个包裹还有另一个意义。

是一个签名。

这就是沃格尔找不到安娜·卢和目前在狱中的那个人有任何联系的原因——这个女孩妒忌地试图保留在日记中的秘密是关于另一个人的。

“8月11日，我在海边遇到一个非常可爱的男孩。我只跟他说了几次话，觉得他想要亲吻我。但是这并没有发生。谁知道明年我们还能不能再见……他叫奥利弗，这个名字真不错。我决定每天用圆珠笔在我的左臂写上他名字的开头字母，真心地。我将在整个冬季都这么做，直到明年我再见到他。这将是我的秘密，一个为了我们再次相见立下的誓言。”

沃格尔快速地翻阅了其他页。还有别的几处也提到了神秘的奥利弗，这是她纯真幻想的对象，以及永远无法实现的愿望。

“奥利弗。”探长自言自语，开始重新思考这个还留在安娜·卢·卡斯特纳尸体手臂上的首字母。一个用笔画的小O正跟她一起慢慢耗尽，再没人会发现。

这个秘密跟她一起死掉了。

不过日记里还有其他的东西。当那张纸片从纸页中滑下来的时候，沃格尔并没有立即注意到。后来他把纸片从座位下面的垫子上捡起来，打开了它，看了下，立刻意识到并不是女孩把纸片放在了日记本中。

新的追捕线索是——一张地图。

1 月 22 日

失踪后的第三十天

沃格尔度过了一个不眠之夜。

地图就放在床边上的床头柜上，而他则把厚厚的羽绒被拉到下巴，剩余的所有时间都在盯着天花板，一动不动。脑中堆积如山的问题和疑虑使他无法思考。如今，一场新的比赛开始了，而他无法弃权。雾中人不允许他这么做。因此，眼前要做的事情只有一件。

向前进。

即使探长担心那个恶魔预言的结局对他来说不会是一件愉快的事。这是他在职业生涯中第一次害怕真相。

五点钟的时候他觉得在宾馆的房间里已经待够了，是时候采取行动了。他必须在这些事情中占领先机才能得救。因此，他挣脱了被子的束缚，从床上下来。穿好衣服之前，他检查了一下配枪，这支他多年来一直随身携带的手枪从来都只是充当背景。事实上，除了在射击场上，他从未开过枪，并且很怀疑自己还会不会射击。就像他也不知道如何保养武器，实际上，他通常把这个差事留给下属去做。由于情绪激动，他的贝雷塔手枪突然感觉变重了——焦虑改变了事物的一贯属性。他确定了枪弹匣全部装满，又试了下枪的套筒在筒座上滑动得很顺畅。但是他的手在颤抖。冷静点，他告诉自己。他开始穿衣服，但没有穿平时的那种优雅西装，而是挑了一件深色毛衣，一条休闲裤和一双穿着最舒适的鞋子。最后他套上外套就出去了。

大多数记者都放弃了阿维乔特。现在只有一些善后工作人员等待着此案的最后结果，但特派记者的名字已经改变。那些重量级人物都离开了。但是，沃格尔仍然担心会有一些实习生觉察到他的离开，这样就可以做出一条独家新闻，提前结束自己默默无闻的状态。因此，他在离开小镇时非常谨慎。他不停地注视着后视镜，以确保没有人跟随他。他边开车，边用一只手拽着张地图，试图找到方向。

在地图中心位置有个用红色的X标出的特殊点，地图上还有一些指示，因此他前一天晚上在户外用品店买了指南针。他避免去思考自己会发现什么。那个地方位于西北部，并不是个难以到达的区域，并且这些天搜救队已经在该区域搜寻过很多次了。那他们为什么没注意到什么呢？肯定没好好干活儿——沃格尔告诉自己。没有人真的在意能否找到安娜·卢·卡斯特纳。全是他一个人的错，他应该监督这些工作，可是他却恰恰将调查的决策权委托给了年轻且经验不足的博尔基，好让自己可以全力应对媒体。

映着红色朝霞的小溪流穿过山峰，开始像血河一样侵入山谷。沃格尔到达了指示地点的附近，但从那里开始便是树林了。他只得丢下汽车，拿着手电筒步行。地面略微有些倾斜，鞋子在覆盖着树叶的地面上直打滑。他紧紧抓着树枝方可勉强站立。树林里枝节紧密地交错，一根荆棘轻轻划伤了他的太阳穴。沃格尔甚至都没有察觉到。他时不时地停下来查看地图和指南针——必须在太阳升起之前速战速决。他害怕会被人注意到他在那儿出现。

一个小空地出现在眼前。根据地图，他已经接近红色的X。他的职业生涯跟自身性命不会受到威胁，这一切还真像是在开个玩笑。说到底，那就是个玩笑。那个雾中人在玩弄他。好吧，混蛋，就让我们看看你给我准备了什么东西。

手电筒的光束扫过地面，并没有发现异常。直到他将光线照到高处时，才发现一些东西。有人在树枝上放了一个饼干盒。德尔格的案子——他立刻想到。显然，雾中人很清楚他的弱点。沃格尔甚至能够解读出其中蕴含的讽刺意味。

而且他还知道他需要往哪里挖掘。

沃格尔戴上乳胶手套，跪到树下，把土壤上面的枯叶清理到一旁。然后他开始把潮湿的泥土扒开，不顾衣服被弄脏。不过他也不准备往太深了挖，因为假如安娜·卢·卡斯特纳的尸体果真埋在那儿，他并不想要看见它——他只需要确认一下就好了。但是，只挖了几厘米深的土壤之后，他就觉得触碰到了什么。一个不透明的塑料布边缘出现在他的眼前。沃格尔犹豫了一下，然后抓住它，用尽全力往上拉。

拉出来的是一个包裹，它被绝缘胶带完全密封住，以便保存好里面的东西。

探长将包裹在手中颠来倒去，试图搞清楚这可能是什么。他把包裹放到耳旁摇了摇，包裹发出了一种似曾相识的声音，像是婴儿的拨浪鼓。不过不管那个雾中人的礼物是什么，它看起来都不像是一块人的身体。让我们终结它，他告诉自己——这时他的恐惧渐由愤怒所取代。他决定打开包裹。包裹经过了仔细打包，沃格尔花了好一会儿才将它除去。但是，当他识别出那个物体时，更深的恐惧汇集成了一种难以吞咽的东西，锁住了他的喉咙。这一次没有丝毫的讽刺意味。

那个雾中人要给沃格尔——这个电视上的警察——的礼物是一盘录像带。

监禁强化了感官。这些日子里，他在身不由己的孤独中发现了这一点。他被剥夺了阅读报纸或观看电视的可能性，石英腕表也被带走。但是，他能够通过厨房散发的气味来猜测他们何时开始准备饭菜，如此他知道早餐、午餐或晚餐的时刻即将到来。牢房像是一个胚胎，所有进入的东西都会被留下来牢牢锁住——就像他一样。如今连监狱的噪音对他来说都是熟悉的。当他听到狱警的钥匙串在走廊上的自动门那儿叮叮当当作响时，便知道夜班结束了，将由早班的同事进行交接。粗略估计是六点钟。

视线被厚重的铁门挡住，无法看见外面发生的事情，但是通过门口裂缝透进来的光线，可以了解到很多事情。当他发现微光里多了些阴影时，便明白很快就会有人进入牢房。他站起身来，等待钥匙在锁中转过那几圈。然后门打开，两个人影逆着光出现了。

这是两个他先前从未见过的狱警。

一个人说："把您的东西都带上。"

"为什么，我们要去哪里？"

没有人回答他。马迪尼按照他们的命令，拿起了监狱里的棕色毛毯、铁皮罐子和汤匙，以及从这边小卖部购买的小块肥皂、小瓶的洗发水跟沐浴露，它们是他当下仅拥有的东西。然后他跟随着狱警。

老师以为他们只是想让他换一间牢房，然而他们经过了整条单人牢房区域的走廊，一直到栏杆铁门。并且那里——第一个奇怪之处——没有一个狱警。再穿过几条走廊，他们乘坐电梯上了几层楼。这一路上一个活人都没遇见——第二个奇怪之处。不可能所有的狱警都同时离开他们的岗位。此外，牢房里也是异常地沉默。通常，在那个时候，囚犯们已经站起来，大声喊叫着索要早餐。马迪尼又想到了刚刚过去的那个夜晚。没有人竭尽全力地尖叫或威胁他让他彻夜难眠——第三个奇怪之处。

他们到了一个安全门前面，当老师看到墙上的 F 标志时，他意识到他们即将进入普通囚犯区，立即警觉起来。“等一下，”他说，“我是一个特殊囚犯，必须单独监禁。这是法官的命令。”

两人并不理会他，把他推得到更远。

马迪尼突然感到恐惧。“你们听懂我说什么了吗？你们不能把我跟其他人放在一起。”他的声音颤抖着。守卫们对他的抗议毫不感兴趣，用力地提着他的胳膊。

他们来到一间牢房的门前。一个狱警将其打开，而另一个则转向老师。“您在这里待一会儿，我们之后回来接您。”

马迪尼迈出了一步，犹犹豫豫地。门槛另一边非常阴暗，没办法看到里面有什么东西或是有谁在里面。

“向前走，进去吧。”狱警敦促道，这语气倒是令人放心。

马迪尼的脑中闪过一个念头。他相信这些人像监狱中的其他所有人一样恨他。但是他们为什么要伤害他呢？他们与囚犯不同，他们有义务遵守法律。因此，他决定相信他们并走了进去。门在他身后关上，他站着不动，等着眼睛适应黑暗。但是，他听到了周围的杂音——细小的声音，沙沙作响。

监禁强化了感官。他明白这儿并不只有他一个人。

当第一拳击中他的脸时，马迪尼立即失去了平衡。他手里拿着的东西与他一起摔在了地上。紧接着便是一系列的拳打脚踢从四面八方袭来狠狠压制住了他。他试图用双臂保护自己，但没法挡住拳脚暴击。他尝到了鲜血的味道，脸上的伤口火辣辣地疼。肋骨都要断了，他呼吸急促。但是过了一会儿他便什么也感觉不到了。只剩下一具在地板上做无用挣扎的肉身。

行尸走肉。

没有更多的痛苦，只有疲乏。头脑比身体提早屈服了，让自己陷入一种麻木之中。只有手臂继续进行着激烈而毫无用处的抵抗。即使在黑暗中，他也能知道自己的双眼模糊了。当一切都将要消退时，一束光照进了他的视野。光线来自他的背后。他感到自己被用力拎起，并拖到牢房的门外。他获救了，而且永远也不会再发生了。

接着，他便失去了知觉。

他躲在学校的贮藏室里，那里有着老式监控系统的录像机。黑暗中只有监视器上的光亮着，反射的光照在沃格尔的脸上，像给他戴上了一只阴影面具。

警察将录像带插入槽口，稍一用力录像带便被吞了进去。接着便发出一系列声音——齿轮紧紧卡住磁带，将它从卷轴上展开。电影开始了。

首先是一些灰色噪点制造出令人讨厌的沙沙声。沃格尔调整了音量，因为希望声音不要传出那个房间。几秒钟之后，图像突然改变了。

一条窄窄的光束在不透明的表面上移动。脏污破碎的瓷砖。背景中传来摄像机麦克风发出的噗噗声。拍摄的人正试图把它调整好。然后，镜头沿着一堵墙停在了一面镜子前，镜子反射出摄像机镜头上方的补光灯。在强光之下，只能看见拍摄者戴着黑色手套的手。然后他走到一边，为了让人看见他的正面。他戴着蒙面头套，唯一可见的人脸部分是他的双眼——远远地，难以辨认。空洞地。

雾中人，沃格尔对自己说。他等着他说话或做点什么，而他却停在那里。一动不动。能听到的只有他的呼吸——平静，规律。是在一间小浴室里，听得见回声。那是什么地方？他为什么想要给他看？探长靠近屏幕更仔细地看着，他发现在这家伙的身后有一条破旧的毛巾挂在一个钩子上。

毛巾上面，有一对配成对的绿色小三角形。

沃格尔试图弄明白那个符号的含义时，屏幕上的那个人在摄像机前抬起他的另一只手，用戴着手套的手指比划起了数字。

三……二……一……

然后，摄像机突然晃到一边。戴着蒙面头罩的脸从镜子中消失了，原先位置的地方出现了一个清晰的点，在背景里。镜头花了好一会儿才对准焦点。

然后他看到她了。沃格尔吃惊得从椅子上跳起来。

浴室的门槛外面，有一间房间—— 一个废弃旅馆的房间。一个细瘦的身形坐在一个肮脏床垫脚下的角落里。摄像机补光灯发出的光使她看起来像包裹在一个明亮的光环之中，周围是威胁着她的黑暗。她弓着背，手臂下垂，姿势表明了她的顺从。这个女孩的皮肤非常白，身上只有一条绿色内裤和一个紧贴在胸前的白色胸罩。是小女孩子的那种内衣。镜头锁定了她。她的凌乱卷曲的红发垂在脸前，只能看见一串口水从她半张开的嘴巴一侧淌出。她每一次呼吸时，瘦弱的肩胛骨都会升起，然后又缓慢降低。嘴唇的呼气在寒冷中凝结，但她没有颤抖。好像什么都感觉不到。

安娜·卢·卡斯特纳好像几乎失去了知觉，也许是某些物质导致她意识模糊不清。沃格尔仅仅从左前臂上画的圆圈识别出她。小 O，是奥利弗，是那个在夏天让她发现爱情的男孩。她只向日记透露了这个小秘密。

摄像机冷酷地徘徊在她身上。然后那个女孩微微抬起头，好像想说些什么。探长等着，但他害怕听到她的声音。当她开始喊叫时，录影突然停止了。

他首先做的，是销毁掉录像带。他把磁带扔到学校的燃油锅炉中，确保磁带已完全烧毁——他万万不能让别人在他的东西里找到这个。现在，沃格尔已经变得偏执。

他也打算销毁安娜·卢的日记，但他及时地又想了想。比阿特丽斯·勒曼可以证明她已将其交给了他，因此销毁这个证据并不是个好主意。而且，基本上，日记里没有可能连累他的信息。于是他决定保留日记，但他将其藏到了仍用作他办公室的更衣室的一个储物柜里。

然后，沃格尔开始在网上搜索。他必须找到实施绑架的那个废弃旅馆。他确定那个视频是一个邀请函。如果他在那个房间里发现了安娜·卢·卡斯特纳的尸体，那么他依然可以操控现场，以便将谋杀的责任推回到老师身上。

这就是雾中人想要的东西，警察已对此深信不疑。

否则他为什么要引导他去发现真相？为什么向他展示小女孩的录像带？如果他仅仅想要售卖绑架的原创录影，他就会把它发给媒体，而不是发给他。

沃格尔在网上搜索了阿维乔特过往的旅游机构，重点关注那些因开采矿山吓跑游客而被迫歇业的宾馆。其中的一些依然保有官方网站。他没有太多的细节可用。但最重要的是那对配成对的绿色小三角形。而正是要感谢这个标志，他找到了一家旧宾馆。

那对小三角形是由两棵松树的形象转换而来，展现在一个生满了锈的招牌上。

沃格尔到了一个铁艺大门前，铁门里面是个花园，有一栋建筑物占据中心位置。已经过了七点，附近没有人，同时也是因为宾馆离阿维乔特很远，地处偏僻。

沃格尔发现铁门并没有上锁，于是他推开了门的两边，把车开了进去。然后他走出驾驶室重新关上铁门。他把车灯熄灭，开过短短的小道，将车停在门廊下，这样便没人会注意到这辆车。

宾馆有四层楼。房间的窗户都用木板封住了，但入口大门上的木板被移走了一部分。他钻进去，然后才打开随身带着的手电筒。

眼前的场景令人沮丧。尽管这座宾馆仅仅停止运营了五年，但像是至少过去了五十年。惨绝人寰一词似乎由它而来。家具几乎都不复存在了；阴影中旧沙发的框架全都生了锈。湿气侵蚀了墙壁，使墙壁覆盖上了青绿色，淡黄色的浓稠液体从墙壁上滴落下来。地上是一大片废墟和一块块发霉的木头。腐烂的气味主导着所有的一切。沃格尔经过曾经是接待处的柜台，柜台后面是摆放钥匙的架子。现在他的脚下是一个水泥楼梯，在这楼梯上面曾一度铺着优雅的地毯，酒红色的地毯残片仍然覆盖了几小步路。

他开始上楼。

到达一楼时，面前有一块牌子，上面指示着左右两边走廊上的房间号——从 101 到 125，从 126 到 150。考虑到这儿有四层楼，沃格尔意识到他不可能一上来就找到房间。但是他不想在那儿逗留太久。到那时，他才想到了一个迄今为止忽略的视频中的细节。在给他看安娜 · 卢之前，那个雾中人曾用一只手数了数字。

三……二……一……

原来根本不是在倒数。这不是一个戏剧性效果，而是那个狂人的另一个戏弄。他是在向他指出他们在哪里。

321 房位于宾馆的三楼，靠近左边走廊的尽头。沃格尔站在门口，将手电筒指向房间里面。光束探索着周围的环境，最终停留在安娜 · 卢坐过的肮脏床垫的那个角落。

但是，房间里并没有尸体——甚至没有气味。

也没有有人逗留过的痕迹。怎么回事呢？探长问自己。随后他意识到卫生间的门是关着的。他缓缓走近那个门，把手放在门框上，仿佛他能用这个姿势感知到什么——死亡和破坏的力量。在门后面，恶魔已经完成了他那令人毛骨悚然的拍摄。

他想要我打开它，他告诉自己。现在，他就在沃格尔的脑袋里，指挥着他。

如此，他抓住了把手，慢慢地将其向下摁，直到听到锁发出一声咔嗒声。他推开了门。

他被一道亮瞎眼的光击中。

就像是遇上了爆炸，但是没有热量。一阵极白的冲击波袭击了他。

“对准他。你做到了吗？”女声说。

“是的，我拍到了！”有人回复她。

沃格尔退后一步，继续举起手臂遮住眼睛。在亮光中，他分辨出一个带摄像机的男人，而在他身后，还有第二个人，她伸长了手臂将什么东西放在他的下巴下面。

一个麦克风。

“探长沃格尔，您如何解释您出现在这里的原因？”斯黛拉·霍纳没给他任何喘息的机会。

警察一直极困惑地退缩着。

记者追上了他。“我们的信息网络收到了一段有关安娜·卢及绑架者的视频。您是知道那个女孩曾经在这家宾馆里面待过吗？”

沃格尔差点跌坐在脏床垫上，但他设法保持住了平衡。“让我静一静！”他大喊道。

“您是如何发现的，为什么不跟大伙儿透露这个信息？”

“我……我……”他支支吾吾地，头脑里面一片空白，甚至没有声称自己是公职人员，并质问他们在那儿做什么。“你们让我静一静！”他听到自己再次大喊，不敢相信这是他自己的声音——如此犹豫、刺耳、摇摇欲坠。

也就是在那一刻，沃格尔意识到自己的职业生涯将永远结束。

2月23日
失踪后的第六十二天

在那个一切都将永远改变的夜晚，弗洛雷斯看着沃格尔在屋里走来走去，观察着墙上的鱼类标本。

“医生您知道吗，您的鱼长得都差不多。”

弗洛雷斯笑了，说：“实际上它们都是一种鱼。”

沃格尔不可思议地转过脸去看着他：“同一种？”

“Oncorhynchus mykiss。”精神科医生又重复了一次，“它们都是虹鳟的标本。不同的地方只有一些颜色上的细节或是形状。”

“您是想跟我说您只收集这个种类的？”

“是很奇怪，我知道。”

但是沃格尔不能接受这种理念。“为什么？”

“我想跟您说，因为这是一种引人入胜但很难捕获的物种……但也并非如此。先前告诉过您我有心脏病。唉，当它发作时，我正独自一人在山上的一个湖边。当时有东西刚刚咬上了钩，我就用尽全力去拉杆子。”弗洛雷斯模仿着当时那个姿势，“换来的是我左边手臂的剧烈疼痛，手臂太用力了就抽筋了，但我没有松手。当痉挛扩散到胸部直至胸骨时，我才知道大事不妙，接着就朝后倒下去并且几乎失去了意识——只记得在我旁边的草地上，这条巨大的鱼也奄奄一息地盯着我。我们都快要死了。”他笑了，“您不觉得挺傻的吗？那时我还年轻，才三十二岁，但那个标本也正活力充沛。我凭着身体里仅存的微弱呼吸呼叫了救命。算我命好，正好有个猎场看守人经过树林。”他指着墙上的一个标本。“就是那条虹鳟鱼。”

“这个就是故事的意义吗？”

“不存在。”弗洛雷斯否认道，“只是从那时起，每次我逮到一条 Oncorhynchus mykiss，它最后都成了标本，挂在了这些墙壁上。标本的防腐处理是我自己做的。我有一个小工作间，就在家中的地下室。”

沃格尔似乎很感兴趣。“我应该把斯黛拉·霍纳做成个标本。那个妖精欺骗了我。我应该猜到安娜·卢的绑架者不仅仅通知了我……”

弗洛雷斯再次变得严肃起来。“我认为您今晚在阿维乔特的出现绝非偶然。车祸是这样的：您开出马路的时候，正在逃跑。”

“这个假设很有意思。”沃格尔承认道，“但是我究竟在逃避什么？”

弗洛雷斯坐到自己扶手椅的一边扶手上。“您没有震惊。所以您不是真的失忆了。相反，您记得所有的事——没错吧？”

沃格尔回到原先的地方坐下来。他将手放在羊绒大衣上，抚摸着它的面料，似乎是想要感受它的柔软。“我必须失去一切，因为在我内心深处产生了一个深深的念头。因为这一次，我并不只是想着自己的回报。”

“那么，是怎样的反思会让您永远改变您看待事物的观点？”

“在左臂上用圆珠笔画了一个小小的O。”沃格尔模仿着这个动作，“我第一次读安娜·卢日记中的一页文章时，并没有注意到可怜的奥利弗①。后来我才想到他。”

“可怜的奥利弗？”

“是的，是那个在夏天没能鼓起勇气去亲吻安娜·卢的男生，他丢了一些东西。他也是，就像其他所有人——安娜·卢的家人以及其他认识这个女孩的人一样。但是，与他们不同的是，他不知道，并且他永远也不再会知道……安娜·卢这个人死了，她从没有过的孩子们也不会出生，还有她的孙子辈……他们世世代代都不会存在了。所有这些被束缚了的灵魂应该得到更好的……一次复仇。”

弗洛雷斯心中觉察到揭示真相的那一刻来了。“您衣服上的血是谁的呢，沃格尔探长？”

对方抬起头，毫不含糊地笑了。“我知道是谁的。”他说着，眼睛里放出了光，“我今晚杀死了那个恶魔。”

① 奥利弗，原文为Oliver，以O开头的人名。

1 月 31 日

失踪后的第三十九天

发布会并没有立即召开。

在霍纳的独家新闻发布之后，马迪尼又过了十天的监狱生活。当局必须进行一段时间的调查，才能确定绑架及涉嫌谋杀安娜·卢·卡斯特纳的嫌疑人是一个对红头发女孩们充满热情的连环杀手，在沉寂了三十年之后，又莫名其妙地展开了行动。

雾中人。

比阿特丽斯·勒曼赋予他的绰号立即受到媒体的喜爱，事实上，媒体已经采用了这个称呼，又开始连篇累牍地报道这个案件。戏剧化的转折引起了轰动，但公众的胃口仍然未被满足。

马迪尼躺在病床上，他这十天受到的待遇与之前相比真是天壤之别。他们以他的健康为由，作为尚未释放他的官方借口，而实际上——他非常清楚——当局希望他再次公开露面之前，再看不出他在监狱中遭受殴打的痕迹。这个他可以理解，毕竟列维已经在镜头前威胁说要控告警察局局长，并且将部长也卷进了这桩丑闻里来。

当他们让他收拾好自己的东西，因为家人要来接他时，马迪尼几乎不敢相信。他艰难地站起来，缓慢地开始将自己的东西收进床上一个打开的大包里。他的右前臂打着石膏，但依然随着动作而撕心地疼，绷带把他缠得紧紧的，他时不时觉得喘不过气，不得不停下来。左眼周围是一圈紫色的淤青，并一直延伸到脸颊，那里现在已呈淡黄色。他整个身上都有着类似的淤青，但有一大部分现在被吸收了。他的上唇裂了口，缝了不止一针。另一方面，可追溯到安娜·卢失踪那天的左手伤口已完全愈合了。

大约十一点钟，一名狱警说监狱长已经签署了检察官梅耶发出的释放令，现在他可以走了。马迪尼拄着拐杖，狱警帮他拎着包，陪同他经过走廊，到达囚犯与家人会面的小厅。那像是一段无尽的旅程。

门开了，马迪尼看见焦急等待着他的妻子和女儿。她们脸上的笑容很快被沮丧的表情所取代。律师列维也在场，已经为她们将看到什么打过了“预防针”，但是当她们看到他时，还是大吃了一惊。没有人能为此做好准备。并不是因为他拄着拐杖或是一脸的惨灰而熄灭了她们的热情，而是她们立刻发现站在面前的人是她们完全陌生的。这是一个体重减轻了二十多公斤的男人，尽管他试图通过蓄起稀疏而刚硬的山羊胡子来掩盖，但面庞极度消瘦，已然走形。但最重要的是，这个四十三岁的男人看起来就像个老人。

马迪尼向她们一瘸一拐地走来，试着露出最灿烂的笑容。然后，克莱尔和莫妮卡终于从震惊中晃过神来，朝他跑去。他们拥抱了很长时间，并默默地哭泣。当妻女将头沉入他的怀中时，老师亲吻了她们的后颈，抚摸着她们的头发。他说："结束了。"都结束了——他告诉自己——因为他仍然难以相信。

然后，克莱尔抬起眼睛看着她，就像经过很长时间才又重新认识了他一样。洛里斯明白那个注视的含义——克莱尔在向他道歉，因为她没有在他最糟糕的时候在他的身边，而是让他孤身一人，最重要的是，还对他表示过怀疑。马迪尼点了点头，这足以让彼此都明白，一切都不再介怀。

"我们回家吧。"老师说道。

他们坐上了列维的梅赛德斯。律师坐到了前排，司机旁边的那个位子，他们一家三口占据着后座。他们使用了秘密通道设法绕过堵在监狱前的记者们。但是，当深色玻璃窗户的汽车驶上家门口小路时，一堆麦克风和摄像头又重新出现在他们面前，还有一群好奇的围观者。

马迪尼在克莱尔和莫妮卡的脸上发现了像从前一样的恐惧——那种求生不得的恐惧。列维从前座转过身来，安慰她们："从今往后，一切都将不一样了，你们看着……"

的确，当人群看到汽车转进住宅旁的小路时，就开始用力鼓掌，甚至有人大声鼓励。

列维先一步下车，拉开了车后门，使得终于再次团聚而幸福起来的马迪尼一家出现在摄影师和摄像师面前，满足了他们的拍摄需求。克莱尔第二个下了车，接着是莫妮卡，最后是老师。掌声和欢呼声越来越大，淹没了他们，出乎意料。

马迪尼环顾四周。当闪光灯在他疲惫的脸上照亮又熄灭时，他看到了许多邻居。他们大喊他的名字并跟他打招呼。还有齐齐整整的奥德维斯一家，包括他们家的那个一家之主，他几周前还在电视上诽谤他，现在却正设法吸引他的注意力，欢迎他回来。老师不去想那个节目的虚伪，相反，他宁愿表现出自己没有任何怨恨——他挥起了手臂感谢所有在场的人。

进了家门，马迪尼径直走向沙发。他很累，腿酸疼不已，需要坐下来。莫妮卡伸出一只手，从侧面扶着他。她帮助他坐了下来，然后把他的脚抬起放在小凳上，帮他脱下鞋子。如此温柔的手势是他从未在女儿身上期待过的。“你要我给你拿些什么吗？茶或者三明治？”

他摸着脸颊。“谢谢你，我的宝贝，我现在这样就很好。”

另一方面，克莱尔非常活跃：“我现在就准备午餐吧。律师，您也和我们一起吃饭吧？”

“当然。”列维回答道，他知道不能拒绝这个邀请。当克莱尔走向厨房时，他转向了他的客户：“吃完饭后，我们两个人得好好谈些重要的事情……”他眨眨眼说。

马迪尼对律师想要谈论的话题已经有数了：“好吧。”他回答。

这些天来，他一直被关在阿维乔特那间该死的宾馆房间里。他不得不拿出行李箱里的东西并对当局随时待命。梅耶选择的处理办法非常完美——既代表了所有，又什么都没有。他们没有任何逮捕他的理由，因为对他的调查仍在进行中，但与此同时，他无法离开那里，因为检察官总是需要他澄清一些问题或询问他一些问题。沃格尔不怕情况会变严重。当时为逮捕老师而伪造的证据仅仅是个难以举证的假设。官方的说法是证据遭到意外污染，不便细说。但是，加上德尔格案那笔老账，这样的插曲着实为他的事业竖起一块墓碑。

当沃格尔紧张地在逼仄的房间里走来走去，频繁往来于浴室和床之间时，他认为他应该不会被解雇：他们本来想要他主动辞职的，同时也为了减轻丑闻对警界的影响……接着，他的撤职将悄悄地进行，算作他以普通的“个人原因”请辞。从这个意义上说，雾中人算是帮了他一个忙——如今媒体和舆论的注意力都只集中在这个人身上，其余的都是次要了。因此，探长只需要灵活些，谈好他本人退场的条件。

但他仍旧不甘心。

他不想这样就被判出局。多年以来，他解决了一些备受关注的案件；多年以来，他的上级们也都从他的工作中得益。在那些案件的总结新闻发布会上，他都在自己身边给他们留有一席之地，一同受功领赏，他是他们谋取事业的基石。这群杂种。现在他需要他们了，他们又到哪里去了？现在轮到他要擦屁股了，他们究竟在哪里？

他如此生气是因为梅耶召开了个新闻发布会，并于前一天晚上在所有的媒体上播放了。

“从这一刻起，调查又开始了。”那个先前不喜欢出现在电视上的人说，“我们有了新的线索，我们还将为在安娜·卢之前失踪的六个女孩伸张正义。”她这么承诺着说——明明知道事情已经过了三十年，想要兑现几乎是不可能的。

当有人问警察现在是否在追捕雾中人时，那个不知感恩的警探博尔基回答道：“你们这些记者喜欢给疑犯起暗示性的名字来激发公众的想象力。我却更愿意去想象他有一张脸和一个身份，而不是简单地将其妖魔化。只有这样我们才能将其逮捕归案。”沃格尔认为，这个男孩很快就适应了。也许是他低估了他。你还需要你的妈妈给你擤鼻涕呢，你是永远没办法承受压力的。

但是真正使他震惊的是，老师现在被包裹着神圣光环。从“恶魔”到“体制的受害者”的转变几乎就是一转眼的事。另外，由于媒体有可能因损害他人道德和声誉而被起诉，所以有很多要求他原谅的地方。那些攻击了马迪尼数周的记者，现在又转对沃格尔发起群攻了。因此，被迫留在阿维乔特的他无法走出这该死的宾馆房间。在那外面，一群人在等着他，等着把他钉在十字架上。

但是我不会埋着头默默走开的，他告诉自己。他已经想到了一条出路，不仅更加体面，还更加有利。如果真的要结束，那么他也必须将能收获到的利益最大化。至少金钱可以部分地缓解他的挫败感，并治愈他遭受到的创伤。是的，这是一个正确的主意。

他只需要取回某个小玩意儿即可。

午饭后，马迪尼说自己感觉非常疲惫，于是向克莱尔、莫妮卡和列维致歉后便去了楼上的房间休息。他睡了将近五个小时，重新醒来时希望律师已经离开了。他还没有准备好面对他想谈论的话题。可是，当他下楼走到客厅时，律师仍然还在那里。外面已经黑了，列维坐在克莱尔旁边的沙发上。他们俩手里都拿着一杯热气腾腾的茶，聊着天。当他们看到他出现在楼梯上时，他的妻子起身去帮助他直到他在扶手椅上坐下。

律师笑着说：“我先前确信您会一直睡到明天早上。”

“您从不放弃，是吗？”马迪尼猜测着他的把戏，回复道。

“这是我的工作。”对方回答。

“好吧，那就请告诉我，您需要告诉我的那些话，然后咱们就可以让您的任务结束了。”

“可以的话，我希望您的全家人都在场听一听。”

“为什么？”

“因为我已经知道，那很难让您觉得有道理，所以我需要将我能得到的支持最大化。”

马迪尼哼了一声。但是克莱尔握住了他的手。“我把莫妮卡给叫来。”她说。

不久之后，大家都聚在了客厅里。

“好，”那位律师在这时开始说话，“现在每个相关的人都到场了，我来告诉您，您是个白痴。”

马迪尼惊讶地大笑：“您不认为，我已经受够了侮辱？”

“好吧，这样说吧：我说的话是最符合现实。”

“为什么呢？让我们听听……”

列维交叉了腿，将茶放回茶几上。“那些人都欠您的。”他指出，“他们差点毁了您的生活，而且眼见为实，他们几乎成功了。”

“那我又能怎么办？”

“首先，要对监狱提起诉讼，还有检察院。然后索要一笔巨额赔偿，因为警方在进行调查时针对了您。”

“但最后我也得到了公正，不是吗？”

列维充耳不闻，继续说道：“不仅如此，对于发生的事情，媒体至少也要与警察一样负责。他们在法庭之外对您开庭审讯，更糟糕的是，媒体对您的‘宣判’甚至让您连辩护的机会都没有，因此他们也要付出代价。”

“以什么方式？”马迪尼怀疑地问，“那些人以新闻报道自由为借口，以此全身而退。这是没用的。”

“但是他们仍然必须在公众面前保持面子，否则他们就有失去信誉的风险，如此便会失去收视率。而且现在人们想听听您的版本，与您一起庆祝重新获得的自由……以及在必要的时候，奉承您。”

“我应该要求到电视上去重塑我的形象吗？”

列维摇了摇头：“不。您必须要他们为此给您报酬，只有这样您才能真正得到补偿。”

“我应该将采访卖给出价最高的人……您是这个意思吗？”马迪尼吓到了，“正如我上次已经跟斯黛拉·霍纳说过的那样，我不会在卡斯特纳一家的悲剧上投机。”

“这并不是在一个小女孩的悲剧上投机，”列维否定道，“您只是在您自己的事情上投机。”

“都一样的。我只想忘记这个故事，同时也让自己被遗忘。”

列维把目光转向了一直保持沉默的克莱尔和莫妮卡。“我知道你是个正直的人。”妻子轻轻地说，“并且我理解你所有的理由。但是那些混蛋伤害了我们。”她最后的那句充满了意外的愤怒。

马迪尼转向莫妮卡。“你也这样认为吗？”女孩点点头，眼睛里充满泪水。

列维提起他身边的公文包，从里面拿出一沓纸。“这是一家出版社的合同，他们建议将您的故事写成一本书。”

“一本书？”马迪尼大吃一惊。

列维笑了。“您仍然是个文学老师，不是吗？您将通过即将出版的这本书，受邀做客广播或接受网络、报纸的采访……这种特殊的‘文化机遇’将使您和这件事变得更加高尚。”

马迪尼摇了摇头，他被逗乐了："你真是把我逼到了死角。"然后他再次看了看妻子和女儿，叹了口气，"我同意了，但也不要没完没了。我想尽快结束所有这一切，好吗？"

晚上十一点，博尔基仍然坐在学校体育馆他的那张办公桌旁。其他人都已经离开了，他旁边的灯在空荡荡的大房间里孤独地亮着。警探正在研究安娜·卢·卡斯特纳之前发生的那六起失踪事件的报道——当年的报道很少。实际上，受害人的形象是相符的，可以真的假设有一个连环杀手。为了联系起这些巧合，宾馆视频中的那个人在收手了三十年后又回来，这次，甚至还想得到"荣誉"。

但这个人为什么要这么做呢？

在这一点上，年轻的警探百思不得其解。为什么要间隔这么多年？当然，在那段时间里他可能还犯了案——但是，是在其他什么地方，或者由于什么不可抗拒的力量阻止了他犯案。例如，他可能因另一项罪行而被判了很长的刑期，然后一朝被释放，他便重新采取了行动。然而，他更改了作案手法。在前六个案例中，他都将自己的身份掩藏得非常好，而在第七个案例中，他吸引了所有人的关注。的确，三十年前，媒体还没有准备好为恶魔们预留舞台，但是对于博尔基来说，这依然是奇怪的。

那天下午他又去拜访了一次比阿特丽斯·勒曼。这位长时间保存了案件文档、希望有人敲门问她的女人，以异常的冷淡跟他打了招呼。头几次，在博尔基的印象中，这位年长的记者挺重视与警察的合作。但是在最后这次拜访之后，他不再确定了。

"我已经告诉过你们我所知道的一切，"她在门口严厉地说，轮椅丝毫未动，并没有让他进屋的意思，"现在别来打扰我。"

事实并非如此，勒曼隐藏了一些东西。博尔基发现，在安娜·卢·卡斯特纳失踪后的几天里，该记者曾多次试图与沃格尔取得联系。怎么了呢？她说她当时只想请他接受个采访，而探长否认跟她见过面。但是他俩都没说真话。博尔基了解沃格尔的意图，他想要避免一些麻烦，例如可以在不通知其上级的情况下进行调查。但是勒曼说谎的原因是什么呢？此外，这个记者先前收到了个包裹。他们是在一次搜查的过程中发现这个古怪的情况，因为比阿特丽斯不跟任何人有交集，也从不会收到信件或包裹。包裹里有什么呢？跟沃格尔有关系吗？

那个下午在这个女人要在他面前关上门的时候，博尔基瞥了一眼房子，一个细节立即跳进了他的视线。在进门口旁边的烟灰缸中，除了勒曼自己抽烟留下的很多烟头之外，还有其他品牌的烟头。斯黛拉·霍纳也来过这儿，警探想到。现在，勒曼出于某种特殊原因而保持了沉默。她被收买了。博尔基不怪她。多年来，她一直孤孤单单的，没人关心在意过她。他们忘记了她以及她为之奋战的当地报纸。现在，她重获机会对此进行弥补。

当他仔细阅读着第一起被绑架者——卡娅·希尔曼的失踪报道时，听到有声音在体育馆中发出回响。博尔基警惕地抬起头。但是，由于桌上的台灯，他什么也没看见。因此，他把台灯照向了房间的其余部分，四处都照了一遍。他不明白那个响声从何而来。但是，他注意到更衣室门下快速地闪过一道白光。

博尔基便起身去查看了。

他慢慢地打开门，看到一个拿着手电筒的阴影笼罩在储物柜旁边。警探拔出了枪。“不许动。”他把武器瞄准对方，冷静地说道。

阴影停下了。然后举起双手开始转身。

“您在做什么？”博尔基一认出是他，就问道，“您不能在这里逗留。”

沃格尔脸上堆出假惺惺的微笑。“我认认真真看了你在电视上的表现，你知道吗？你做得很好，有两把刷子。”

“您在做什么？”这个年轻人重复道。

“不要对你的老师这么严厉。”沃格尔假装生闷气道，“我只是过来取走属于我的东西。”

他说：“这里不再是您的办公室，这个房间里的一切东西为了进行针对您的调查，已经都被没收了。”

“我知道规则，博尔基警探。只是，有时候，警察们对待同事还是会网开一面的。”

沃格尔的乖巧语气开始引起了他的紧张。“告诉我您从那个储物柜中得到了什么。”

“无可奉告。”

探长在向他挑衅。“现在告诉我。”博尔基坚持说，试图表现得很决绝。即使他不再瞄准，但仍然拿着枪。

沃格尔慢慢放下左手打开外套，然后将右手从容地滑入内部口袋，拉出他平时用来做笔记的那本黑色记事本。

博尔基说：“把它放在桌子上。”沃格尔服从了。“现在我必须请您离开这幢楼。”

当沃格尔向着出口越走越远时，年轻的警探继续用眼睛盯住他，他确信对方不会错过最后一击。实际上也的确如此。

“我们本来可以组成一支了不起的团队，我跟你……”他轻蔑地说，“但是也许这样更好。祝你好运，小伙子。”

沃格尔走开后，博尔基放下武器，叹了口气。然后他走到沃格尔放下记事本的桌子边。他一直对探长在本子上记下了什么感到好奇。他对这种工作方式着迷，似乎沃格尔什么都不愿错过。但是，当他打开了记事本查看里面的内容时，发现页面上只有满眼的用银质钢笔绘制的淫秽图画。露骨、低俗和幼稚的性爱场景。他难以置信地摇了摇头。那个人绝对是个疯子。

沃格尔在学校体育馆外面空无一人的广场上走着，洋洋得意于自己骗过了博尔基，使他相信他回到那里是要取回记事本。他不在乎那个年轻的警员如果发现记事本里面的东西会怎么想。因为他真正从储物柜里带走的东西更重要。

他拿起手机打了个电话，等着电话那一头回答。“比其他人快二十五分钟，”他说，“我总是信守诺言。”

“你要干吗？”斯黛拉生气了，“你现在已经没有东西可以卖给我了。”

“你确定吗？”沃格尔本能地将手伸进外套的口袋里，“我敢打赌比阿特丽斯·勒曼告诉过你一本日记……”

霍纳沉默了。不错，沃格尔对自己说，她感兴趣。

“实际上她没有告诉我太多。”那个女人谨慎地承认。

他猜对了——她俩是见了面。“真遗憾呀。”

“你想要多少？”记者开门见山。

“时机恰当的时候，我们再讨论细节吧……但我还有个其他要求。”

霍纳笑了：“你这处境不要再谈条件了。”

“这不是要紧事。”探长挖苦道，“我听说，当你的独家新闻把我毁掉之后，你的电视台把一个室内节目交给了你。恭喜啊，你终于不需要在室外忙前忙后做个屁股冻僵的特派记者了。”

“我简直不敢相信：你是说要我邀请你参加节目吗？”

“我还希望能跟另一个人一起。”

“谁？”

“马迪尼老师。”

2月22日
失踪后的第六十一天

他坐在一个倾斜着的扶手椅上，面前的镜子围着一圈明亮的白色灯泡。他把面纸塞进衬衫的领子，以免弄脏。化妆师将沾了粉底的柔软刷子扫过他的颧骨，沃格尔闭着眼睛享受着这样的轻抚。后面几米处，节目组的服装师正在给他熨烫外套。为了上节目，他选择了一身蓝色的羊毛布西服，胸前口袋里插着一条黄色的真丝袋巾，灰蓝色领带上是细碎的繁花图案，而袖扣则用了玫瑰金的简约椭圆形。

斯黛拉·霍纳没敲门就冲进了化妆间，身后是一个五十多岁拎着公文包、仪态庄严的男子。“我们已经准备好开始了。”这个已经穿好深色套装要去上节目的女人宣布道。她伸出手：“日记在哪儿？”

沃格尔没有转过身，甚至连眼睛都没睁一下。“我亲爱的，万物皆有时。”

“我这部分的协议已经达成，现在轮到你来尽自己的本分了。”

"我会的，不用操心。"

"不，我怎么能不操心。"对方反驳道，"谁能告诉我你不是要骗我？"

"你的新闻编辑部已经收到其中一页，你们也验证过了是真的。"

"那只有一页影印本，现在我要其余的部分。"

沃格尔懒洋洋地抬起眼皮，寻找镜子中斯黛拉的身影。可以理解她这会儿很激动。"安娜·卢·卡斯特纳的笔迹是相符的。"

"你至少告诉我那本该死的日记里面写了些什么。"

"不可告人的秘密。"沃格尔故意强调道，想让她更紧张。

"安娜·卢跟一个年长的男人有染？"记者冒了个险，希望能从他的犹豫中证实这种模糊的假设。

"每次我们交谈或见面时，你都会试图让我透露一些东西。但是，你没法儿再从我口中套出一句话，直到摄影机上的红灯亮起。"

"我必须知道。我不允许你随心所欲地操控游戏。这是我的节目，我绝不允许我竟然对我将要讨论的话题一无所知。你为什么还要拉上马迪尼呢？他跟安娜·卢的日记有什么关系？"

一点关系都没有，但沃格尔无意向她透露这一点。那个小本子只是邀请他出来面对面的借口。他已经知道自己在镜头前要做什么。他将代表警方向马迪尼道歉，并承认因自己的失误使他的长官们——那些抛弃他的混蛋——感到尴尬。也许在他赔罪后，老师会在大庭广众之下原谅他。迫害者与被迫害者也可能彼此相拥在一起，人们总是喜欢这样的和解场面。安娜·卢的日记本来会是当晚的亮点。沃格尔会念一念女孩写的关于奥利弗的文章，那个在前臂上的名字首字母是爱的象征。谁知道呢，也许斯黛拉的编辑团还会愿意现场连线那个神秘的小伙子。他的现场电话说辞将掀起节目的最高潮。

但是霍纳对他的计划毫不知情，显然百爪挠心。“我有能力随时跳过这一出。”她威胁说，“没有播放，没有老师……并且把相关责任都推到你身上。”

沃格尔笑了。“他接受得倒挺快。”他指的是马迪尼。“我都惊呆了。”

“我认为他这样做，是迫不及待地想看你在摄影机前面上蹿下跳地忙活。”斯黛拉笑着，对此感到满意。

“他有没有谈什么条件啊？”

“关你屁事。”

沃格尔举手投降。“当我没说过，对不起。”

斯黛拉转向那个拿着公文包的男人，示意他过来。“这是负责电视台权益的律师。”

“有话直说。”探长挖苦道。

男士从公文包里取出协议模板，放到沃格尔面前的桌子上。“现在，请您为我们签署一份文件，保证日记的真实性，避免我们承担任何相关法律责任。”

“简单又简单的事情搞这么一大堆废话。”

“我遵守了我的那部分，”斯黛拉咆哮道，“我向你保证，先前可是好不容易才说服了马迪尼。”

沃格尔对此事感到高兴。老师还是怕他的。“我听说他正在写一本关于他的故事的书。你是不是已经知道了他给你在书里的角色定位？你是个有攻击性的特派记者呢，或者是个不道德的新闻工作者啊？”

斯黛拉绕过扶手椅站到他面前，以便他好好地看看她的脸：“当心点，可别跟我开玩笑。”

“估计无罪释放让这个著名的前囚犯过得相当不错。我很好奇列维从你们身上榨了多少钱……”

“这个话题不会成为采访的主题，所以你胆敢把它拿出来的话……”

律师再次介入：“为了确保一切都按照协议进行，节目将以五秒钟的延时进行直播，以便导演能够监播剪辑。”

沃格尔装作害怕地看着斯黛拉，讽刺地问：“你不再信任我了吗？”

“我也从来没被信任过。”说着，她离开了化妆间。

十多分钟后，一名制作助理过来接沃格尔去演播室。探长穿上外套，最后对着镜子看了一眼。来吧，老伙计，他对自己说。让他们看看你是谁。

助理戴着耳机拿着文件夹，领着探长沿着走廊走着。然后，他推开一扇防火门，进到一个阴暗的宽敞空间里。为斯黛拉的节目而准备的演播室非常之巨大。沃格尔和助理绕到舞台的后面，助理一直带着路，偶尔对着耳机下方的麦克风说着些什么。“客人到了。”她对导演说。

在他们走路的时候，沃格尔就已经听见了观众的喧哗声。斯黛拉向他保证，挑选出来的观众有一半认为老师有罪，有一半认为他无罪，这样当需要掌声的时候，就不会有偏颇，两个人都能享有掌声。沃格尔对此很放心，因为实际上他并不在意——很快他和马迪尼会站在同一边。

他们到了一个专门为嘉宾准备的地方，助手把沃格尔委托给了一名技术人员，后者随即开始在他的领带上安置微型麦克风。当他将麦克风线穿过沃格尔的外套时建议道："虽然我们还没有播出，但从这一刻起导演那儿可以听到您说的每一句话。"

沃格尔点点头让对方知道自己明白了。那只是个用作提醒的礼仪用语，因为常常会有一些嘉宾不自觉地评论或发表意见。不过，探长已是经验老到，不会面临那样的危险。

"那么，女士们、先生们，我们一会儿就要开始了。"主持人在演播室里开始暖场。她的声音被放大了。在掌声之外，还有一些叫喊。

尽管当晚的主题是一个身故女孩的日记，但人们还是非常兴奋。这种录制视频的概念改变了人们，沃格尔认为。他们不会因此变得出名或富有，但是他们的生活仍将发生改变。他们可以吹嘘自己是演出的一部分，即使角色微不足道。什么东西都能出现在那该死的屏幕上。

"我们提醒各位，不要在现场大声评论，同时，在我们助理的示意下方可鼓掌。"主持人总结道。又是一阵掌声。

当化妆师用粉底给他最后一遍补妆时，沃格尔心不在焉地转向演播室布景之间的那条通道——嘉宾们都通过它来到这里。聚光灯仿佛恰恰停在了它的尽头，让幕后洋溢着宜人的若明若暗。

立在明与暗之间的边界上的，是马迪尼。

他没有注意到沃格尔，揣着如同婴儿般的好奇心偷看着外面发生的事情。即使相隔数米，探长还是注意到，这个人几乎已经康复了——马迪尼脸上的淤青都已消失，要么就是化妆师的手艺非常扎实；他的右臂不再绑着石膏，但仍需要借助一根拐棍来移动，体重也长回了不少，不再是一副瘦骨嶙峋的模样。

不过他的外表跟过去相比也发生了根本的变化。

老师的穿着不一样了——不再套着灯芯绒夹克和平绒裤子，也终于告别了那双破旧的其乐鞋。现在他那一身铅灰色的西装，一看就是量身定制的，配的那条红色领带也很优雅。沃格尔觉得他这样实在是棒极了。老师最终看起来与他没什么不同，这个事实使他感到骄傲。我把你带到了光明背后的阴暗面。因为光明也有阴暗。并非所有人都能看到它。沃格尔依靠自己的天赋为他创造了一个良机。他还注意到了马迪尼左手腕上佩戴的昂贵手表：你的生活改变了，我的朋友，你应该感谢我的追逐。

这时，老师做了一个细微的、几乎毫无意义的手势——也许由于还不习惯戴袖扣，他调整了衬衫的袖口。此间，他将外套的袖子也往上拉了几厘米，露出了前臂的一部分。

沃格尔注意到了一个让他起初难以明了的细节。一个只有他和安娜·卢才可能知道的秘密。因为那个小女孩曾把它写下来，而沃格尔曾读到过它。

那么，马迪尼老师手臂上的圆形标志是做什么的呢?

那个用圆珠笔画的，代表着奥利弗的小O。

12 月 23 日
失踪的那一天

她想留在家里装饰圣诞树。

但是星期一的五点一刻有个面向孩子们的教理传授活动，她被安排带领最小的那一组孩子。她的弟弟们长大了，不再需要参与其中，因此他们一整个下午都可以用来给树枝缠上彩球、挂上银色花环。安娜·卢觉得这个时刻在一年中尤为特殊，也因为她觉得这可能是最后一次了。她的母亲已经开始就这事情说了些奇怪的话，好比说："耶稣并没有一棵圣诞树。"

每当她这样做时，总会期望改变某些他们的常规。

就像禁食之日那样，一家人二十四个小时都没有接触食物，只喝了水。然后是沉默——"禁言"，就像玛丽亚·卡斯特纳说的那样。她常常会插入一条新规则或规定同一件事情得换另一种方式完成。然后她的母亲会与其他的父母在礼堂里谈论这件事，并试图说服他们她是有道理的。安娜·卢喜欢教会，但不明白为什么有些行为要被算作是错误的。例如说，在教堂里穿红色衣服或喝可口可乐看上去并没有什么错呀。她不记得在《圣经》中读到过任何跟它们相关的内容。然而，似乎对于其他所有人来说，遵从某些特定方式来行动是非常重要的，就好像主在不断地评判他们，并且默默地、从很小的事情中去决定他们是否真的配得上被称作是他的孩子。

安娜 · 卢先前以为圣诞树这事也将以同样的方式结束。所幸她的父亲出马阻止了，说："孩子们还是需要一些仪式感的。"他通常是顺从的，或者说，最终也会屈服。但是那一年，他坚持了这一点。安娜 · 卢很高兴，至少她的童年习俗暂时不用改变了。

"亲爱的，快点，不然你要迟到了。"玛丽亚站在楼梯底部喊道。安娜 · 卢加快了动作，因为她的母亲不愿让耶稣等待。她穿着运动鞋和一身灰色的运动服，就差套上白色羽绒衣了，最后还剩个背包。她把传授教理的那些书、《圣经》和她的秘密日记一起塞进背包里。她想想有段时间没有更新另一本了。自从她发现母亲喜欢翻箱倒柜找出她藏起来的东西以后，她就决定准备两本日记了。不是因为她需要另一本来撒谎——她写的可都是事实；只是避免在里面表达自己的想法，那些感受是只能对自己述说的事情。除此之外，她也想保护玛丽亚，因为她一向过于担心自己的孩子们。她不希望让母亲觉得自己很感伤，也不想让她知道那些狂喜。因为在他们家中，幸福也是要被衡量的——若不加节制，就会入魔。"否则为什么撒旦总是笑着的？"她说。实际上，耶稣、圣母和圣人都从不在圣像中露出笑容。

"安娜 · 卢！"

"来了！"她把祖母在生日那天送给她的 mp3 播放器的耳机插进耳朵里，跑下楼梯。

楼下，等着女儿的玛丽亚一只胳膊放在扶手上，另一只胳膊叉着腰，这让她看起来像个茶壶。“宝贝儿，你听的是什么音乐？”

安娜·卢预料到妈妈会问她这个问题，拿下一只耳机给她戴上。“这是我找到的一首童谣，我想教给那些要学习教理的孩子。内容是小女孩跟小猫。”

“在我看来，这跟福音没太大关系。”玛丽亚反对道。

安娜·卢笑了：“我希望他们能记住赞美诗，但是为了让他们练习，我必须从简单的事情开始。”

母亲疑惑地看着她，没再作答。她动了动手腕，使得安娜·卢给她做的串珠手链叮当作响。这是一个充满爱意的手势，意味着她俩亲密相连。“外面很冷，把衣服都遮遮好。”

安娜·卢亲吻了她的脸颊，离开了屋子。

当她关上门时立刻打了个寒颤。妈妈说得对，真的很冷。谁知道圣诞节会不会下雪呢，那该多好呀。她把羽绒衣的拉链拉到顶，沿着房子走到小路上，再沿着人行道往教堂方向走去。她想要忏悔。自从她因为马蒂亚而跟普莉希拉闹掰了以后，心里一直感到内疚。她甚至从手机上删除了她的号码。她觉得应该跟好友和睦相处，但她也无法粗暴地对待那个可怜的男生。毕竟，他做错了什么呢？她知道也许他暗恋她，她不鼓励他，但也不好完全忽略他啊。普莉希拉不明白，因为她觉得在男生们的头脑里都只有一件事。她本来还想告诉她关于奥利弗的事情，即使她跟他还没那么熟，不过她不确定普莉希拉是否会理解——她甚至可能会为那种幼稚的感觉而哈哈大笑。但是安娜·卢需要它。做白日梦是需要的。因此她将他名字的首字母写在了自己的手臂上。她不想失去那些最终只属于她一个人的东西。

当她在街区尽头拐弯时，放慢了脚步。

离她几步之遥的路边上停着一辆车。她一下子无法理解面前的景象。那个男的怎么双手捧着个动物笼子？他在周边寻找什么吗？然后那个人转过身来，她好像认识他。啊，她是在学校见过他，他是个老师，但不是她们班的。他叫……马迪尼——是的，那个教文学课的。

“你好。”他也看见她了，微笑着跟她打招呼，“你有没有碰巧看到一只流浪猫？”

“什么样的猫？”安娜·卢隔着一些距离问道。

“大概有这么大。”他比划了下大小，“红色夹杂棕色，皮毛上有斑点的。”

“是的，我看到过。它在周边已经闲逛了几天。”她还喂饱了它，把她的一根手链戴在它的脖子上。但她没想去给它起一个名字，因为她担心随时会有它的主人出现并对此表示抗议。它比起普通的流浪猫来，一看就是被悉心照料过的。

“你能帮我找到它吗？”

“真的，我得走了，我在教堂有个活动。”

“拜托你。”对方坚持道，“那是我女儿的猫，她现在很绝望。”

她想告诉他，她的母亲认为她出了家门后不应该与不属于教会的人有所交集。与其他硬性规定不同的是，安娜·卢认为这条规则是合理的。但这个男人有一个女儿，也许是一个因为失去了最好的朋友而哭了好几天的女孩。因此她决定让自己相信他。“猫叫什么名字呢？”

“德尔格。”他立刻回答。

真是个奇怪的名字，她想着，但还是走了过去。

“感谢你的帮助。你叫什么名字？”

“安娜 · 卢。”

“好的，安娜 · 卢，我试着喊它，你来帮我举好笼子。”对方边说边递给她，“它一出来，我就把它往你那边赶，你把它关到里面去。”

安娜 · 卢不知道如何让这个工具发挥作用。“我觉得它很温顺，也许直接用手抓住它更容易些。”

“德尔格讨厌坐车，如果我不把它放进去，就不知道怎么把它带回家才好了。”

于是安娜 · 卢从他手中接过了笼子，转过身去。“上次我是在邻居院子里见到它的。”她边说边指出那个地方。她看到的最后一幕是一只拿了手帕捂住她嘴的手。她没有大叫，因为她不知道她在遭遇什么事情。呼吸道的突然收缩使她本能地深深吸气。空气很苦，有药味。她眼前一黑，什么都做不了了。

“我想对你诚恳些……至少在这个方面。”

这个男声从哪里来？我熟悉吗？它似乎来自遥远的地方。那一小束光是什么？看起来像是野营的煤气灯——爸爸的车库里有个类似的。

“我知道你想知道你在哪里以及发生了什么事。让我们从第一个答案开始：我们在一个废弃的旧旅馆里。第二个问题的答案，要更复杂一些……”

我没穿衣服。为什么呢？先前我还是坐着的，现在怎么快要躺下来了。这里不舒服。哪里是上面？哪里是下面？我分不清了。我好像在透过水晶看东西一样。那个在我旁边跳来舞去的影子是谁的？

“德尔格不是猫的名字。实际上，那只猫已经死了。它的尸体在我的越野车中。相信我，我不想吓到你，但应该让你知道。我不得不杀死它，这样就没人能再找到它。他们只能在分析我的车时发现它的毛和DNA。因为他们得要怀疑我——直到最后，否则我的计划将无法实现。嗯，我说：德尔格不是猫，而是一个人。当我几个月前发现他的故事时，我意识到那个男人运气很好。当然，他也为自己的运气付出了代价。他得了中风，但总的来说，他换来了新的生活……由此我有了这个主意。”

影子停了下来，谢天谢地。他把运动衫外套放回我身上了。也许他也觉得很冷。没错。

“我总是告诉我的学生：任何伟大小说家的首要准则都是模仿。因此，我也意识到我需要找到某个人来教我做一些我在生命中从没有想过要做的事。杀人。我在图书馆度过了一个又一个下午，在互联网上寻找着需要补的课。后来有一天，我找到了她……那个记者比阿特丽斯·勒曼创建了一个网站。我相信网站已经很长时间没有人访问了。但是在那些网页上恰恰有我需要的故事。三十年前，阿维乔特和附近地区曾失踪过六个跟你年龄差不多大的女孩子。她们不是同时消失，但间隔时间多多少少有些规律。这事情的特别之处在于，这些女孩都有一头红发——恰恰就跟你的一样。没有人真正担心过她们的命运，但勒曼坚持认为她们是由同一个人绑架的。她认定有这么个恶魔，甚至给他起了个外号：雾中人。这太完美了。我只需要模仿行话里所谓的作案手法，之后我所作所为的罪责就会落在他的身上——即使已经过了这么多年。是啊，如果一切顺利，那将是我的不在场证明，是把我从牢笼里解放出来的钥匙……”

他在给我套上我的运动裤。我感到裤子像挠痒痒一样滑过我的腿。我不知道这算不算不舒服。

“就像我刚刚说的，有必要让他们怀疑到我。所以我要一路留下些线索。实际上我已经开始了，通过马蒂亚。正是他把我带到你的身边。因为，你得要知道，想找到一个红头发有小雀斑的女孩并不容易。就在某一天，当全班同学在体育馆里锻炼的时候，我在课桌间走动徘徊，想着准备些罗曼诗歌的内容，一会儿在课上讲。走近马蒂亚位子的时候，我注意到了摄像机。他忘了带走，所以我打开了它，看到了录像中作为主角的女孩子——你。所以我只要跟随他的窥视：他跟随着你，我跟着他。就这样我发现了你喜欢小猫。我让自己的车在他的录像带上出现了好几次，好让马蒂亚注意到我。我希望警察看到它们之后来找我。当我告诉他们今天我独自一人上了山之后，以及，更重要的是，当他们看到我手掌上的划伤时，他们会开始怀疑我。我带了一把刀，相信等会儿让自己受伤时会挺疼的，但是请放心：你不会看到那个场面……”

这是羽绒服拉链拉起来的声音。但不是我在拉，而是那个跟我说着话的人影在拉着拉链。这会儿他又给我穿上了鞋子，还帮我系紧了鞋带。

“我真希望他们往这里派来那个叫沃格尔的警察，他很擅长拼凑案件，又总能设法说服所有人他是有道理的——比如，就像那个德尔格先生，他就成功做到了。我已经知道，他将会毁掉我的生活。但是我必须失去一切，否则就要功亏一篑。每个人都得要怀疑我，甚至我的家人。昨天，你的朋友普莉希拉给我留了她的电话号码。我想我会打电话给她或给她发个消息，然后她会跑到电视上让所有人相信我试图引诱她。我将会随着大家的热切需要而变得越来越像个恶魔……”

这里有潮湿的气味。即使穿好了衣服，我还是很冷，但是我动不了。我醉了，就像六岁时偷偷喝了祖母的黑加仑烈酒一样。这会儿我的弟弟们应该已经装扮好了圣诞树。我知道那一定很美很美。

“除了本能的召唤之外，沃格尔只会掌握到一连串对我不利的线索。没有任何证据。我必须把他逼到让他相信只需加一点点证据就能逮捕我的地步。我会给他看我受伤的手——我必须确保它别愈合。我们一旦见面，我就会不小心留下一些血渍。我已经知道他会很想利用它，但他会非常绝望。当他们在水沟里找到你的背包时，我相信他会像处理德尔格案件时一样：让真相符合他的目的……为了达到这个目标，我得确保我精心制订的计划有序运作，像个时钟一样。万物皆有时……”

不管我犯了什么错——求求你——我不再犯了。请你原谅我。放我回家吧。

“我将会入狱。远离家人的日子会很难度过。也许我还会担心自己再也无法出去，但我必须保持坚强。同时，高墙外的齿轮将继续自行运转……你知道吗，自打小时候起，我就擅长组织寻宝活动。我非常享受设计问题和谜语，让别人分散寻找线索。因此，我会把你的某件物品寄给勒曼，但包裹上会写着沃格尔的名字。我在你的背包里找到一本日记，我选了它来激发她的好奇心。我们刚刚拍了个有信息含量的视频——你可能都没注意到。我已经想好要把它埋到哪里了。但是我也会给媒体发去一份副本。因为一切都将完美，沃格尔也会倒下。只有他化为尘土，我才能站起来……接着雾中人的故事就会浮出水面，也许他在这三十年中已经去世了。但他将重生，人们会去找到他为你伸张正义。而我，将再与此无关。”

我已经看到雾了。它们包围着我。新鲜，轻盈。

“现在轮到最难的那个问题的答案了。你是不是正巧在问我为什么要做所有这一切呢？”

不，不……我想我并不想知道。

“因为我爱我的家人。我希望她们能拥有她们应得的一切。我也不想再次面临失去我妻子的风险。我知道你不知道我在说什么，但那件事对我们来说是一个糟糕的阶段。我觉得自己很无能：一个不上不下的中学老师……不过，没多久克莱尔和莫妮卡就会因我而骄傲。因为我会挺住，不会把自己随随便便地贱卖出去。我将证明自己是一个正直的男人。但是让我们说句实在话，每个人都有个价码，这一点无需否认。”

我也爱我的家人。他们也爱我。你为什么不明白呢？

“事情的来龙去脉都在这儿了。很抱歉让你参与其中，但这就像在小说中一样：反派成就了故事。读者们对那些只有好人的故事并不会感兴趣。但是你的角色也不是次要的。谁知道呢，也许有一天还真有人能找到那个雾中人，然后被所有人遗忘了的那六个女孩就能得到正义的伸张。这都将归功于你，安娜·卢……”

你为什么要告诉我这个故事？我不感兴趣，也不喜欢。我想要我的妈妈，我想要我的爸爸，我想要我的弟弟们。我想再见他们一次，求求你——就一次。我得跟他们告别，就算我还不想那么做。我会想他们的。

“现在，很抱歉，但我看到乙醚的效果正在减退。我会尽可能快些，这样你几乎什么都不会感觉到。”

有什么在扎我的胳膊。让我稍微睁开些眼睛，现在能睁开些了。他正在将一根针扎进我的皮肤，与此同时，他注意到了我献给奥利弗的小O。他想知道这是什么。这是一个秘密。

“永别了安娜·卢，你是多么地美啊。”

我好冷。妈妈，你在哪里？妈妈……

2 月 23 日

失踪后的第六十二天

在那个一切都将永远改变的夜晚，迷雾仿佛终于设法氤氲越过了窗户，像轻轻的颤动一样充满了整个房间。

沃格尔在他的讲述完成后停顿了很长时间。“您知道仇恨并不是犯罪的首要动机吗？博尔基曾试图告诉我，但我没有听进去。要是我听了，也许便能及时明了一切……犯罪的首要动机是金钱。”

“不，我不知道。”弗洛雷斯承认道。

“齿轮围绕一个简单又平庸的想法旋转着……没有人能够找到安娜·卢的尸体，再也不能。全都是花招。没有尸体，就没有证据。正因如此，他才能那么淡定自若地脱身。”

“那么手臂上的首字母呢？为什么他要冒着被发现的危险？我不明白……”

“一个凶手平均会犯二十个错误，而能自行意识到的不到一半。这些错误多数是轻率或愚蠢的产物。但是有一种，由于其特殊性质，可以算作是‘自愿的’。如同签名一般。每个凶手都不自觉地希望他的工作得到认可。”他接着便引用了老师的话，“魔鬼最愚蠢的罪过是虚荣……但是，如果你没法让任何人知道的话，那当个魔鬼还有什么滋味可言呢？”

精神科医生于是理解了后续发生的每一件事情。“演播结束后，你一直跟着马迪尼到了阿维乔特……然后把他给杀了。”

沃格尔把双手摁到腿上：“你们永远也不会找到他。他也在雾中完蛋了。”

这时，弗洛雷斯拿起了书桌上的电话听筒。按了个数字。“是的，是我。你们来吧。”随即挂断电话。

他们静静地等着。接着，诊疗室的门开了。两个穿着制服的警官走进房间，站到沃格尔身旁。

“总是捕捞同一种鱼的渔夫。”沃格尔笑了笑，“很荣幸和您交谈，弗洛雷斯医生。”

当他回到家时，已经快到早上六点了。黎明很快就要到来，但黑暗仍在笼罩中，一切都静默无声。在有着倾斜屋顶的小别墅中，室内的暖气已经开了一段时间，温暖得使人感到宁静而惬意。索菲娅仍在楼上的卧室里静静地安睡着。弗洛雷斯想要走过去钻进被窝里，试着在她身旁稍微休息一小会儿。但是他改变了主意。他不再确定自己能否睡得着——在这样的一个夜晚之后。于是他静悄悄地向地下室走去。

地下室下面是他剥制标本的小工作间，他就是在这儿给他的那些 Oncorhynchus mykiss 做了防腐处理。逼仄的工作间只有一个狭窄的窗户。弗洛雷斯抬起手，拉亮了灯，灯泡缓慢地在他的头上摆动，物体的影子随着灯泡的摇摆也舞蹈了起来。

在他面前有一个旧木柜，上面是制作标本的必需品。一瓶瓶用来阻止腐烂的氨水和福尔马林、可增强自然色彩的透明涂料、纯酒精喷雾、插着刷子的松节油小罐、整齐地排列在网格筐里的小刀、针盒、管腔刷和顶部空心的挖掏工具、硼酸防腐粉和水杨酸粉以及一台电暖灯。

很快，弗洛雷斯就会退休，这将成为他新的小窝。这里放着他的大部分渔具，之后他还得把诊疗室里的那些老古董搬过来。离开干了一辈子的工作是会有些不舍，但他已经可以想象到，自己能在地下室不急不忙地投身于自己的爱好，无忧亦无虑。时不时，他还能带他的小孙子孙女过来看看他们的祖父在做什么，他想要把这份热情感染给他们。在这下面，他将忘记时间的流逝，临近中午的时候，索菲亚将踏着熟悉的脚步声下楼来，给他端来放着三明治和凉茶的托盘。是啊，这将是一个度过晚年的好方法。

弗洛雷斯把双手放在桌上，放松肩膀深吸了一口气。然后他弯下腰去——桌子下面整齐地摆放着一堆装着钓鱼钩的盒子。每个圣诞节或生日，他的亲人们都会送给他一个不同的鱼钩，因为他们知道他不会喜欢收到其他礼物。有些鱼钩甚至还挺贵的。在这堆盒子的最里面还有一个带着挂锁的旧金属盒子。弗洛雷斯把它拿出来放到了桌子上。打开它的钥匙弗洛雷斯总是随身携带着，即使它跟钥匙串上的其他钥匙全混在了一起，要从那些家门的、汽车的、门诊室的钥匙中把它找出来。找出后，弗洛雷斯便把它插入锁中打开了盖子。

六股红色的头发一直都在那里。

它们使他想起了一生中那段全然幸福的时光。那时的他已经与索菲娅结婚，三个孩子中的前两个也已出世。从来没有人知道他没去钓鱼的那几次做了什么。他们看到他像往常一样回家，却没有想到他脸上的喜悦会是由其他某些东西而引起的。

一个从三十岁起一直捕捞同一种鱼的渔夫——虹鳟——从前也一直致力于捕获同一类型的女孩子。红头发，有着小雀斑。

而现在，每个人都想知道雾中人究竟发生了什么事。他希望能够告诉他们，他仍然时不时会有出门寻找一个猎物的欲望，但是在他仅三十二岁的年纪、差点被心脏病夺走性命之后，便做出了一个郑重的承诺。

不再猎捕红头发、有雀斑的小女孩。

人们已经久久遗忘了他。但是现在，因为马迪尼老师，他们又再次记起了雾中人。他告诉自己，*他们永远不会找到我。那天晚上沃格尔天意般的干预又把事情恢复到原来的轨道上。人们将相信恶魔已死。*

弗洛雷斯盯着金属盒看了一会儿。也许他应该摆脱它。倒不是因为担心这些头发会成为逮捕他的证据。而是他常常想着，如果心脏病再次发作，一下致命，那么他的家人——他在世界上最爱的人——将会找到他的秘密收藏且肯定无法理解。如此一来也许他们会改变对他的想法。他不想让他们发现他的那一面。他想要被爱着。

但是他又再一次决定不摧毁盒子里的东西，因为某些迷恋很难被忘却。消失在迷雾尽头的那六个女孩是他的，她们属于他。他已经在心中秘密地照顾了她们三十年了。他合上盖子，锁起了挂锁，把所有东西又都整齐地放回桌子下面。地下室的窗户透进一缕微弱的阳光。

一切都将永远改变的夜晚结束了。

鸣　谢

斯特凡诺·墨里，我的出版人兼我的朋友，以及世界各地出版了我的作品的出版人。

法布里奇奥·寇可，我的支柱。朱塞佩·斯特拉泽里、拉法埃洛·龙卡托、埃莲娜·帕瓦内托、朱塞佩·索曼奇、葛拉齐耶拉·切鲁提、阿莱西亚·乌戈洛蒂、托马索·戈比，是他们鼓励我一路坚持到底。

克里斯蒂娜·福斯基尼，她的温柔拯救了我的生命。

安德鲁·纳伯格、莎拉·农迪、茱莉亚·贝尔纳贝以及伦敦事务所全体热情工作的同仁。

蒂凡妮·加苏克、布泰耶·博科布扎、艾拉 ·艾哈迈德。

亚力山德罗·乌沙伊和毛里奇奥·托蒂。

詹尼·安东南杰利。

米歇尔、奥塔维欧和韦托，我的挚友们。阿奇列。

安东尼奥尼和菲耶蒂娜，我的父母。

奇亚拉，我的妹妹。

以及我的一大家子。没有你们，我也无法取得现在的成绩。

Donato Carrisi
La ragazza nella nebbia (**THE GIRL IN THE FOG**)

图字:09-2018-1128号

图书在版编目(CIP)数据

迷雾中的女孩/(意) 多纳托·卡瑞西著;王娟译.
—上海:上海译文出版社,2021.5
ISBN 978-7-5327-8594-0

Ⅰ.①迷… Ⅱ.①多… ②王… Ⅲ.①长篇小说—意大利—现代 Ⅳ.①I546.45

中国版本图书馆 CIP 数据核字(2021)第074809号

迷雾中的女孩
[意]多纳托·卡瑞西 著 王 娟 译
责任编辑/黄雅琴 装帧设计/周伟伟

上海译文出版社有限公司出版、发行
网址:www.yiwen.com.cn
200001 上海福建中路193号
上海信老印刷厂印刷

开本 890×1240 1/32 印张 9 插页 2 字数 146,000
2021年7月第1版 2021年7月第1次印刷
印数:0,001—6,000册

ISBN 978-7-5327-8594-0/I·5297
定价:69.00元